16	3	2	13
5	10	11	8
9	6	7	12
4	15	14	1

Coleção LESTE
Narrativas da Revolução

Nikolai Ogrió v

DIÁRIO DE KÓSTIA RIÁBTSEV

Tradução e notas
Lucas Simone

Apresentação
Bruno Barretto Gomide

Posfácio
Muireann Maguire

editora■34

EDITORA 34

Editora 34 Ltda.
Rua Hungria, 592 Jardim Europa CEP 01455-000
São Paulo - SP Brasil Tel/Fax (11) 3811-6777 www.editora34.com.br

Copyright © Editora 34 Ltda., 2017
Tradução © Lucas Simone, 2017
Posfácio © Muireann Maguire, 2017

A FOTOCÓPIA DE QUALQUER FOLHA DESTE LIVRO É ILEGAL E CONFIGURA UMA
APROPRIAÇÃO INDEVIDA DOS DIREITOS INTELECTUAIS E PATRIMONIAIS DO AUTOR.

Título original:
Dniévnik Kosti Riábtseva

Capa, projeto gráfico e editoração eletrônica:
Bracher & Malta Produção Gráfica

Revisão:
Danilo Hora, Alexandre Barbosa de Souza

1ª Edição - 2017

CIP - Brasil. Catalogação-na-Fonte
(Sindicato Nacional dos Editores de Livros, RJ, Brasil)

Ognióv, Nikolai, 1888-1938

O724d   Diário de Kóstia Riábtsev / Nikolai
Ognióv; tradução e notas de Lucas Simone;
apresentação de Bruno Barretto Gomide;
posfácio de Muireann Maguire. — São Paulo:
Editora 34, 2017 (1ª Edição).
328 p. (Coleção Leste)

Tradução de: Dniévnik Kosti Riábtseva

ISBN 978-85-7326-682-5

1. Literatura russa. I. Simone, Lucas.
II. Gomide, Bruno Barretto. III. Maguire, Muireann.
IV. Título. V. Série.

CDD - 891.73

DIÁRIO DE KÓSTIA RIÁBTSEV

Narrativas da Revolução: uma apresentação,
Bruno Barretto Gomide 7

DIÁRIO DE KÓSTIA RIÁBTSEV
Terceira série (ano letivo de 1923-24)
Primeiro trimestre
    Primeiro caderno (15/9-31/10/1923) 17
    Segundo caderno (1/11-30/11/1923) 40
    Terceiro caderno (3/12-21/12/1923) 65
Segundo trimestre
    Primeiro caderno (1/1-31/1/1924) 87
    Segundo caderno (3/2-31/5/1924) 104
Trimestre de verão
    Caderno geral (3/6-11/11/1924) 167

Posfácio, *Muireann Maguire* 312

Sobre o autor 322
Sobre o tradutor 323

NARRATIVAS DA REVOLUÇÃO: UMA APRESENTAÇÃO

Bruno Barretto Gomide

O caldeirão revolucionário russo incorporou a fervura artística da Era de Prata — o nome singular que a cultura russa dá para seu "fim de século" e sua *belle époque* —, ao passo que a pulverizava e a metamorfoseava. O ambiente cultural decorrente da revolução de 1917 já foi, com toda a justiça, saudado em função das extraordinárias inovações realizadas na pintura, nas artes gráficas e decorativas, no cinema, no teatro, na arquitetura e na literatura, em prosa e verso.

Os contos, novelas e romances que brotaram de 1917 foram marcados por radicalidade estética e contundência histórica que nada deviam aos momentos mais ousados da poesia russa, a pioneira na captura de uma época que requeria formas breves e agilidade de produção e de circulação. Os primeiros textos da revolução estavam destinados a folhetos do exército, jornais murais e ágoras vermelhas. Ou à sobrevivência rarefeita dos intelectuais, constrangidos por uma conjuntura áspera, marcada por tifo, frio, fome e pela falta de recursos para publicações (a famosa falta de papel servindo de musa da concisão). Era preciso lidar, em doses variáveis de engajamento, com as novas instituições culturais soviéticas, adaptar o formato das "revistas grossas" para o novo contexto. Elaborou-se uma nova prosa de ficção, experimental e provocadora, que condensava as vinte e quatro horas do romance tolstoiano nos cinco minutos mais significativos, como propunha Isaac Bábel. Por meio de um mane-

Apresentação

jo brilhante da ambiguidade, da montagem, do fragmentário e do caleidoscópico, ela ajudava a criar a sofisticação brutal da arte do período: "a revolução tem cheiro de órgãos sexuais", na definição dada pelo personagem de uma novela de Pilniák.

A série Narrativas da Revolução apresenta, no centenário das revoluções de 1917, cinco importantes textos elaborados na primeira década revolucionária e diretamente relacionados aos eventos da Rússia Soviética. Eles dialogam com a grande tradição da literatura russa do século XIX e com vertentes do modernismo e das vanguardas russas. São eles: *O ano nu* (Boris Pilniák, 1921), *Viagem sentimental* (Viktor Chklóvski, 1923), *Nós* (Ievguêni Zamiátin, publicado em 1924, em tradução para o inglês), *Diário de Kóstia Riábtsev* (Nikolai Ognióv, 1926) e *Inveja* (Iuri Oliécha, 1927), a maioria inédita em tradução direta do russo.

Coincidem, portanto, com os desdobramentos da Revolução de Outubro (o termo a ser utilizado para a intervenção dos bolcheviques pode ser discutido infinitamente; a conjuntura política, social e cultural, porém, era inegavelmente revolucionária), da Guerra Civil e da Nova Política Econômica, sobretudo destes dois últimos. É interessante observar como, afora o romance temporão de Boris Pasternak, *Doutor Jivago*, a ficção soviética quase não criou textos relevantes sobre Fevereiro e mesmo Outubro, aí incluídas as etapas intermediárias de "abril" ou "julho". A tarefa ficou a cargo dos escritores emigrados, tais como Mikhail Ossorguin. A nova literatura soviética concentrou-se no caos épico das guerras civis de 1918-1921, nas vicissitudes de uma emigração que naquela altura ainda era entendida como, possivelmente, transitória, e nas instabilidades tragicômicas da nova vida soviética.

As narrativas de Pilniák, Zamiátin, Chklóvski, Ognióv e Oliécha permitem discutir o valor da nova literatura soviética. Parte expressiva da crítica literária escrita fora da União Soviética tentou minimizar a importância dos novos contos e romances a partir de uma comparação incômoda com os titãs do romance russo do século XIX. As defesas da literatura soviética quase sempre vinham atreladas a posições político-partidárias que acabavam por anular o seu peso crítico real. Observe-se, na contramão desse tipo de hierarquização, a posição assumida por Boris Schnaiderman desde seus primeiros textos na imprensa, nos quais apontou o estatuto de grande arte dessa nova prosa revolucionária — e soviética. Dentro da União Soviética, a posição daqueles escritores também era ambivalente. Trótski e Lunatchárski, como se sabe, agruparam vários dos supracitados na etiqueta de *popúttchiki* — "companheiros de viagem". Em que pesem os méritos críticos, a acuidade sociológica e a flexibilidade política daqueles revolucionários, o jargão situa autores muito diferentes em uma posição intermediária que é incompatível com a variedade artística que eles oferecem.

Portanto, um caminho sugerido pelas "narrativas da revolução" é o da discussão do que é "soviético". É tudo que foi criado na Rússia soviética depois de outubro de 1917, independentemente da posição política ou da temática escolhida pelo artista, ou é algo que possui uma relação mais orgânica e substancial com a nova cultura? Não há dúvidas de que, nesse último sentido, Gladkóv é um autor soviético — mas e Akhmátova, também não o seria, como sugerem algumas visões "heréticas"? Boa parte da escrita *émigrée* lamentava a destruição da cultura russa pelo comunismo e creditava as qualidades eventuais da literatura pós-1917 aos sobreviventes da Era de Prata que haviam permanecido em território sovietizado. Todos os grandes artistas depois da revolução haviam se formado, ou já eram artistas consumados, antes de "outubro", rezava o argumento, em geral aplicando aspas irônicas ao mês aziago. É um questionamento res-

Apresentação

peitável, mas que tropeça diante de Bábel, Platónov, Chalámov, Bródski e também de muitos dos autores reunidos nesta série, quase todos ingressados efetivamente na vida literária depois da revolução.

Ao encerrar a escolha de obras em 1927, no limiar do primeiro Plano Quinquenal, esta série busca meramente uma proximidade temporal maior das narrativas com a explosão revolucionária inicial, uma primeira elaboração temática e formal, e não subscreve necessariamente a tese do fim cabal de uma cultura russo-soviética relevante assinalado pela consolidação do poder stalinista.

Cabe aqui apenas apontar a disputa óbvia e bem conhecida em torno desses limites cronológicos. Escritores emigrados recuaram o sepultamento da literatura russa para fins de 1917 ou, no melhor dos casos, 1921 ou 1922; pesquisas recentes têm sugerido, em via inversa, o prolongamento de vertentes modernas cultura stalinista adentro e, de modo geral, uma discussão em torno das fronteiras muito convencionais, repisadas de modo quase automático, entre os anos 1920 e 1930, entre as vanguardas e a produção cultural do período stalinista. Diferenças verificáveis, certamente, mas que precisam ser revisitadas por métodos e olhares sempre renovados, ou corre-se o risco de transformar a necessária crítica ao dogmatismo cultural soviético em um dogmatismo historiográfico.

Não se deduza disso, evidentemente, algum tipo de desagravo aos horrores da ditadura stalinista, na qual os autores reunidos nesta série encontraram a morte, o silêncio, o exílio ou a assimilação desconfortável, mas apenas a indicação de que não há maneira definitiva de abordar as relações complexas entre artista, sociedade e Estado na Rússia.

Por fim, um breve comentário sobre a circulação brasileira destas narrativas: trata-se, na maioria dos casos, da reintegração de autores que dispuseram de certa reputação jornalística e editorial. Pilniák foi o primeiro a ser publicado por aqui, com *O Volga desemboca no mar Cáspio*, em edições dos anos 1930 e 1940. O título solene indica que já não estamos no mesmo terreno experimental de *O ano nu*, um romance muito traduzido no exterior e que ganha agora tradução brasileira. Pilniák foi o primeiro escritor soviético a ter seu destino trágico comentado pela imprensa internacional e brasileira, que então falava de seu desaparecimento, em 1938 (não se sabia do seu fuzilamento). Em menor escala, ventilava-se o nome de Zamiátin, também em função da repressão soviética, e de sua subsequente emigração.

O *Diário de Kóstia Riábtsev*, de Ognióv, adquiriu notoriedade mundial em edições francesas, espanholas e norte-americanas, ganhando, inclusive, uma das traduções de "Jorge Amado", nome de fantasia para o tradutor, ou tradutores, que prepararam volumes soviéticos para a Editora Brasiliense em meados da década de 1940. Ao contrário dos outros escritores presentes nesta série, Ognióv foi um nome da literatura soviética que luziu e depois desapareceu por completo, mesmo em círculos especializados — uma injustiça com o seu romance, que faz uma das leituras mais intrigantes da revolução.

Chklóvski, conhecido por sua contribuição para a crítica formalista, ganha finalmente tradução de um dos volumes de sua brilhante e inclassificável série de autobiografias ficcionais. E Oliécha reaparece no Brasil em uma excelente tradução de Boris Schnaiderman, que ficara meio esquecida numa reunião de novelas russas dos anos 1960 (Cultrix, 1963). O tradutor considerava o seu conterrâneo (ambos nascidos na Ucrânia central e crescidos em Odessa) um dos pontos altos da literatura russa — de todos os tempos.

Apresentação

DIÁRIO DE
KÓSTIA RIÁBTSEV

Traduzido do original russo *Dniévnik Kosti Riábtseva*, de Nikolai Ogrióv, edição publicada pela Soviétskaia Rossia, de Moscou, em 1989.

TERCEIRA SÉRIE
(ANO LETIVO DE 1923-24)

PRIMEIRO TRIMESTRE

PRIMEIRO CADERNO

15 de setembro de 1923

Já estamos na metade de setembro, e as aulas na escola ainda não começaram. Ninguém sabe quando vão começar. Disseram que a escola está em reforma, e hoje eu fui até a escola e vi que não tem reforma nenhuma, pelo contrário, nem gente tinha lá, e não tinha para quem perguntar. A escola está toda aberta e vazia. No caminho, comprei de um menininho este caderno, por três limões.[1]

Quando cheguei em casa, pensei que não tinha nada a fazer, e decidi escrever um diário. Neste diário, vou anotar diversos eventos que acontecerem.

Queria muito mudar de nome, de Konstantin para Vladlen, já que muita gente se chama "Kóstia". E também, Konstantin foi o rei turco que conquistou a cidade de Constantinopla, e eu quero é cuspir nele do décimo quinto andar, como diz o Seriojka Blinov. Mas ontem eu fui à polícia, e lá me disseram que não é permitido antes dos dezoito anos. Quer dizer, eu tenho que esperar mais dois anos e meio. Que pena.

16 de setembro

Eu achava que ia precisar inventar as coisas para escrever no diário, mas no fim dá para achar quantas você quiser.

---

[1] Designação jocosa para "milhão". Kóstia refere-se à quantidade de três milhões de rublos. (N. do T.)

Diário de Kóstia Riábtsev

Hoje de manhã, fui à casa do Seriojka Blinov; ele me disse que as aulas na escola começam no dia vinte. Mas o mais importante foi a minha conversa com o Seriojka a respeito da Lina G. Ele me disse para não me meter com ela, porque ela é filha de um membro do clero, e que seria muita vergonha para mim, filho de um elemento trabalhador, se eu atraísse a atenção geral. Eu respondi para ele que, em primeiro lugar, eu não estava atraindo atenção geral nenhuma, e que a Lina era minha colega de turma e sentava na mesma carteira que eu, e que por isso dava para entender muito bem que eu me metesse com ela. Mas o Seriojka me respondeu que a consciência proletária não permitia isso, e que, além disso, na opinião dos funscolares[2] e de todos os antigos comissários escolares, eu sirvo (supostamente) de má influência para ela. Que ela, no lugar de estudar, fica perambulando comigo pelas ruas, e que no geral pode deteriorar ideologicamente. E o Seriojka também disse que você precisa parar de se meter com garotas e coisas do tipo se quiser entrar no Komsomol.[3] Briguei com o Seriojka, cheguei em casa e agora estou escrevendo no diário o que não tive tempo de dizer para o Seriojka. Para mim a Lina não existe como mulher, mas só como camarada, e também no geral eu olho com um pouco de desdém para as nossas garotas. Elas têm muito interesse por trapinhos e lacinhos, e também danças, mas principalmente por fofoca. Se fofoca desse cadeia, não sobraria nenhuma garota da nossa turma. E se eu fui com a Lina ao cinema no ano passado, foi porque não tinha mais com quem ir. E a Lina gosta de cinema tanto quanto eu. Não tem nada de surpreendente.

[2] Do russo *chkrab*, abreviação de *chkolnii rabotnik* ("funcionário escolar"). (N. do T.)

[3] Organização juvenil do Partido Comunista da União Soviética. A idade para se afiliar ao Komsomol era dos 14 aos 28 anos. (N. do T.)

Estou impaciente pela abertura da escola. A escola para mim é o mesmo que a minha casa. E é até mais interessante.

20 de setembro

A escola finalmente abriu. Foi um barulho terrível e uma algazarra. Na nossa turma está todo o pessoal antigo, e incluíram mais duas garotas. Uma tem o cabelo loiro desbotado, com uma trança e um laço de fita parecido com uma hélice. O nome dela é Silfida, apesar de não ser estrangeira, e sim russa. Logo de cara as garotas começaram a chamá-la de Silva. O sobrenome dela é Dubínina.

E a outra é uma de cabelo preto, curto, vestido preto, e no geral tudo preto, que nunca ri. Se você diz alguma coisa para ela, ela já começa com "*pf, pf-f, pf-f-f, pf-f-f-f!*", bufando que nem locomotiva. E também, ela é toda acorcundada, e anda como se fosse uma sombra. O nome dela é Zoia Trávnikova.

27 de setembro

Estão introduzindo na nossa escola o Plano Dalton.[4] É um sistema em que os funscolares não fazem nada, enquanto o aluno tem que descobrir tudo sozinho. Foi isso que eu entendi, pelo menos. Não vamos mais ter aulas, como antes, mas vão dar tarefas aos alunos. Essas tarefas vão ser dadas para um mês, e elas podem ser feitas tanto na escola, como em casa; assim que tiver terminado, você tem que ir responder no laboratório. Vamos ter laboratórios em vez de salas de aula. Em cada laboratório vai ficar um funscolar, como especialista designado para um assunto: no de matemática,

---

[4] Programa pedagógico progressista concebido pela educadora americana Helen Parkhurst (1886-1973), e até hoje em prática na Escola Dalton em Nova York. (N. do T.)

Diário de Kóstia Riábtsev

por exemplo, vai ficar plantado o Almakfich, no de ciências sociais, o Nikpetoj, e assim por diante. Como aranhas, e nós somos as moscas.

A partir desse ano, nós decidimos abreviar todos os funscolares, para ficar mais rápido: Aleksei Maksímitch Ficher agora vai ser Almakfich. Nikolai Petróvitch Ójigov, Nikpetoj.

Não estou falando com a Lina. Ela quer se mudar para outra carteira longe de mim.

1º de outubro
Começou o Plano Dalton. Arrastaram as carteiras de todos os lugares, colocaram em uma só sala de aula, e nela vai ser um auditório. Para onde estavam as carteiras, trouxeram umas mesas e bancos compridos. Fiquei o dia inteiro vagando com o Vanka Petukhov por esses laboratórios e me sentindo muito bobo. Os funscolares também não entenderam direito ainda como fazer com esse tal Dalton. O Nikpetoj pareceu o mais inteligente de todos, como sempre. Ele simplesmente chegou e deu a aula, como sempre, só que nós ficamos sentados nos bancos, e não nas carteiras. Do meu lado ficou sentada a Silfida Dubínina, e a Lina ficou lá na outra ponta. O diabo que a carregue, também! Não sinto muita falta.

Hoje a Zoia Trávnikova fez todo mundo rir. Ela começou a espalhar para as garotas que os defuntos se levantam de madrugada e aparecem para os vivos. E parte do pessoal veio e ficou ouvindo. Aí o Vanka Petukhov perguntou:

— Mas e aí, você mesma viu os defuntos?

— Pois é, vi, sim.

— E como são os defuntos? — perguntou o Vanka.

— Eles são todos azuis e pálidos, e parece que estão sem comer faz muito tempo, e soltam uivos.

Aí a Zoia fez uma careta horrível e abriu os braços. E o Vanka disse:

— Isso aí é tudo mentira. Eu acho que os defuntos são meio cinza, meio marrons, meio roxos, e grunhem assim — e começou a grunhir como um leitão —: *u-i, u-iii, u-iii...*

A Zoia ficou ofendida, e na hora começou a bufar, e fazer como locomotiva, e o pessoal caiu na gargalhada.

3 *de outubro*

A coisa vai mal com o Dalton. Ninguém entende nada: nem os funscolares, nem nós. Toda noite, os funscolares discutem tudo. Mas para nós a única coisa nova é que tem bancos em vez de carteiras e não tem onde guardar os livros. O Nikpetoj diz que agora não precisa mais disso. Todos os livros de uma determinada matéria vão ficar num armário específico no laboratório. E cada um pode pegar qual precisar. Mas e enquanto não tem armário?

O pessoal diz que tinha esse tal lorde Dalton, um burguês, e que foi ele que inventou esse plano. Eu digo o seguinte: para que é que nós precisamos desse plano burguês? E ainda dizem que esse lorde era alimentado só com fígado de ganso e galantina enquanto ele inventava as coisas. Tinha que colocar esse aí a pão e peixe seco para ver no que dava! Ou forçar a pedir esmola pelos vilarejos, como nós fazíamos na colônia, antigamente. Com fígado de ganso qualquer um consegue inventar o que for.

A Silfida fica se remexendo, e é desconfortável sentar do lado dela. Eu a mandei algumas vezes para o inferno, e ela me chamou de canalha. Perguntei para as garotas qual era a origem social dela e fiquei sabendo que ela é filha de um tipógrafo. É uma pena ela não ser uma burguesinha, senão eu ia mostrar para ela!

Diário de Kóstia Riábtsev

4 de outubro

Hoje foi a assembleia geral, a respeito da autoadministração. Analisaram as deficiências do ano passado e como superá-las. A principal deficiência era o caderno de registro de infrações. Todos os comissários escolares, até os melhores, por qualquer coisa eram ameaçados com esse caderno de infrações. E de qualquer maneira aquilo não dava em nada. No fim das contas decidiram revogar o caderno por um mês, para ver no que daria. Todos ficaram muito contentes e gritaram "viva!".

Mas a Zoia Trávnikova deixou todo mundo enfurecido. Ela levantou e disse com uma voz cavernosa:

— Eu acho que precisa prender numa cela escura, especialmente os meninos. Do contrário vocês não vão dar conta deles.

Todo mundo começou a berrar, a assoviar! Primeiro, foi uma indignação geral, mas depois ela se desculpou e disse que estava brincando. Que bela brincadeira, nem tem o que falar! Ela toda de preto, da cabeça aos pés, e agora começaram a chamá-la de Zoia, a Negra.

Depois da assembleia geral, aconteceu a assembleia do novo comitê estudantil. Foram eleitos por um mês.

5 de outubro

Hoje toda a nossa turma se revoltou. A coisa foi assim. Chegou a nova funscolar, a professora de ciências naturais Ielena Nikítichna Kaúrova; pelo nosso jeito de falar, Ielnikitka. Começou a dar a tarefa e disse para a turma inteira:

— Crianças!

Então eu levantei e disse:

— Nós não somos crianças.

Então ela disse:

— É claro que vocês são crianças, e eu não vou chamar vocês de outro jeito.

Aí então eu respondi:

— Se a senhora fizer o favor de ser mais polida, pode até nos mandar para o inferno!

E foi isso. Toda a turma estava do meu lado, e a própria Ielnikitka ficou toda vermelha e disse:

— Nesse caso, faça o favor de sair da sala de aula.

Respondi:

— Em primeiro lugar, isto não é uma sala de aula, mas um laboratório, e aqui ninguém nos expulsa da sala de aula.

Ela disse:

— Você é um malcriado.

E eu:

— A senhora é mais parecida com uma professora da escola antiga, eles é que se achavam no direito de fazer isso.

E foi isso. Toda a turma ficou do meu lado. A Ielnikitka deu um pulo, como se tivesse sido picada. Agora vem toda uma lengalenga. O comitê estudantil vai se intrometer, depois a funscolária (a assembleia geral dos funscolares), depois o conselho escolar. Mas eu acho tudo isso uma bobagem e que a Ielnikitka é simplesmente uma idiota.

Na escola antiga, os funscolares zombavam dos alunos como queriam, mas agora nós não permitimos isso. O Nikpetoj leu para nós, nos *Ensaios do seminário*,[5] que até os rapazes quase adultos eram surrados, bem na sala de aula, na soleira, e eu mesmo li em vários livros como eles forçavam os alunos a decorar e como davam vários nomes e apelidos para eles. Mas os alunos daquela época não faziam ideia dos tempos em que teríamos que viver. Nós passamos pela fome,

---

[5] Obra de Nikolai Gerássimovitch Pomialóvski (1835-1863), de cunho pedagógico e político, publicada entre 1862-63 nas revistas *O Tempo* e *O Contemporâneo*. (N. do T.)

Diário de Kóstia Riábtsev

pelo frio e pela ruína, tivemos que alimentar não só as nossas famílias, mas também andar milhares de verstas para achar pão para nós mesmos, e alguns participaram da Guerra Civil. Não faz nem três anos que a guerra acabou.

Depois do escândalo com a Ielnikitka, fiquei pensando em tudo isso e, para esclarecer e verificar os meus pensamentos, quis conversar com o Nikpetoj, mas ele estava ocupado: o laboratório estava todo cheio. Então eu fui para o de matemática, falar com o Almakfich, e contei para ele o que eu pensava da nossa vida. O Almakfich me deu uma resposta que não dava para entender. Ele me disse que tudo aquilo que nós tínhamos sofrido provava *quantitativamente a abundância de uma época, e qualitativamente estava para além do bem e do mal.*

Não era nada disso que eu estava pensando, eu só queria provar para ele que ninguém tem o direito de nos tratar como crianças ou peões, mas não consegui terminar a conversa com ele, porque bem na hora um pessoal chegou para perguntar de matemática. E por algum motivo o Almakfich começou com aquilo de bem e mal. Eu acho que não existe nem mal, nem bem; o mais provável é que aquilo que é o mal para um pode ser o bem para outro, e vice-versa. Se o dono de uma venda lucra cem por cento em cima de um produto, para ele isso é o bem, mas para o comprador é o mal. Pelo menos é isso que dá para entender do curso de instrução política.

6 de outubro

Agora ficamos atolados de tarefa... Em um mês, até menos, quer dizer, até 1º de novembro, tem que ler um montão de livros, escrever dez relatórios, desenhar uns oito diagramas, e ainda saber responder verbalmente, quer dizer, não só responder, mas conversar sobre o que foi visto. Cada aluno tem sua tarefa. Sim, e além disso também tem que fazer na prática a tarefa de física, química e eletrotecnia. E isso significa passar uma semana inteira plantado no laboratório de física. Hoje eu e a Silfida fomos chamados no comitê estudantil. No comitê, estava o Seriojka Blinov, e também outros. No fim das contas, ela tinha feito intriga de mim, dizendo que eu a xingava com tudo quanto era nome de uma vez. Nunca aconteceu nada nem parecido. Quando nós saímos, eu a segurei pela fita, ela desandou a chorar e deu no pé. Não, sentar do lado das garotas é bobagem de intelectual. Amanhã vou mudar de lugar.

7 de outubro

Na funscolária, decidiram repassar o meu caso com a Ielnikitka para o conselho escolar e propuseram que a assembleia geral examinasse o caso. A assembleia geral é amanhã. Não dá para saber no que vai dar, só que nós não vamos permitir que nos chamem de crianças.

Hoje saiu o primeiro número do jornal mural *O Estudante Vermelho*. Primeiro, todos ficaram interessados, mas depois deu para ver que era uma confusão. Uns artiguelhos aborrecidos. Escreveram lá um monte de coisa sobre o estudo e como se comportar bem. Na comissão editorial estava o Seriojka Blinov, e também outros.

Recebi um bilhete: "Você faz mal em tentar chamar atenção, nenhuma das garotas quer ter nada com você". E eu nem sei o que é isso de chamar atenção. Deve ser a Lina. Ela ficou muito amiga dessa garota nova, a Zoia, a Negra, e elas ficam o tempo todo sentadas perto da estufa, de segredinho. Até quando todo mundo está brincando, elas ficam plantadas perto do fogareiro. Elas devem ter muita vontade de que alguém chegue perto delas, mas os meninos nem ligam para elas. Ela precisa muito! A Zoia, a Negra, ganhou ainda o apelido de "A fascista", porque os fascistas também sempre andam de preto. E ela nem entende, mas mesmo assim fica com raiva. No geral, as nossas garotas entendem menos de política que os meninos.

8 de outubro

Acabei de chegar da escola. Já acabou a assembleia geral, em que examinaram o meu caso com a Ielnikitka. O que falou as coisas mais inteligentes foi o Nikpetoj. Ele disse que tudo aquilo era bobagem, que todo funcionário escolar deve saber abordar os alunos, e que a Ielena Nikítichna ainda não tinha desenvolvido essa abordagem, mas que ela desenvolveria depois. De mim, os funscolares disseram que eu era um rapaz grosseiro e que eu precisava receber uma intervenção moral. Já a Zinaidischa, ou Zin-Palna, que é a nossa diretora, disse que eu sou um menino profundo, mas que eu não consigo conter os meus instintos. Como eu deveria conter, eu não sei, mas quando ela me chama de menino, eu não aguento! Mas é difícil discutir com a Zinaidischa: se acontece alguma coisa, ela chama na sala dos professores e passa um sermão. Depois de um sermão desses, você fica o dia todo azedo.

Mas continuando sobre a assembleia geral: sem mais nem menos, tomou a palavra a Fascista, a Zoia Trávnikova, e disse que eu não tinha jeito, que eu importunava as garotas e tudo mais. Aí eu fiquei muitíssimo irritado. Em primeiro lugar, eu não disse uma só palavra a ela, e, em segundo lugar, ela não pode dar nenhuma prova. E toda a nossa turma começou a vaiar a fala dela, porque aquilo era contra todas as regras da turma: denunciar um camarada na assembleia geral. No fim, votaram que eu tinha que pedir desculpas para a Ielnikitka, mas eu disse que era ela quem devia pedir desculpas por ter nos chamado de crianças. Agora o caso vai para o conselho escolar. Eu acho que a Ielnikitka vai me bombar em ciências naturais, e pronto.

Fui para casa com o Vanka Petukhov, e o Vanka disse para eu não ceder, e que se eu ceder vai ser pior. O Vanka vende cigarros, mas ele não tem licença. O chefe de polícia ficava tentando espantar o Vanka da esquina, mas o Vanka nunca cedia, aí agora o polícia ficou cansado daquilo, e o Vanka pode vender o quanto quiser. E ele não pode passar sem esse comércio, porque ele tem uma tia doente e uma irmã, e só ele trabalha, e ainda precisa estudar. Que bom que meu pai é alfaiate e ele só tem a mim, senão eu também ia ter que vender cigarro.

10 de outubro

Hoje no auditório a Ielnikitka estava explicando a tarefa, e a Silva estava sentada do meu lado, na mesma carteira, e ficava se revirando, e eu sem querer esbarrei nela com o cotovelo, e aí a Silva deu um grito. A Ielnikitka perguntou o que tinha acontecido, e a Silva, é claro, começou a fazer intriga. A Ielnikitka disse que eu era um arruaceiro, e eu perguntei o que era um "arruaceiro" e o que significava aquela palavra, e ela não conseguiu explicar direito. Depois eu perguntei para o Nikpetoj o que era um "arruaceiro". No fim, arruaceiro é uma pessoa que causa o mal a outra pessoa sem qualquer benefício próprio. Mas que mal eu causei à Silva? Por acaso eu cuspi no mingau dela ou coisa do tipo?

11 de outubro

Hoje saiu, não se sabe de onde, um novo jornal mural: o X. Esse X espinafrava todo mundo: os funscolares, o Dalton, as garotas que dançavam às escondidas, mas principalmente O Estudante Vermelho. Sobre o Dalton, fizeram um poeminha, e eu gostei tanto, que até anotei:

UM SONHO

Camaradas! Eis que vou lhes contar
Do dia em que o faraó teve um sonho:

Abriu-se lhe o fundo do mar,
E lá o faraó viu algo medonho.
Sete vacas, grandes, selecionadas,
Corpulentas e de aspecto contente,
Ruivas, brancas, negras, amareladas,
Com sete cabeças, precisamente.
Durou pouco, porém, a admiração
Do faraó pelo seu novo gado.
Fez-se ouvir o estrondo de um trovão
Sobre as vacas. E eis que bem a seu lado
Viu que o mar novamente foi-se abrindo.
Lá de dentro, que grande desatino,
Diante do faraó foram surgindo
Sete cabeças de gado bovino.
Mas tinham corpo magro, descarnado,
Todo coberto de alga marinha.
Não serviam sequer para ensopado
E tangendo-as o rei dos mares vinha...
Mas então, com as caudas empinadas,
E eu digo tudo isso sem zoeira,
As vaquinhas, aquelas mais mirradas,
Com uma fúria nada costumeira,
Atacaram as outras, pobres, mansas,
E tiveram assim um belo almoço,
Devorando aquelas famosas panças,
E não deixaram nem sequer um osso...
Rechaçando qualquer superstição
O sonho sábio, bem-aventurado,
Por José, honesto e probo varão,
Ao faraó logo foi interpretado.

Mas e eu? Quem poderá me acalmar
E interpretar meu sonho atribulado?
Porque o sonho que vem me atormentar

Nem pelo faraó já foi sonhado.
No sonho, nossa escola se encontrava
Dividida em cinco departamentos.
Calmamente todo mundo estudava,
E tudo funcionava a contento.
Os alunos estavam bem gordinhos.
Só o que faziam: brincar e pastar.
Seus cérebros estavam tranquilinhos,
Tanto que perigavam mofar.
De súbito, um som aterrorizante
(Ensopei-me de suor ao dormir),
E então, em nosso escolar horizonte,
Ao longe vi lorde Dalton surgir.
Trouxe laboratórios: cento e oito.
E logo na primeira vez, vi-os
E fiquei muito pálido e afoito.
Eram magros, terríveis e vazios...
Partiram para o ataque sem demora.
Cento e oito, avançando nas crianças...
Seus uivos ecoando escola afora,
E logo começou a comilança...
Mas essa história toda, triste, dura,
Acabou não trazendo nada doce:
Pois nos laboratórios a gordura
Não aumentou um pouquinho que fosse.
Ainda vazias, abandonadas,
Essas salas seguem até o momento,
E nelas vaga, qual alma penada,
Lorde Dalton, furioso, violento.
Despertando do sono pavoroso,
Aos berros, comecei a perguntar:
"Onde está José, homem virtuoso?
Esse sonho só ele vai explicar!!!".

Diário de Kóstia Riábtsev

E isso é porque os laboratórios estão assim vazios desde o início. É verdade que, para o de ciências sociais, levaram todos os livros de instrução política da biblioteca da escola, e no de ciências naturais colocaram as coleções e o aquário, mas foi só isso. Mas na realidade deveria ter, em cada laboratório, todo um sortimento de livros e manuais da matéria em questão. Aí o aluno poderia se servir livremente e de fato preparar as tarefas.

12 de outubro

Durante o intervalo do almoço, nós jogamos *lápot*[6] no ginásio. O *lápot* é um jogo de inverno, parecido com o futebol. Nós deixamos guardado embaixo da escada um *lápot*, que é tirado de lá quando chega a hora de jogar. Todos formam um círculo e começam a chutar esse *lápot* com toda a força, para mandá-lo para fora do círculo. Aí no meio fica uma pessoa que tenta pegar o *lápot*. Se conseguir pegar, passa para o lugar daquele que chutou por último. Aí ficamos um tempão jogando, o *lápot* ficou voando como um avião, e de repente eu dei um bicão, o *lápot* saiu voando do círculo e foi bem no rosto da Zinaidischa; justo naquela hora ela estava entrando na quadra. Ela ficou com tanta raiva! Na mesma hora começou a bater com o pé, ela tem esse costume, e gritou:

— Vamos parar! Quem fez isso? — Todos ficaram quietos. Aí ela começou a soltar lamúrias: — Eu achava que na nossa escola ainda existia a regra de que o culpado confessava por conta própria, e que se ele não confessa, quer dizer que é um covarde... — e aí por diante.

Eu não aguentei e perguntei:

---

[6] Tradicional alpargata russa, feita com cascas de tília ou de bétula. Também é o nome do jogo que usa a alpargata como "bola". (N. do T.)

— É claro que o culpado tem que confessar, mas do que é que ele é culpado?

— É culpado — respondeu a Zinaidischa — por se permitir fazer movimentos bruscos demais, sem considerar a possibilidade de algum tipo de dano.

Aí eu disse que tinha sido eu. A Zinaidischa chegou perto de mim, pegou meu braço e disse:

— Vamos.

Aí me bateu um torpor, e eu fui com ela para a sala dos professores. Mas como ela me azucrinou! É a coisa de que eu menos gosto. Eu disse para ela:

— Para que então essa autoadministração, se os funscolares se metem em tudo e ficam o tempo todo dando sermão? Recorra ao comitê estudantil, eles que podem dar um jeito em mim.

E ela respondeu:

— Antes de qualquer coisa, você tem que lembrar que ainda não é um ser humano, você é só uma larvinha. Você não pode responder por seus atos.

E de novo começou a passar um sabão.

Quando eu consegui me safar, o *lápot* já tinha acabado, e o intervalo do almoço também. Se eu fosse amigo do Seriojka Blinov como antes, eu iria conversar com ele a respeito da autoadministração e dos funscolares. Mas agora não tenho com quem falar. Talvez com o Vanka Petukhov?... Faz tempo que eu pretendo me inscrever na célula, mas a nossa célula é muito inativa; ela poderia abaixar totalmente a bola dos funscolares, mas eles não se metem em nada que for escolar; as assembleias da célula são abertas para todo mundo, mas lá é tão chato que nenhum sem-partido vai. É só política e produção: parece uma aula muito chata. E quando um dos nossos inventa de fazer uma comunicação, você simplesmente cai no sono.

Diário de Kóstia Riábtsev

13 de outubro

Aconteceu o conselho escolar. Examinaram o meu caso com a Ielnikitka, e a Zinaidischa também aproveitou para contar do *lápot*. Determinaram que eu deveria receber intervenção moral. O Nikpetoj me levou para um laboratório vazio e começou a conversar comigo. Mas do meu caráter ele não disse uma palavra sequer, ficou só discorrendo sobre o Dalton. Ele disse que os professores não enxergam mais o ensino como antigamente. Antes, tentavam enfiar uma misturada na cabeça do aluno o mais rápido possível, e quando o aluno concluía a escola, tudo aquilo sumia da cabeça em dois tempos. Resumindo, era preciso encher esse recipiente vazio, mas o que iam despejar nele, com isso eles não se importavam. Mas agora veem o aluno como uma fogueira, que é preciso só acender, e depois ela vai queimar sozinha. E é para isso que estão introduzindo o Plano Dalton, para os próprios alunos usarem a cabeça o máximo possível.

Eu disse que isso é muito difícil e que provavelmente ninguém vai passar no exame do dia 1º de novembro. Mas o Nikpetoj disse que isso não importa e que, no fim das contas, todos vão entender as vantagens do Dalton. Eu até agora não entendi. Depois eu perguntei se, na opinião dele, eu sou ou não sou um arruaceiro.

Ele disse que, com toda a sinceridade, não achava aquilo, mas que eu tinha certa aspereza, que depois, com os anos, passaria. Quando eu me despedi do Nikpetoj, fiquei muito animado e fui cantando pedir desculpa para a Ielnikitka. Fui chegando perto do laboratório de ciências naturais, aí a Ielnikitka mal saiu de lá de dentro e já começou a me esculhambar: que eu não estudava e não deixava os outros estudarem, e outras coisas do tipo. Fiquei ofendido, fiz figa para ela e fui embora. Agora vão levar de novo para o conselho escolar. E de novo vão chamar meu pai. Que vão para o inferno!

Eu acho que a Ielnikitka não acende nadinha essa fogueira, está mais para apagar.

Outra vez me trouxeram um bilhete:

"Embora uma g. esteja apaixonada por você, não pense que você é muito interessante. E tem que parar de falar palavrão, do contrário não vão querer conversar com você".

Eu acho que é a Lina de novo.

15 de outubro

Ontem foi domingo, e eu fui ao cinema com a Silva. Por que eu fui justamente com a Silva? Porque eu descobri que ela tem a possibilidade de conseguir entradas de graça. Passou o filme *A ilha dos navios destruídos*. No saguão, notei a Lina e a Zoia, a Negra. Elas ficaram muito amigas e passam o tempo todo cochichando. De repente, depois do filme, a Lina chegou para mim e disse:

— Venha aqui um minutinho.

Eu fui, e a Silva foi para casa na mesma hora. Aí a Lina disse:

— Mesmo você não conversando comigo, eu tenho que falar para você que talvez em breve você vai deixar de me ver. E depois avise para a sua Silva que eu a ode-e-eio!

Eu dei as costas, passei reto pela Zoia, a Negra, e ela ficou lá parada como uma estátua. Por que é que ficam se metendo comigo?

20 de outubro

Estamos com excursões o tempo todo: ou para uma fábrica, ou para um museu. Não tenho tempo de escrever.

22 de outubro

O X continua saindo, e ninguém consegue dizer quem é que escreve. Eu acho que são as turmas veteranas. E agora ainda circulou de mão em mão um *AAX*, mas com a advertência expressa de que não deixassem os funscolares verem. *AAX* significa *Anexo ao X*. Nesse *AAX* tem todo tipo de desaforo, é engraçado a valer.

23 de outubro

De algum jeito o *AAX* foi parar nas mãos do Nikpetoj. O Nikpetoj chegou e começou uma conversa enrolada sobre o amor e sobre as relações entre homem e mulher, como se a gente não soubesse. Porém, eu fiquei espantado quando ele disse que o amor é um jardim verdejante, e que aquele que se ocupa de desaforos fazia caca nesse jardim. O Volodka Chmerts respondeu com uma pergunta:

— É verdade mesmo que é um jardim verdejante?

E o Nikpetoj respondeu que sim, e ainda por cima que era radiante e vistoso, tanto dourado, como prateado. O pessoal deu risadinhas, as garotas fizeram *chiu* para eles, e a Zoia, a Negra, a Fascista, levantou e disse:

— E além disso o amor dura até a morte.

O Nikpetoj perguntou para ela:

— Como assim, até a morte?

E ela:

— E não só até a morte, mas até depois da morte. Eu — ela disse — conheci um homem que amava uma moça morta.

E nisso ela fez uma careta horrível, como se fosse um cadáver, o pessoal até parou de dar risada. Aí o Nikpetoj disse que isso já era antinatural, e que um corpo morto se decompõe tão rápido, virando terra, que não se pode falar de qualquer tipo de amor em relação aos mortos.

24 de outubro

Logo teremos os exames de outubro, mas eu não tenho nada pronto. O maldito Dalton, parece que minha cabeça é oca! Eu não imaginava que era tão difícil estudar sozinho.

25 de outubro

Apareceu na escola um novo jornal mural, que é publicado por um "coletivo unido das turmas de calouros", e se chama *Carretel*. Todos logo ficaram interessados por esse jornal, porque ele anunciou um questionário: "É possível, em nossa escola, uma garota ter amizade com um garoto?". Copiei as respostas que foram penduradas na parede, do lado do jornal:

1) Se o gênio dos dois bater, eles podem.

2) Uma garota não pode ter amizade com um garoto porque garotos e garotas têm convicções e interesses completamente diferentes. (Quem escreveu isso foi a Fascista.)

3) Acho que pode, mas não com todos. Na nossa escola era assim. Mas basta essa boa relação aparecer, e por todo lado começam a vir zombarias, e as pessoas são forçadas a parar, a contragosto. Todos entendem em outro sentido.

4) Não. As garotas são o espírito da contradição. (Fui eu que escrevi isso.)

5) Poderia, se certas garotas não tratassem os garotos com tanto desdém, o que mina as relações das demais garotas com estes últimos.

6) É difícil responder a essa pergunta, de qualquer modo. Eu, por exemplo, entendo a amizade de maneira ambígua. Em primeiro lugar, entre garotos e garotas deve haver uma amizade coletiva, comum, e, na minha visão, ela é possível. Mas existe uma segunda amizade, a amizade de pessoas individuais, que de algum modo se dão bem entre si, e surge a amizade entre elas. E essa amizade pode ser entre um garoto e uma garota, mas, é claro, não entre qualquer garoto e qualquer garota, e vice-versa. No geral, a amizade é algo bom e elevado, com que não devemos ter uma relação negativa.

7) Eu acho que hoje em dia não pode, uma vez que qualquer amizade, no fim das contas, resume-se a um sentimen-

to mais forte de uma parte ou da outra. (Foi a Lina que escreveu isso, eu vi.)

26 de outubro
Ocorreu um caso sério.

Já faz muito tempo que a Zoia Trávnikova foi batizada de Zoia, a Negra, e de Fascista, e ninguém dava atenção nenhuma para isso, só ela ficava ofendida. Mas aí hoje, no auditório, o Nikpetoj nos contou sobre o Mussolini e os fascistas, com todos os detalhes: de como os camisas-negras tomaram Roma, e de como depois eles acabaram com os comunistas.

Durante o intervalo para o almoço, os moleques combinaram entre eles, cercaram a Zoia e começaram a cantar:

Não tememos fascistas, às baionetas iremos...

A Zoia primeiro abriu um berreiro, depois quis bater, e nós só ficamos rindo. Mas aí de repente a Zoia se estatelou no chão! Na mesma hora nós paramos de cantar, chegamos perto dela, e ela ficou lá, como se estivesse morta. O rosto pálido, os dentes cerrados. Todos ficaram assustados, fomos correndo buscar água, e começamos a borrifar nela. Mas nada dela voltar a si. Aí chegou correndo a Ielnikitka, ela estava de plantão, começou a brigar com a gente, mandou buscar amoníaco do ambulatório. Nós buscamos. A Ielnikitka deu para ela cheirar; aí a Zoia meio que começou a voltar a si. Aí a Ielnikitka veio de novo para cima de nós e enxotou todo mundo.

Depois disso, o Nikpetoj, sendo orientador da nossa turma, reuniu todos no auditório, e aconteceu uma conversa a respeito dos apelidos. Primeiro, esclareceram qual apelido era de quem. Descobrimos que cada garota tinha alguns apelidos, enquanto os meninos tinham menos. Uma das garotas era chamada de Cachorra, Tripa, Ranheta, Repolho.

Discutimos por muito tempo e depois decidimos o seguinte: quem protestar contra o seu apelido não poderá mais ser chamado por ele. Imediatamente, todas as garotas começaram a fazer barulho e, uma após a outra, exigiram não serem chamadas pelo apelido. Tudo isso foi anotado.

Só que eu acho que tudo isso é bobagem de intelectual. Pois eu sou chamado de Bode e não fico nem um pouco ofendido.

27 de outubro

Foi organizado na escola um destacamento de "jovens pioneiros".[7] Tem que fazer um juramento solene, depois marchar ao redor da quadra, depois não fumar e coisas do tipo. Todos os amantes da fanfarronice se inscreveram. Eu já acho que é para os pequenos essa coisa de usar gravata vermelha. Eu prefiro esperar ser aceito no Komsomol. Por convicção sou comunista.

Já a Zoia e a Lina não se inscreveram nos pioneiros porque "os pioneiros são contra deus". Elas falam assim uma com a outra e com as demais garotas. Elas duas são imbecis sem consciência, porque o mundo veio das células, e isso pode ser perfeitamente provado, e de modo algum veio de deus. Durante a explicação da tarefa de novembro, vou perguntar sem falta para a Ielnikitka a respeito de deus. Ela, como naturalista, deve explicar todos os pormenores.

29 de outubro

Tive uma conversa com o Seriojka Blinov. Ele me disse:

— Mesmo sendo do comitê estudantil, ainda assim eu considero ruim a nossa autoadministração. Que autoadministração é essa se nós temos que fazer tudo de acordo com

---

[7] Movimento juvenil baseado nos preceitos do escotismo, cuja idade de afiliação era dos 10 aos 15 anos de idade. (N. do T.)

as ordens dos funscolares? Muito disso foi tirado da escola antiga. Por exemplo, esses cumprimentos obrigatórios. Todo aluno que passa por um funscolar pela primeira vez no dia deve cumprimentar. Isso não é certo: e se o aluno não estiver para cumprimentos? Ou também essa de os alunos se levantarem quando um funscolar entra na classe. É verdade que para nós isso não tem grande importância, porque nem classe temos, e auditório, quase nenhum.

Concordei com ele. Então o Seriojka perguntou se eu iria apoiá-lo se ele discursasse contra essa forma de autoadministração. Eu disse que apoiaria. Afinal, é certo que, a bem da verdade, não tem autoadministração nenhuma. Se o comitê estudantil deliberar alguma coisa, essa deliberação primeiro vai para a funscolária, depois para o conselho escolar; e só vai adquirir vigor de fato quando o conselho escolar confirmar. Ou, por exemplo, qualquer funscolar tem o direito de azucrinar os alunos o quanto quiser. Quantos casos desses não aconteceram comigo.

30 de outubro

Hoje teve outro desmaio da Zoia, a Negra. Como de costume, ela estava sentada perto do fogareiro com a Lina, depois elas começaram a brigar ou algo assim, e de repente a Zoia desabou no chão. De novo trouxeram água, amoníaco; a muito custo conseguiram arrancá-la dali. A Zinaidischa chamou a Zoia para a sala dos professores e ficou um bom tempo conversando com ela. É uma menina estranha essa tal Zoia. Eu acho que ela pensa demais nos mortos, é por isso que ela vive desmaiando.

31 de outubro

Amanhã começam os exames. Ontem fiquei a madrugada inteira estudando, e hoje também vou precisar. A pior coisa é que não tem livros. Nos laboratórios e nas bibliotecas o pessoal pegou tudo: também estão estudando. Onde é que eu vou pegar?! Para comprar não tenho dinheiro. Hoje vou desenhar os diagramas de ciências sociais.

De qualquer maneira, fizeram mal em introduzir o Dalton na nossa escola.

SEGUNDO CADERNO

1° de novembro
É claro que eu bombei em matemática e física, e nem tentei fazer o exame de ciências naturais. No fim, isso vai ser chamado de "pendência". Quando você conseguir passar, aí tudo bem. Mas até então eles não colocam a marquinha. Mesmo assim fico sem jeito: mais da metade da nossa turma passou em todos os exames. No do Nikpetoj é claro que eu passei. E apresentei os diagramas.

Estão começando os preparativos das festividades do Outubro. Fui escolhido para a comissão, e da nossa série, além de mim, também a Silfida D.

3 de novembro
Decidimos enfeitar direitinho todos os edifícios da escola, com plantas e bandeiras. Os funscolares disseram que não vão se intrometer, e que nós mesmos temos que fazer tudo. Isso é joia, sem os funscolares fica muito mais suave. No fim, a Silva não é uma imbecil e uma intelectualzinha, como eu pensava. Ela não gosta de dançar, e usa o laço de fita com forma de hélice porque a mãe manda.

Eu sugeri que ela desconsiderasse aquilo, mas ela respondeu que ama a mãe e que por isso obedece. Isso é uma coisa que eu não entendo direito: usar uma fita contra sua convicção. Por motivo nenhum eu passaria a usar uma fita, embora eu respeite muito e ame o meu papai.

Amanhã vamos sair da cidade para buscar os pinheiri-nhos. Viva!

5 de novembro
Está quase tudo pronto. Montaram uma luminária em forma de estrela vermelha bem em cima da entrada princi-pal. Todos os laboratórios, assim como a quadra e o auditó-rio, foram adornados com bandeiras e pinheirinhos. Todos elogiaram, e eu achei bom.

7 de novembro
Todos foram à parada, até meu papai, mas eu fiquei em casa. Estou deitado na cama, e não posso me mexer nem um pouco. Ontem subi no telhado do prédio principal para fixar o cartaz "Vivam os sovietes", aí saltei de lá e distendi um ten-dão da perna. Foi uma dor terrível, agora está tudo bem, só que não consigo nem ficar em pé. E a Silva estava bem ali, na calçada, tirou meu sapato e começou a esfregar a minha per-na. Primeiro eu tentei dar um coice, depois achei bom. Até que era agradável. Depois ela foi chamar o Vanka Petukhov e os outros, encontrou uma padiola em algum lugar, e eles me carregaram até em casa. Isso quer dizer que as garotas também podem ser boas camaradas?! Preciso anotar isso e conversar a esse respeito com o Vanka Petukhov. Agora, co-mo não tenho nada para fazer, vou escrever sobre todos.

O Vanka Petukhov é muito astuto. No dia 1º de novem-bro todos foram fazer os exames de matemática para o Al-makfich, já que você pode fazer os exames quando quiser. Aí o Vanka não foi. Mas depois ele ficou sabendo quais teore-mas o Almakfich tinha pedido e foi fazer no dia 3. E passou. E foi o mesmo com as outras matérias. E agora o Vanka fi-cou totalmente sem "pendências". Mas eu não consigo fazer isso. Eu acho que isso não vai acender fogueira nenhuma. Tem que passar em tudo sozinho, para valer, aí sim fica na

Diário de Kóstia Riábtsev

cabeça. E geralmente o pessoal fica perto dos laboratórios, cochichando: "O que caiu no exame? O que caiu no exame?". Do mesmo jeito que era nas provas. A velha escola, tal e qual.

Agora cada um dos funscolares persegue alguém.

A Ielnikitka não me suporta, e o Almakfich não suporta a Silva. Ele bombou a Silva tanto em matemática, como em física. Agora ela está aos prantos. E o Almakfich é muito sarcástico. A Silva disse que ele ficou teimando com a fita dela. "Fita você sabe usar", ele disse, "mas em matemática vai mal". Eu acho que ele nem tem o direito. Quem tinha esse direito eram os professores da velha escola.

Já a Zinaidischa persegue o Vanka Petukhov. Ela é chamada de Zinaidischa porque é muito alta.[8] Quando ela anda pela quadra, parece que é a torre de Súkharev, e todos nós somos os comerciantes.[9] Nós até brincamos disso. Quando a Zinaidischa aparece na quadra, na hora já começa:

— Pastéis, pasteizinhos quentinhos!...

— Cigarros Ira, Java, que delícia! Cuidado com a batida da polícia!...

— E olhe só essa manufatura, compre já essa belezura!...

— Calças velhas, tenho um par, para quem quiser comprar!...

E a Zinaidischa vai andando pela quadra, com o focinho escancarado de satisfação: fica sorrindo porque não entende nada. E a boca dela é grandona, com apenas um dente amarelo saindo para fora. Ela pensa: "Olhem só como os meninos representam bem... Se vier alguém do centro, vai

---

[8] O sufixo *-ischa* em russo indica grau aumentativo. (N. do T.)

[9] A torre de Súkharev foi construída por Pedro, o Grande em Moscou, no final do século XVII, e até 1925 suas premissas abrigavam um grande mercado a céu aberto. Foi demolida em 1934, durante o plano de reurbanização da cidade conduzido por Stálin. (N. do T.)

elogiar...". E nem suspeita que nós estamos fingindo que ela é a torre de Súkharev. Mesmo assim o pessoal tem medo dela, e quando ela tem que falar algo para nós, ela bate o pé e grita: "Quietos!". E todo mundo fica em silêncio na hora. Mesmo nós não sendo soldados, e não tendo motivo para ela ficar dando comando.

Do Vanka Petukhov ela não gosta porque ele vende cigarro. Para ela, ele é como um menor abandonado, que cheira *marafet*[10] e vive com mulheres... Ela fala bem assim para ele: "Você pode contaminar a escola inteira". O Vanka fuma, tudo bem, e por isso eu também fumo; o Seriojka Blinov, que a Zinaidischa coloca sempre como um exemplo para todos, ele também fuma. Com relação ao resto, é tudo bobeira. É verdade que todos os menores abandonados conhecem o Vanka, porque ele lê livros para eles, já que eles são analfabetos, e eu até pretendo ir com ele ver. Eles moram no porão de uma casa, que está em ruínas. A casa nem existe mais, e o porão está atulhado, e é nesse porão que eles moram... O Vanka não tem medo deles, ele diz que tem um pessoal bom entre eles, que poderiam estar na escola com a gente, mas que são analfabetos. Primeiro o Vanka apanhou bastante deles: ele foi atacado, derrubado no chão junto com o tabuleiro e teve os cigarros afanados, e os moleques ainda tentaram dar uma na bochecha dele. Aí o Vanka foi até eles com esses livros: arrumou uns cigarros, deu para eles e começou a ler. Parece que no fim das contas eles adoram contos de fada, como as crianças pequenas. Desde então não encostam mais no Vanka. Mas a Zinaidischa não sabe de nada disso e fica xingando o Vanka. Para falar a verdade, uma vez eu e o Vanka

---

[10] Denominação popular da cocaína nos anos 1920. Durante a NEP, a substância era muito comum e barata, e não havia qualquer tipo de proibição a seu uso e comercialização. (N. do T.)

tentamos cheirar *marafet*, mas não deu nada: primeiro começou a doer a cabeça dos dois, depois começamos a vomitar. Enfim, é uma porcaria total! Mas os menores abandonados, pelo que diz o Vanka, nem conseguem viver sem *marafet*.

O Nikpetoj não atormenta ninguém, e por isso a turma inteira tem confiança nele. E por isso ele diz que se orgulha da nossa turma, porque temos uma consciência coletiva muito desenvolvida. Embora eu não concorde lá muito com isso: os meninos até têm uma consciência coletiva, mas as garotas... só algumas, talvez.

Agora eu tenho que estudar um pouco: vou tentar resolver uns probleminhas do Almakfich.

10 de novembro

Hoje saí de casa pela primeira vez; e fui direto para a escola. Dizem que a parada foi muito divertida, e parece que agora começou uma moda de andar pela rua com as pernas nuas, com roupa de ginástica: todo mundo, inclusive as garotas. Eu acho isso muito bom, porque as saias ficam empoeiradas, e ainda por cima elas têm muito pano desnecessário; e de qualquer maneira as mulheres usam calças, afinal. E parece que na parada todas as garotas do Komsomol estavam de calção.

Mal cheguei na escola e logo de cara recebi um bilhete: "Tem gente aqui que ficou com muita saudade de você. Adivinhe quem." Nem quero tentar descobrir.

Passei no exame de matemática do Almakfich: isso que dá ficar deitado em casa.

11 de novembro

Hoje foi domingo. E aconteceu uma assembleia geral muito longa. Primeiramente, o antigo comitê estudantil prestou contas. Tudo corria como sempre, quando de repente o presidente do antigo comitê estudantil, o Seriojka Blinov, declarou que comparecia ao comitê estudantil pela última vez, que não participaria mais e que abria mão de sua candidatura para sempre. E o motivo era o fato de que o comitê estudantil "era um inválido, andando com muletas funscolares"; ou seja, não podia empreender nada de maneira autônoma, mas tinha que concordar em tudo com os funscolares. E também o Seriojka usou a expressão "funscolar", em vez de "funcionário escolar"; vários funscolares protestaram na mesma hora. Depois, a Zin-Palna tomou a palavra e perguntou ao Seriojka se ele achava que os alunos deviam deixar de ter qualquer consideração pelos funcionários escolares e de considerá-los como pessoas ou se ele pretendia mesmo assim manter-lhes o título de seres humanos. O Seriojka Blinov ficou muito ofendido e não quis mais falar, mas o pessoal conseguiu convencê-lo. Aí o Seriojka também disse que considerava preconceito toda aquela coisa de cumprimentar e levantar diversas vezes, e que pessoalmente ele não iria mais se submeter àquilo. Em resposta, a Zinaidischa disse que sempre tinha considerado o Seriojka um aluno exemplar, e que agora ficava surpresa, tentando entender que bicho o tinha mordido. Além disso, quis saber se ele também considerava preconceito se pentear e se lavar. O Seriojka ficou ofendido mais uma vez e não quis continuar a falar. Aí o Almakfich veio e disse que tudo aquilo não o deixava nada surpreso, e que *quantitativamente era a abundância de uma época, mas qualitativamente estava para além do bem e do mal.* Acho que foi a mesmíssima coisa que ele me disse a respeito do meu confronto com a Ielnikitka, e também sem qualquer propósito. Apesar da convicção dos funscolares, o Seriojka Blinov manteve a sua convicção, e a maioria da escola ficou com ele. Só algumas garotas meio que apoiaram o lado dos funscolares, inclusive a Lina e a Zoia, a Negra. Pelo menos a Zoia, a cada vez que o Seriojka falava, ficava bufando: *"Pf, pf-f, pf-f-f!".*

Diário de Kóstia Riábtsev

Depois desse precedente, aconteceram as eleições do novo comitê estudantil. Para minha surpresa e totalmente contra a minha vontade, eu também fui parar no comitê estudantil. Além de mim, da nossa série também foi para o comitê estudantil a Silfida Dubínina. Ela tem sorte: se eu sou eleito para alguma coisa, ela também é. Mas tudo bem: dá para trabalhar com ela, ela não é como as outras garotas. O comitê estudantil é considerado o mais alto órgão da autoadministração. Ao comitê estudantil ficam submetidos o comitê de saúde, o comitê de cultura, e todos os outros comitês. Quer dizer, só dizem que ficam submetidos, mas na realidade fazem o que querem.

A Ielnikitka me encontrou no corredor e perguntou:

— Quando é que o senhor, cidadão Riábtsev, pretende passar no exame?

Aí eu respondi:

— Eu vou aprender tudo, cidadã Kaúrova, aí eu passo.

Aí ela disse:

— Agora todo mundo já está nas tarefas novas, de novembro, e o senhor ficou para trás.

Eu respondi: "Ainda é tempo", e dei no pé. Não a suporto!

13 de novembro

Mal fui eleito para o comitê estudantil e já foi descoberto um caso importante. Desde o início das aulas vinham ocorrendo furtos na escola. Um mês atrás já tinha sumido o estojo de um dos veteranos, depois lanches e dinheiro sumiram várias vezes. E agora de repente tinham sumido logo seis bilhões do Vanka Petukhov. Ele tinha deixado no casaco dentro do vestiário e saído, aí depois voltou, e o dinheiro não estava lá. Mas acontece que o Seriojka Blinov estava passando pelo vestiário e viu o Aliochka Tchíkin fazendo alguma coisa lá dentro. É claro que na hora quiseram perguntar para o

Aliochka Tchíkin, mas ele tinha sumido sem deixar vestígio. Eu e a Silfida Dubínina, como comissários da terceira série, tivemos que ir até a casa do Tchíkin. Aí nós fomos até a casa dele, mas ele não estava lá; quem nos recebeu foi o pai do Tchíkin, um sapateiro, bêbado.

— O que vocês querem?

Nós contamos.

Aí o pai disse:

— Foi ele, o filho da puta, eu conheço aquele ladrão, vou arrancar o couro dele!

Aí ficamos com dó de ter falado: talvez nem fosse o Aliochka, e agora o pai dele ia dar uma surra. Eu e a Silva montamos guarda no pátio, para esperar o Aliochka. Esperamos, esperamos, aí de repente, quando já estava totalmente escuro, o Aliochka apareceu. Eu cheguei para ele e perguntei:

— Por que você saiu da escola antes da hora?

— E que tem você com isso?

— Tenho com isso que sumiu dinheiro.

Aí o Aliochka me deu um encontrão com o ombro, tentou sair andando e disse:

— Vou para casa, me deixe passar!

E eu respondi:

— É melhor você não ir, até resolverem o caso, senão seu pai vai espancar você.

Aí o Aliochka começou a berrar:

— A-a-a-ah, então vocês falaram para ele? Não fui eu que peguei esses seis bilhões!

E aí ele começou a tentar me agarrar e me bater bem na fuça. De repente, a Silfida D. segurou o Aliochka por trás, e nós o colocamos contra a parede e perguntamos:

— E como é que você sabe que são seis bilhões? Nós não falamos nada para você.

Aí, em resposta, ele começou a berrar, a xingar, a dizer palavrão e a cuspir em nós, e aí eu e a Silva percebemos que

Diário de Kóstia Riábtsev   47

ele estava com cheiro de *samogon*.[11] Aí ele se livrou de nós e fugiu correndo. Como estava escuro, nós não conseguimos alcançá-lo e fomos para a escola. Lá, todos os comissários estudantis estavam esperando por nós, e nós contamos tudo. É claro que a suspeita aumentou ainda mais, mas não tínhamos provas diretas. A funscolar de plantão era a Ielnikitka, e ela perguntou logo de cara:

— Mas por que é que vocês não o revistaram?

Nós explicamos por que nós não tínhamos conseguido revistar, mas para falar a verdade aquilo nem tinha passado pela nossa cabeça. Decidimos adiar a resolução do caso para amanhã.

14 de novembro

O Aliochka Tchíkin apareceu na escola como se nada tivesse acontecido. Foi levado na mesma hora ao comitê estudantil.

— O que você fez no vestiário?

— Fui procurar um pão dentro do meu casaco — respondeu.

— E por que se picou da escola antes da hora?

— Tinha que ir para casa.

— Mas se o Riábtsev e a Dubínina não encontraram você em casa.

— É que eu tinha saído.

— E por que você estava com cheiro de *samogon*?

— É mentira deles.

— E como é que você ficou sabendo que tinham sumido exatamente seis bilhões?

— Não sei e continuo não sabendo disso.

[11] Espécie de vodca caseira. (N. do T.)

É claro que ele estava mentindo na caradura, porque nós não dissemos isso para ele, foi ele que começou a gritar dos seis bilhões. Bom, aí ficou claro para todo mundo que era ele que tinha roubado, e acabou a conversa com ele. Aí surgiu a seguinte questão: de que jeito resolver esse caso todo? Os funscolares por enquanto estão quietos, mas que seja. Desde que eles não se metam. Mas, por outro lado, deixar a coisa assim não dá. Nós, todos os comissários estudantis, ficamos muito tempo conversando, mas depois foi cada um para o seu lado, não decidimos nada. Se nós também não decidirmos nada amanhã, teremos que levar o caso à assembleia geral. O Seriojka Blinov me disse que o caso provavelmente não vai dar em nada e que o próprio Vanka Petukhov é culpado por ter deixado dinheiro no casaco. Até que é isso mesmo, mas não é possível deixar que aconteçam furtos na escola, e nesse caso para que é que serve o comitê estudantil se todos os casos derem em nada?

15 de novembro

A Zin-Palna se meteu no caso do Aliochka Tchíkin. Ela ficou sozinha com ele umas duas horas, passando sermão, depois ele fugiu correndo dela, com o rosto cheio de lágrimas, e deu no pé. E foi embora da escola, correndo. Aí nós, comissários estudantis, fomos falar com a Zin-Palna e perguntamos com que fundamento ela, à revelia da autoadministração, se metia em questões concernentes aos próprios alunos? A Zin-Palna disse que ela, em primeiro lugar, tinha a obrigação de responder pela ordem na escola, e que além disso ela não tinha se metido de jeito nenhum, mas sim tinha tentado exercer influência moral sobre o Aliochka. Muito bem! Na assembleia geral vamos conversar.

A Ielnikitka nos reuniu em seu laboratório para explicar, com o microscópio, a reprodução das samambaias, e aí eu perguntei para ela:

Diário de Kóstia Riábtsev

— O que a senhora acha: como surgiu o homem, e o mundo todo, no geral?

Ela ficou toda vermelha e respondeu:

— É claro que por vias biológicas.

— Mas como assim, biológicas?

A Ielnikitka começou a explicar sobre a célula, mas não era aquilo que eu queria, e eu perguntei:

— E deus, existe ou não?

Ela de novo ficou vermelha e respondeu:

— Para alguns existe, mas para outros, não. Isso é assunto pessoal de cada um.

Aí a Zoia, a Negra, começou a berrar como uma louca:

— Eu sei por que ele está perguntando isso! É para provar que deus não existe! Mas eu acredito em deus, e isso é assunto meu, e que ninguém ouse me proibir.

Eu fiz menção de responder para ela, dizendo que ninguém iria proibi-la e que a questão deve ser esclarecida de um ponto de vista de princípios, mas ela nem quis ouvir nada, e eu até pensei que ela iria cair desmaiada. Mas aí de novo a Ielnikitka começou a falar das samambaias. A Zoia se acalmou, e eu decidi esperar um pouco. Aí quando acabou a aula de ciências naturais, a Silva chegou para mim e disse:

— Você sabe que elas até vão à igreja?

— Quem são "elas"? — eu perguntei.

— A Zoia e a Lina.

— E você, não vai?

— Não, não vou. Não acredito em deus, embora eu ouça muito da minha mãe por causa disso — respondeu a Silva. — Minha mãe tem convicções antigas, e o meu pai, novas. Eu amo tanto minha mãe, quanto meu pai, mas eles vivem se xingando, às vezes até se batendo. Meu pai tirou os ícones, mas aí minha mãe colocou de volta. No início, fiquei do lado da minha mãe, mas depois meu pai me convenceu.

— E faz o que da vida, o seu pai?

— É tipógrafo. Veja só, ele mesmo era amarelo[12] antes, até fazia greve e lutava contra o Poder Soviético, mas agora virou vermelho. Minha mãe também teima com ele por causa disso. Todas as mulheres da vila também são contra o meu pai. Elas se reúnem para pendurar a roupa, e aí é um bate-boca danado!

— E antes você também ia à igreja?

— Sim, quando eu era Dúnia, eu ia. Depois eu e meu pai decidimos que ele iria me chamar de Silfida, e desde então eu parei de ir. Minha mãe não quer nem ouvir falar de Silfida: ela diz que é nome de bruxa.

Aí eu pensei e disse para a Silva me chamar de Vladlen. Ela concordou.

16 de novembro

Hoje a Zoia, a Negra, estava fazendo o exame de outubro do Almakfich quando de repente caiu desmaiada! Bom, agora ninguém mais fica espantado. Na mesma hora borrifaram água, deram amoníaco para ela cheirar, e ela acordou. Mas na assembleia do comitê estudantil foi levantada a questão de como fazê-la perder esse hábito de desmaiar, e eu me encarreguei de fazer isso. Só me propuseram fazer sem qualquer dano à saúde dela. Mas isso eu já sabia.

17 de novembro

Aconteceu uma reunião prática do comitê estudantil a respeito do Aliochka Tchíkin. Acontece que ele não tem ido à escola, e em casa também não está. Ninguém sabe onde foi parar. Propuseram informar ao conselho escolar que o comitê estudantil não se opunha a fazer uma busca de Tchíkin com

---

[12] No início do século XX, dizia-se de líder sindical que buscava acordos com os patrões, evitando conflitos. (N. do T.)

auxílio da polícia, desde que não informassem que ele tinha roubado dinheiro.

23 de novembro

Eu disse para o Nikpetoj que quero entrar para o Komsomol, e ele me assentiu. Ele disse que, se tivesse a mesma idade que eu, ele também se inscreveria no Komsomol.

Depois eu ainda perguntei para ele o que era "dialética", e ele me deu um jornal para ler. Gostei de um conto que tinha nele. O conto é este aqui.

A DIALÉTICA DA VIDA
(Conto)

1

Kultiápytch adorava ir ao terraço quando toda a companhia estava presente. Isso ocorria apenas em dias festivos. Kultiápytch aparecia, com seu indefectível cachimbo fedorento nos dentes, durante a hora do chá ou do almoço comum, sentava-se no corrimão e, cuspindo uma saliva amarela, começava a ponderar.

— Eu fico olhando para a vida de vocês aí, e não tem jeito de me acostumar. Todo mundo aqui, moçada, ou moças, vamos dizer, é jovem, é forte. Mas ficam aí o dia inteiro no serviço e não têm aconchego de verdade pela vida.

— Mas que aconchego de verdade é esse, Kultiápytch? — começou de gracinha o Nikolka, piscando para os rapazes.

— E vocês lá vão entender? Vocês são de fábrica, vocês não ganharam o entendimento de verdade. Eu posso dar o exemplo que for. Quem vale mais: o maquinista ou a máquina? Hein? Como é que é?

— A máquina vale mais, Kultiápytch — respondeu o Nikolka com ar de importância. — O homem morre, mas a máquina fica.

— Pois é um tonto — cortou Kultiápytch. — E quem foi que inventou a máquina? O espírito da floresta, por acaso? Foi o homem que inventou, isso sim. Se não tivesse o homem, de onde é que você tiraria essa máquina? Outro exemplo: o dinheiro. O que é do dinheiro sem o homem? Um zero à esquerda, isso é que é o dinheiro sem o homem.

— E o homem sem dinheiro é o quê? — tentou devolver o Nikolka.

— É tudo. Quem inventou o quê? O dinheiro inventou a razão ou a razão, o dinheiro? Hein? Como é que é? Pois veja só você, é... Aí é que está! Diógenes disse: todos morrem, a glória fica. Eu posso não ser o Diógenes, sou só um velho cabo apontador, mas eu lhe digo a mesma coisa.

— E como é que você sabe o que Diógenes disse?

— Eu sei de muita coisa, irmãozinho. Eu conheço esse exemplo, irmãozinho. Esse rapaz aí de vocês, o Vassíli. Rapaz sério. Rapaz inteligente. Fica estudando os livros, não é que nem você. Que vive desmiolado.

Nesse ponto, o próprio Vaska Grúchin interveio.

— O negócio é o seguinte, vovô — ele disse. — Isso aí está errado: aqui é todo mundo atarefado. Eu estudo os livros, mas o Nikolka diverte as garotas. Sem o Nikolka, todas as garotas já tinham ido embora faz tempo. Não é mesmo, meninas?

— Claro, você é um secarrão, com você estamos perdidas — respondeu Lienka Spírina com tom de provocação. — E daí? Passamos o inverno inteiro estudando, não faz mal nenhum descansar um pouco no verão...

— Você tinha que pensar de maneira dialética, Kultiápytch — brincou Fiódor Záitsev. — Aí você vai entender tudo.

— Mas o que é que é esse negócio: di-a-lér-tica? — perguntou o velho, que tinha grande paixão por palavras estrangeiras. — Explique!

Diário de Kóstia Riábtsev

— Não dá para explicar assim fácil — respondeu Záitsev. — Isso é a vida que ensina.

— Pois eu vou dizer uma coisa para você, irmãozinho — concluiu Kultiápytch de modo inesperado, cuspindo na direção de Lienka das faces coradas. — A vida, irmãozinho, é um mangual pesado. E a mulher é o freio.

O terraço irrompeu na risada.

2

Lienka Spírina era semianalfabeta. Ela havia chegado do interior só três meses antes mas, graças a seu caráter sociável, sua alegria durante a cantoria e diversas brincadeiras, ela se enturmou depressa com o pessoal do Komsomol na produção e, no verão, foi até para a comuna de veraneio. É preciso dizer a verdade: ela tinha grande dificuldade com qualquer tipo de estudo. Por isso, quando chegou o verão, ela tinha absorvido apenas as letras e as sílabas mais simples. Ela também ia ao grupo de educação política, mas é evidente que, não sabendo ler, ela tirou muito pouco proveito disso.

Na comuna, Vaska Grúchin até fez menção de cuidar dela, mas logo desistiu.

Lienka estava disposta a farrear, como se faz no campo, até tarde da noite, até a hora do trem, que era preciso pegar para chegar à produção, mas colocá-la sentada em frente a um livro era impossível. O pior de tudo era que ela ouvia com gosto as longas conversas de Vaska sobre política, sobre a articulação dos operários e dos camponeses, mas já no dia seguinte tudo sumia da cabeça dela de imediato. Vaska tentou recorrer à astúcia: começou a contar-lhe historinhas, em que, além de diabos e duendes, figuravam fascistas e jovens do Komsomol. Mas foi vencido da maneira mais inesperada.

— Mas que historinhas são e-e-e-essas — cantarolou Lienka com desdém. — Lá no interior minha avozinha Guniavikha conta história, essas sim são histórias! Ouça só...

E falou, falou... Depois disso, Vaska decidiu deixar para lá, esperar, mas Lienka continuava a farrear até de manhã cedo com as moças e os rapazes entusiasmados, e passou a chamar Vaska de "Secarrão".

Os jovens conheceram Kultiápytch justamente numa dessas farras, em que aproveitavam as alegres noites de verão. Por dever de seu ofício, Kultiápytch fazia a ronda das ruas da comuna de veraneio e observava a juventude com grande interesse.

— E vocês, quem são? — perguntou Kultiápytch a um pessoal que cantava canções e que tinha parado numa das *datchas* certa vez de madrugada.

— Somos do Komsomol.

— Ah! — notou Kultiápytch com respeito. — Quer dizer que são netinhos do Ilitch? Então eu preciso falar sinceramente para vocês: era um homem sincero o seu avô. E vocês têm que lembrar a glória dele e honrar pelos séculos dos séculos, amém.

— E nós honramos — respondeu o pessoal. — E você, quem é?

— Eu? Eu sou só um velho cabo apontador — comunicou o velhinho, com ar de importância. — Sirvo aqui como guarda noturno. E o meu nome é Kiril Potápytch.

— Kultiápytch — secundou o pessoal, e assim o velhinho ficou sendo Kultiápytch.[13]

3

Na realidade, não haveria mais o que contar, se não fosse por um acontecimento trágico que perturbou toda a localidade de veraneio e que colocou de cabeça para baixo toda

---

[13] A palavra *kultiápka* em russo designa o cotoco de um membro decepado. (N. do T)

Diário de Kóstia Riábtsev

a vida da comuna. Um certo domingo, Vaska Grúchin ficou sozinho na *datcha*. O resto da companhia foi passear. Só de calção, Vaska estirou-se diante da geometria e pôs-se a tentar entender os mistérios dos triângulos isósceles. Vaska tinha estipulado que, até o inverno, entraria para a universidade operária. O sol queimava com toda a força, como que tentando penetrar as vísceras de Vaska com seus raios ultravioleta. Mas Vaska, de quando em quando espantando os mosquitos com a mão, tentava intrepidamente meter na cachola teorema após teorema.

Gritos súbitos e vozes em algum lugar na rua e nas *datchas* vizinhas romperam o ensolarado e estridente silêncio. Vaska pôs-se a ouvir; capturou:

— Ei, depressa, depressa!... Pois é, se afogaram!... Quem? Onde? Ai, meu deus!

Vaska, ligeiro, arrancou de onde estava e atravessou correndo a rua para dentro da floresta, na direção do lago.

O lago era antigo, profundo, grande e muito descuidado. Havia uma multidão aglomerada ao redor dele, falando sobre um barco que tinha virado e sobre as pessoas que tinham se afogado. Abrindo caminho em meio ao público, Vaska penetrou no centro da multidão até alcançar seus amigos, que estavam trêmulos e molhados.

— A Lienka se afogou: pelo visto ela não sabe nadar! — eles o recepcionaram, apavorados.

— Bem no meio! Nós estávamos passeando, aí fomos mudar de lugar, e o barco...

— Nós já mergulhamos, não temos mais forças — balbuciou Nikolka, soturno.

— Foram correndo buscar um barco, uma vara com gancho...

— Mas será que dá tempo?! — alguém duvidou, no meio da multidão. — Barco tem, mas é particular, fica preso com um cadeado, do outro lado...

— Onde? — perguntou Vaska, ofegante, e, de supetão, saltou na água, indo na direção indicada.

Ele nadava e mergulhava muito bem, por isso calculava encontrar depressa a afogada. Após cruzar metade do lago com algumas braçadas, ele se voltou à margem e perguntou:

— Aqui?

Reagindo aos gritos de resposta, foi mais para a esquerda e mergulhou. O lago era extremamente profundo, coberto de algas e lamacento. Tateando por volta de duas braças em todas as direções, Vaska sentiu que as correntes frias do fundo começavam a fazer suas pernas se entorpecerem, que não tinha mais fôlego, e por isso decidiu voltar à superfície. Ele se afastou com ímpeto do fundo, tentou subir, mas imediatamente sentiu que suas pernas tinham se emaranhado nas algas. Vaska tentou desemaranhar com as mãos aqueles poderosos fios, rasgou uma vez, rasgou duas vezes e, sem contar com isso, inspirou água. No mesmo instante, estrelas alaranjadas rodearam freneticamente em seus olhos, a água entrou em suas narinas, em seus ouvidos, no estômago. Seus braços se reviravam convulsivamente pela água, mas as algas tinham como que se aferrado ao cérebro, à mente, à consciência...

Do outro lado, com dois pares de remos, o barco avançava apressadamente. Lienka foi encontrada muito depressa com o gancho e arrastada para a superfície pelo vestido. Após meia hora, Lienka voltou a si. Depois de tomar fôlego, o pessoal encontrou Vaska e o arrancou das algas. Mas nem a reanimação, nem a respiração artificial ajudaram. Vaska Grúchin estava morto.

4

— Então me digam o que é mais importante: o correio ou o carteiro? — começou certa vez Kultiápytch com a costumeira cantilena, acomodado no seu corrimão de sempre.

— Acontece que o carteiro pode passar sem o correio, pode

sim. Mas como é que fica o correio sem o carteiro? Hein? Pois é!

O pessoal ficou em silêncio. Um mês tinha se passado desde a morte do Vaska, mas nenhuma festa ou farra de qualquer tipo tinha sido realizada na *datcha* desde então.

— Agora o correio pode sim existir sem carteiro — disse Nikolka de modo excepcionalmente sério. — Agora tem rádio, você pode receber qualquer notícia.

— E como é que esse seu radinho vai funcionar sem o radiador? — Kultiápytch atacou Nikolka. — Tem que ter o radiador, sem ele o seu radinho é só um pedacinho de pau. Nã-ã-ão, não diga isso. A máquina sem o maquinista é a mesma coisa que sopa sem sal...

A conversa não engrenava. Kultiápytch tomou uma xícara de chá e disse:

— A vodca, ela é mais forte, ela ajuda com os dentes. Bom, mas enfim, até depois — e foi embora claudicando. Mas, depois de coxear ao longo da cerca, voltou e perguntou com ar enigmático:

— O que é que acontece que eu nem ouço mais falar daquela Alionka de vocês?... De primeiro ficava todo mundo aqui de risada e de cantoria, mas agora... pois é isso aí... É só livro e mais livro... Agora todo mundo fica sentado com um livro no jardim... Não sei se vai ofender de perguntar: será que ela não vai se matar por causa do Vassíli, não?

— Nã-ã-ão, Kultiápytch, e você faz mal em perguntar — respondeu Nikolka, pensativo. — Ela não era chegada ao Vássia. Ela deve ter é ficado pensando na morte...

— O que acontece é o seguinte, meu amigo Kultiápytch — explicou Fiódor Záitsev. — Não sei se você vai me entender. Como você explicou: a mulher é um freio. Mas para nós acontece que a ignorância é que é um freio. O Vassíli estudava. Ele se afogou por causa dela; agora ela resolveu pegar nos livros... Isso, meu amigo, é a dialética da vida.

— Di-a-lér-tica — arrastou Kultiápytch e repetiu, tentando memorizar: — Então é dialértica. E o que isso quer dizer?

— Quer dizer o seguinte — explicou Záitsev com gosto. — Pelo que você diz, a máquina não pode existir sem o homem.

— Não pode — confirmou Kultiápytch com segurança.

— Certo. Com o livro é a mesma coisa. O Vássia morreu afogado, o livro ficou. A Lienka também é uma pessoa. Ela apanhou o livro, está vendo? E está estudando.

— Sei, sei, sei — alegrou-se Kultiápytch. — Então isso aí que é a dialértica... É como se fosse assim: matam o apontador que fica no canhão, aí já vem outro na mesma hora. Se-e-e-e-i.

Kultiápytch de novo saiu manquitolando pela cerca. Aproximou-se de Lienka, afagou-lhe a cabeça.

— Então estude, menina, estude... Aprenda toda a dialértica... Você vai ganhar o aconchego pela vida, de verdade. Porque sem dialértica, irmãozinho, a vida é um mangual de ferro.

24 de novembro

Assim que o pessoal começou a gritar que a Zoia tinha tido outro desmaio, na mesma hora eu fui correndo para o pátio, busquei uma coisinha e corri de volta, perguntando: Onde? Disseram que estava no auditório. Fui na hora para o auditório. Olhei, e, como sempre, ela estava deitada, pálida e com os dentes cerrados. Eu disse:

— Podem erguê-la um pouquinho?

O pessoal levantou, e eu enfiei uma bola de neve no colarinho dela. Ela deu um pulo e começou a berrar com uma voz estranha!!! O pessoal começou a gargalhar, e a Ielnikitka já vinha correndo com o amoníaco!

— Mas o que é isso?!

Diário de Kóstia Riábtsev

— Foi assim, a Zoia desmaiou, mas o Kóstia Riábtsev a curou...

— Curou co-o-omo?

— Com neve.

Aí a Ielnikitka começou a me falar que aquilo era desumano, que não era camaradesco, e que ela iria me denunciar na assembleia geral. Mas aí a Zinaidischa chegou, olhou para a Zoia e para mim e disse:

— Ielena Nikítichna, acalme-se! A Zoia não vai mais desmaiar.

Os olhinhos da Zoia brilharam, ela começou a bufar e deu no pé, e a Zin-Palna me disse:

— Mas por favor: da próxima vez, com o meu conhecimento!

E foi embora. E por que com o conhecimento dela? Se eu sou comissário estudantil, quer dizer que eu é que tenho a obrigação.

Logo teremos que fazer os exames de novembro, mas eu nem passei em todos de outubro ainda. O comissariado estudantil atrapalha demais. E ainda a comissão editorial fica pressionando para eu escrever para O Estudante Vermelho, mas não tenho tempo para nada.

26 de novembro

Abriram as inscrições para o Komsomol, e eu e a Silva entregamos o requerimento para a célula. Dizem que logo a nossa célula vai ser fundida com uma de produção. Isso é muito importante, senão as nossas assembleias vão ser de uma chatice tremenda.

27 de novembro

Eu e o Vanka Petukhov fomos ver os menores abandonados, e vejam só como foi. Eu gosto muito de mistérios, e aquilo tinha que ser feito em segredo, porque, se os funscolares descobrissem, podia gerar todo um precedente. Foi assim. O Vanka foi me buscar umas nove horas, como se fosse para o cinema, e nós fomos. Estava um frio muito forte, de uns vinte graus. Chegamos naquele mesmo porão arruinado. Primeiro não nos deixaram entrar, mas depois acabaram deixando. O porão era imenso, e nele fazia o mesmo frio que na rua, e por isso em vários cantos tinha umas fogueirinhas acesas, mas elas ficavam tapadas por vários cacarecos, para que ninguém visse da rua. Quando eu e o Vanka andamos de fininho pelas pedras desmoronadas, foi muito tenso, foi igual no cinema, quando os agentes da polícia chegam de fininho. Primeiro eles não tocaram em nós, porque conhecem o Vanka e o consideram um deles. Todos estavam vestidos com uns trapos terríveis, e vinha um cheiro asqueroso dos meninos, o mesmo cheiro do banheiro, apesar do frio... Lá vivem muitos deles, e eles se aquecem com várias fogueirinhas: em uma só não teria lugar para todo mundo. Assim que o Vanka entrou, todos foram para cima dele:

— Mande uma história!...

O Vanka sentou perto de uma das fogueirinhas e leu para eles uma história sobre um pires de ouro e uma maçãzinha suculenta. Uma bobagem enorme! Nunca suspeitei que uma bobagem daquela pudesse ser colocada em um livro. Depois os menores abandonados pediram mais, mas o Vanka não quis. Aí eles pegaram o *samogon* e começaram a servir. O Vanka bebeu um pouquinho, eu recusei. Depois eles começaram a jogar cartas, e nós já estávamos prontos para sair quando de repente alguém me arrastou para junto da fogueira. Eu tentei me firmar no chão, mas o outro me puxou bem para perto do fogo e berrou:

— Pessoal, esse aqui é polícia!

Eu olhei e vi que era o Aliochka Tchíkin; só que ele estava todo emporcalhado e vestido com trapos, nem dava para reconhecer de cara. Ele disse:

Diário de Kóstia Riábtsev

— Por que veio se meter, seu miserável? Veio fazer o que aqui?!

— Vá para o inferno! — respondi, e tentei escapar.

É claro que o Vanka tentou intervir a meu favor; nós escapamos... Eles atrás da gente, nós tentando fugir. Aí alguém me deu uma pancada bem no olho com alguma coisa dura. Eu dei um berro, porque doeu muito, mas eu e o Vanka conseguimos subir até a rua, e demos no pé. Eles fizeram menção de ir atrás de nós, mas logo ali tinha uma rua iluminada e um policial. Eles ficaram para trás. Meu olho ficou doendo muito, e inchado.

Aí eu e o Vanka começamos a deliberar sobre o que fazer e se era o caso de contar para alguém sobre o Aliochka Tchíkin. Decidimos ficar quietos e não contar para ninguém, porque ele pode rodar muito feio, e é melhor ele nem aparecer em casa: depois de tudo isso o pai pode até querer matar. Aí o Vanka me contou que naquele porão moram os "batedores". Eles fazem assim: um se esconde no portão, o outro passeia pela rua como se fosse bonzinho. Quando passa alguma grã-fina de bolsa, na mesma hora o que está passeando pela rua se joga com toda a força nas pernas dela, aí o outro sai correndo do portão, agarra a bolsa, e os dois dão no pé. Às vezes só batem carteira. Ou arrombam apartamentos. Alguns nem sabem falar russo, só falam tártaro, mas roubam tão bem quanto.

Quando eu cheguei em casa, o hematoma debaixo do olho tinha se espalhado para a bochecha inteira; meu papai percebeu na hora e perguntou o que era aquilo. Eu menti para ele, disse que escorreguei e caí; ele aplicou no meu rosto uma velha moeda de cobre. Aí o inchaço diminuiu um pouco, mas de qualquer maneira eu vou ter que ir para a escola com um hematoma amanhã.

28 de novembro

É claro que todo mundo perguntou do hematoma, e a Silva foi quem mais importunou, tanto que eu até a mandei para o inferno. A Ielnikitka olhou com desconfiança e com um ar que na certa era zombeteiro, mas eu não quis outro escândalo e fiquei quieto.

No *Estudante Vermelho* saiu um artigo muito apropriado sobre o trabalho social. Eu anotei.

"Em nossa escola está sendo utilizado o plano Dalton. São dadas tarefas mensais de todas as matérias, e nós devemos elaborá-las de maneira independente. O professor diz que tal tarefa deve ser elaborada de acordo com o livro tal, mas não se encontra o tal livro em lugar nenhum, e comprar um livro para cada tarefa é inconcebível.

"Depois, além das aulas científicas, são feitos trabalhos sociais, e para executá-los são designados e escolhidos os alunos mais fortes nesse ponto, e surge então uma incoerência: uns ficam atulhados de trabalho social, enquanto outros não recebem nada. É preciso dizer que nos nossos laboratórios científicos é sempre tão barulhento, que é muito difícil se concentrar em qualquer coisa, e por isso os alunos têm que estudar as matérias em casa. As nossas aulas terminam às sete horas, e então aqueles que não têm trabalho social vão embora tranquilamente, enquanto que aqueles que estão atulhados de trabalho social têm que ficar na escola para cumpri-lo. É claro que à noite não se pode cumprir nada, e é necessário retomar o trabalho social de manhã, quando o primeiro turno está trabalhando. Mas aí, quando o nosso segundo turno começa, de novo é impossível trabalhar nos laboratórios, porque é barulhento... E é assim todo dia. Um mês já se passou, chegou a hora de entregar as tarefas, e nada está pronto. Mas os que não têm trabalho social fazem tranquilamente as tarefas em casa e entregam tudo dentro do prazo."

Diário de Kóstia Riábtsev

Lá tinha mais coisas escritas, mas isso já é o bastante para ver que os comissários estudantis não têm tempo nem para respirar. E ainda tem a comissão editorial, a dos adereços, a das classes, e ainda as discussões com os funscolares em nome de toda a turma... Maldito Dalton, ele que se dane!

30 de novembro

Amanhã tem que entregar as tarefas de novembro, mas é claro que eu nem tenho nada para entregar e nem sei quando vou ter... Alguns outros também estão nessa posição. É bom que está terminando o prazo do meu comissariado estudantil, do contrário não ia ter como eu me livrar. A única esperança é a pausa de inverno. A Silva também não tem pretensão de entregar nada, por causa do mandato no comitê. Maldito Dalton!

Depois da escola, eu e a Silva passamos a noite toda andando pela rua, e ela me contou muita coisa sobre a vida dela. Acontece que o pai entrou com o divórcio, e agora ela não sabe se vai morar com ele ou com a mãe. E o tempo todo na casa dela é briga e escândalo. Ela até tem tentado aparecer o menos possível em casa. Depois ela começou a me perguntar sobre o objetivo da vida. Eu disse para ela que o objetivo da vida era viver de maneira útil para si mesmo e para os outros e depois lutar pelo comunismo universal. Aí ela me confessou que as coisas estavam tão difíceis que ela até quis se suicidar. Eu respondi que isso era muita estupidez e que tem gente que vive pior que nós; por exemplo, os menores abandonados. E depois, suicídio é bobagem de intelectual. Na escola antiga, os alunos se matavam por causa dos funscolares, mas nós ainda estamos em posição de lutar contra os funscolares, e além disso existe o Komsomol, e provavelmente nós seremos admitidos lá, porque nós dois somos de origem social proletária. Aí a Silva se acalmou, e eu a acompanhei até em casa.

TERCEIRO CADERNO

3 de dezembro
Eu e a Silva fomos confirmados com candidatos ao Komsomol. Isso é joia, a única coisa ruim é que é obrigatório frequentar as sessões da célula. E nós nem temos tempo. Tudo bem! Vou dar um jeito.

4 de dezembro
Hoje, durante a aula, a polícia apareceu na escola. Chamaram a Zin-Palna e perguntaram para ela:
— Aleksei Tchíkin é aluno daqui?
Ela disse que era.
— Pois bem, acolham-no em caráter provisório, pois ele não quer dizer seu endereço, e nós não temos onde mantê-lo.
— E como ele foi parar na polícia? — perguntou a Zin-Palna.
— Foi detido durante uma batida em um grupo de menores abandonados.
Aí de repente a Zin-Palna disse:
— Não, eu me recuso a acolher. Podem levá-lo para um centro de menores abandonados.
Alguns meninos ouviram isso, e na mesma hora a escola inteira ficou sabendo. Tocaram o sino para a assembleia geral. Aí o pessoal veio correndo de todos os lados, largaram os livros; quem estava respondendo alguma coisa nos laboratórios, largou a resposta no meio e foi para fora... Os funs-

Diário de Kóstia Riábtsev

colares ficaram de olho arregalado... E isso porque geralmente avisam da assembleia geral antecipadamente, e agora de repente ela ia acontecer durante a aula, sem mais nem menos. Aí o pessoal se reuniu na quadra. Um barulho terrível, gritos. Chegou a Zin-Palna, toda pálida, e outros funscolares pelo visto também estavam como peixes fora d'água.

— Quem deu o sinal para a assembleia geral? — perguntou a Zin-Palna.

— Fui eu — respondeu o Seriojka Blinov.

— Com base em quê, durante as aulas?

— Com base no fato de que agora mesmo toda a escola ficou sabendo de uma terrível injustiça, e todos nós queremos protestar.

O Seriojka disse isso, mas ele mesmo estava todo pálido e gaguejando.

— Mas que injustiça? — perguntou a Zin-Palna.

— A escola não ter aceitado receber o Tchíkin. O Tchíkin é nosso camarada, e tinham a obrigação de perguntar para nós.

Aí todo mundo começou a berrar:

— Isso mesmo, Blinov!!! Abaixo os funscolares!

A Zin-Palna ergueu o braço, ficou um bom tempo assim, por causa do barulho, depois disse:

— Essa questão precisa ser analisada em detalhes. Vocês dizem: "Que injustiça!". Mas eu não pude receber, em primeiro lugar, porque aqui não é um orfanato e ele não teria onde morar, e depois ele estava morando com menores abandonados, ou seja, ele pode estar contaminado com diversas doenças, e aí contaminaria todos os outros. Depois, no fim das contas, já que ele tem um pai, ele tem que ser enviado para o pai, de modo algum para a escola...

Aí eu levantei e disse:

— Não podemos mandar para o pai, porque agora o pai dele vai querer matá-lo. O pai dele é um bêbado, e dá para perceber que não é fácil para ele morar em casa, se ele teve que fugir para um porão em ruínas.

— E que porão em ruínas é esse? — perguntou a Zin-Palna.

— Um porão qualquer — respondi.

— E como é que o senhor está sabendo disso, Riábtsev?

— Estou sabendo porque eu mesmo estive lá e vi.

Aí todo mundo começou a berrar:

— Bravo, Riábtsev! Muito bem!

E eu respondi:

— Peço que não berrem sem propósito. Sendo comissário estudantil, era minha obrigação.

— Pois bem — disse o Seriojka Blinov. — A escola protesta contra o fato de que a diretora mandou o Tchíkin para o centro de menores sem consultar a escola. Além disso, solicitamos que alguém seja mandado imediatamente até a polícia para trazê-lo de volta à escola.

— E o que é que nós vamos fazer com ele? — perguntou a Zin-Palna.

— Aí vamos ver. Vamos até a casa dele exigir que o pai não bata nele.

— E ele vai ouvir vocês, sim — insinuou a Ielnikitka com sarcasmo.

— É mais provável nos escutar do que escutar você — o Seriojka respondeu. — E, em todo caso, pedimos aos funcionários escolares que respondam sinceramente: nesta escola, tem algum sentido a autoadministração ou não?

— Sim! Sim! Queremos que respondam! — gritaram todos os alunos.

— Fico surpresa — disse a Zin-Palna — com essa desorganização que está surgindo nesse momento. Interromperam as aulas, fizeram uma assembleia geral. Tudo bem, isso podemos aceitar, afinal se trata de um acontecimento extraordinário. Mas como está sendo conduzida essa assembleia ge-

Diário de Kóstia Riábtsev

ral extraordinária? Sem presidente, sem secretário. As questões estão todas emboladas. Foi colocada a questão do Tchíkin, ela não foi resolvida, aí logo na sequência pulam para outra questão, mais fundamental. Eu me recuso a continuar participando de uma assembleia como essa, vou embora, porque, na minha opinião, uma assembleia dessas é uma vergonha para a escola.

E foi embora. Na mesma hora a Ielnikitka foi atrás dela, e depois o Almakfich e os outros funscolares saíram de fininho. Só ficou o Nikpetoj. Ficou sentado, calado, com cara de besta. Os alunos também ficaram calados, mas depois começaram a fazer barulho de novo. Aí o Seriojka bateu com o punho na mesa e disse:

— Eu pessoalmente considero que qualquer tipo de presidente é preconceito, também. Dá muito bem para ficar sem presidente. Pessoal, o que eu proponho é que fiquem aqui só aqueles que não reconhecem a forma de autoadministração que nós temos. E nós vamos decidir o que fazer. Os demais podem ir embora. É claro que todos os funcionários escolares também.

O Nikpetoj na mesma hora levantou e foi embora. Alguns dos alunos menores também foram embora. Dentre as garotas, na mesma hora saíram ostensivamente a Zoia, a Negra, e a Lina G. As demais pessoas ficaram e decretaram uma "união". A "união" decidiu não reconhecer a autoadministração e elaborar um estatuto, ao qual seria preciso submeter-se. Ficou decidido abolir os cumprimentos e levantamentos obrigatórios. Seria permitido, a quem quisesse, entrar no laboratório, no auditório e na quadra de chapéu, ou sem chapéu, se quisesse. No mais, todos deveriam agir de acordo com o estatuto, cuja elaboração foi confiada ao Seriojka Blinov e outros alunos.

Na mesma hora minha vida ficou mais feliz. Aliás, meu comissariado estudantil também acabou.

5 de dezembro

Agora tem dois partidos na escola: "Escola" e "União". No fim descobrimos que muita gente era a favor dos funscolares. Hoje os "escolares" fizeram uma assembleia geral para eleger o novo comitê estudantil, e metade da escola participou dessa assembleia. Nós, os "unionistas", também fizemos uma assembleia, adotamos o "Estatuto da União". De acordo com esse estatuto, ninguém se submete a ninguém, fica instaurada a autodisciplina. Todas aquelas bobagens, como os cumprimentos obrigatórios, foram abolidas, mas cada um dos "unionistas" deve observar seu próprio comportamento. Aí não pode brigar e fazer barulho durante as aulas, por exemplo. Foi eleito um "comissário de assuntos externos" para as relações com os funscolares e com os "escolares": Seriojka Blinov.

A primeira tarefa designada ao Seriojka foi a de conseguir, junto aos funscolares, que tirassem o Aliochka Tchíkin do centro de menores e trouxessem para a escola. Depois, tivemos um comício, e todos discursaram.

Depois, o Seriojka me chamou de canto e disse que, já que o Nikpetoj gostava de mim, eu devia ir falar com ele e perguntar o que ele achava da "União", e também os outros funscolares. É claro que eu concordei. Só não entendi por que importa a opinião dos funscolares: eles ficam por conta deles, nós ficamos por nossa conta. Mesmo assim eu fui. O Nikpetoj me disse o seguinte:

— Eu considero interessante o experimento de vocês. Acredito que em breve vocês mesmos vão se convencer de que não se pode viver sem disciplina.

Eu respondi que nós estamos instituindo a autodisciplina.

— A autodisciplina é uma faca de dois gumes — disse o Nikpetoj. — Por um lado, ela pode ser boa, já que elimina a violência, mas por outro lado ela é muito mais árdua que a disciplina externa. Pois pense bem: você tem que observar os seus passos o tempo todo, para não cometer algum tipo de falta. Isso enche a paciência muito depressa.

Aí eu perguntei como a Zin-Palna enxergava essa questão.

— Vocês a menosprezam — respondeu o Nikpetoj. — Vocês acham que ela promove a violência na escola e que, consequentemente, ela é o inimigo comum de todos os alunos. Mas na verdade não é assim. Ela gosta muito de todos, mas se ela é obrigada a promover a disciplina, é porque ela carrega uma responsabilidade muito grande. Quanto à sua "União", ela entende que não deve se intrometer. "Deixe que eles mesmos percebam o absurdo de seus atos", ela diz.

Eu contei tudo isso para o Seriojka, ele escutou, mas não disse nada. Na saída da escola eu comecei a acompanhar a Silfida até em casa, mas depois foi ela que me acompanhou até a minha, e pelo caminho eu e ela começamos a falar a respeito da "União". Ela disse que não acreditava que a "União" duraria muito tempo, mas que entrou por camaradagem, e que agora a vida dela estava muito alegre. Eu disse que a minha também. Nós até sacudimos a mão um do outro na despedida, o que nunca tínhamos feito.

6 de dezembro

Parece que tudo ficou em ordem. Os funscolares fazem cara de que não reparam na "União", e nós como que não reparamos nos funscolares. Já que na "União" ficou determinado que não deveria ser feita nenhuma zombaria com os "escolares", nós nem tocamos neles, ainda mais que a maioria deles é mais nova. Quanto aos veteranos, eles já pensam de maneira fundamentalmente diferente de nós.

Estou correndo com todas as forças para dar conta dos exames, para poder me divertir um pouco durante a pausa de inverno. Passei no exame de novembro do Nikpetoj. As matérias mais difíceis para mim são matemática e ciências naturais.

7 *de dezembro*

O Vanka Petukhov não foi à escola, e aí eu fui até a casa dele. Acontece que ele estava todo machucado. E foram os menores abandonados que o espancaram, porque pensaram que foi ele que dedurou e que por isso depois aconteceu a batida policial. Levaram até o tabuleiro de cigarros dele. Agora ele está pensando em ir para a fábrica, até porque estão pegando mais adolescentes que antes. Perguntei para ele: "E como vai fazer com os estudos?". Aí ele disse que os adolescentes trabalham só seis horas e que recebem diversos benefícios pelo estudo. Na casa dele estavam todos chorando, porque ele sustenta todo mundo quase sozinho. Fiquei muito mal e fui embora.

8 *de dezembro*

Eu estava passando pela quadra quando de repente estourou uma briga entre os "escolares" e os "unionistas". Eles nos atacaram: passaram uma rasteira no Volodka Chmerts. Na mesma hora os nossos acorreram, e começou o pega. É claro que não brigaram a sério, era mais de zoeira. Aí de repente a Zinaidischa chegou correndo, começou a bater o pé e gritar que nem louca: "Parem, parem!". É claro que nós paramos, e ela veio com bronca para cima de nós, dizendo que nós estávamos agindo como se estivéssemos na rua, e não na escola, que uma hostilidade daquelas era inaceitável e que a tão falada autodisciplina da "União" estava dando uma boa prova de si. Aí eu não aguentei e disse que a autodisciplina não tinha nada a ver ali, porque nós não estávamos brigando, estávamos só trocando umas palmadas. Mas ela nem me deixou terminar de falar e declarou que iria conversar comigo no conselho escolar.

Diário de Kóstia Riábtsev

Vamos ver o que vai ser. Finalmente eu passei no exame de matemática de outubro. Agora não falta tanta coisa, e eu vou correr com toda a força.

10 de dezembro
Hoje foi muito divertido porque durante o intervalo grande todos nós, "unionistas", fomos para o pátio e começamos a jogar futebol. O tempo até que estava quente, e a neve estava pisada, por isso estava fácil jogar. Os "escolares" ficaram olhando para nós com inveja: eles também queriam muito jogar, mas pelas regras deles, as da escola, o futebol está proibido até a primavera: pelo menos no pátio da escola. Podem jogar outros jogos, que o professor de ginástica ensina, mas futebol não pode, porque, como diz a Zinaidischa, "o futebol tem uma influência negativa nas aulas".

O intervalo já estava no fim, mas nós continuávamos jogando... Pena que está escurecendo cedo, senão ia continuar assim sem parar. Fiz dez gols; jogo de ponta-direita. Primeiro tinha umas garotas jogando, mas depois, quando formaram direito os times, tiraram as garotas.

11 de dezembro
Anteontem eu vi a Zoia, a Negra, e a Lina G. saindo da igreja, e ontem foi a sessão da nossa célula, na qual foi decidido reforçar a propaganda antirreligiosa na escola. Por conta disso, eu cheguei no laboratório de ciências naturais, quando tinha um monte de gente lá, e perguntei para a Ielnikitka:

— Ielena Nikítichna, me explique, por favor, a respeito de deus: deus existe ou não existe?

— Eu já falei para você uma vez, Riábtsev — ela disse —, que para alguns existe, mas para outros, não. Isso é assunto pessoal de cada um.

— Não, mas no geral.

— Não existe uma opinião geral.

— Mas de acordo com a história natural como é: existe ou não?

— A história natural não trata de questões religiosas.

Aí eu saí sem nada, mas eu ainda vou pegar a Ielnikitka de calça curta. Fui andando pelo corredor, quando de repente a Zoia, a Negra, veio atrás de mim e disse:

— Espere!

Eu parei, e ela ficou toda encurvada, acorcundada, e falou cochichando:

— Eu odeio você — ela disse —, e não considero você como pessoa, mas mesmo assim, como eu tenho pena de você, devo avisar que isso não vai passar batido, e você vai ter que responder por isso.

— E para quem é que eu vou responder?

— Você sabe para quem. Os anjos de deus renegaram você.

Dei tanta risada, que fiquei até com dor na barriga!

— Mande isso aqui de presente — eu disse — para os anjos de deus! — E dei-lhe um tabefe nas costas.

Ela começou a bufar, e fugiu de mim! É claro que eu nem fui atrás, não gosto dela, simplesmente não suporto. Ela tem cheiro de igreja e de óleo de unção.

12 de dezembro

Hoje tive que me despedir do meu querido camarada Vanka Petukhov. Ele foi à escola pela última vez: vai entrar para a fábrica. Fiz menção de contar como iam as coisas na escola, mas deu para perceber que ele já não se interessava por isso. Os hematomas dele sararam. Ele vai receber vinte e três rublos e sessenta copeques.

— Vendendo cigarro — ele disse — não dá para ganhar mais.

Fico muito triste por ele ir embora da escola. Em primeiro lugar, ele é um bom camarada, é difícil achar desses; e de-

Diário de Kóstia Riábtsev

pois ele é um rapaz inteligente e muito bom. Eu acho que fazer amizade com um rapaz é completamente diferente de fazer amizade com uma menina, mesmo uma inteligente como a Silva. É bem verdade que eu converso com ela sobre muita coisa; mas não sobre tudo, de qualquer maneira: tem muita coisa que ela não vai entender. E também, será que eu poderia ir com ela ver os menores abandonados? Talvez ela até fosse, mas eles iam querer dar uma surra nela, e ela não ia conseguir se defender sozinha. E depois as garotas não sabem jogar futebol direito, por exemplo, por mais que tentem. E depois elas estão sempre com os olhos molhados... No fim das contas, não importa o que digam, mas tem muitos empecilhos para uma amizade verdadeira. Amizade com um rapaz é outra coisa. Vou sentir falta do Vanka... É claro que a gente vai se ver, mas de qualquer maneira não vai ser a mesma coisa.

13 de dezembro

Hoje por conta da "União" aconteceu um novo precedente. A Silfida D. foi fazer o exame de novembro do Almakfich, mas ele a bombou, embora ela diga que respondeu a todas as perguntas e demonstrou todos os teoremas. Aí ela disse para ele:

— Você me bombou porque eu estou na "União".

O Almakfich ficou muito irritado, chamou-a de "menininha imprestável" e a colocou para fora do laboratório. A turma toda ficou muito indignada, e nós mandamos uma delegação para falar com a Zinaidischa e exigir que o Almakfich se desculpasse com a Silfida. Eu fiz parte da delegação, e, quando nós chegamos na sala dos professores, o Almakfich estava lá. Ele ouviu a nossa exigência e disse:

— Tudo bem, eu peço desculpas, perdi a compostura; mas a Dubínina vai ter que se desculpar comigo primeiro, por ela ter suspeitado que eu tivesse quaisquer motivos alheios.

Então eu disse:

— Eu não sei se tinha motivos alheios, mas a escola inteira sabe que o senhor não suporta a Dubínina e que a persegue.

Aí o Almakfich ficou uma fera, começou a gritar que eu era um rapaz insolente e grosseiro e que, se não me controlassem, ele iria embora da escola, porque não tinha possibilidade alguma de trabalhar. Aí ele atirou o livro na mesa e foi embora da escola. A Zinaidischa me segurou na sala dos professores e começou a conversar comigo. Ela tentou me convencer de que, se as coisas continuarem assim, não vai ter possibilidade nenhuma de estudar, e que todos nós ficamos entusiasmados com a "União", mas esquecemos o objetivo mais importante: estudar. Eu respondi que concordava com ela, mas que não éramos só nós que estávamos esquecendo, mas também os funscolares estavam esquecendo uma coisa: que nós também somos gente, só mais jovens, talvez só menos experientes que eles. Por exemplo, não podiam chamar a gente de "crianças", "rapazes grosseiros e insolentes", "menininhas imprestáveis" e coisas do tipo, e isso sempre vai provocar precedentes. Aí a Zinaidischa me disse que não se deve dizer "precedente", mas que se deve dizer "incidente". No mais, decidimos que amanhã eu vou me desculpar com o Almakfich e influenciar a Silfida nesse mesmo sentido.

Aí na assembleia da célula foi deliberado que se propusesse aos funscolares e à "União" criar uma comissão de conciliação para liquidar os conflitos. O Seriojka Blinov protestou, mas o representante do centro perguntou para ele: por acaso ele desejava a presente divisão da escola em dois partidos? Depois disso, o Seriojka teve que ficar calado.

14 de dezembro

A comissão de conciliação, com a participação dos representantes da célula, determinou que fossem abolidos os cumprimentos e levantamentos. Os direitos do comitê estudantil foram ampliados: assim, as questões concernentes somente aos alunos, por exemplo, agora seriam deliberadas somente pelo comitê estudantil; para a assembleia dos funscolares e para o conselho escolar iriam somente as questões concernentes a funscolares e alunos. É permitido jogar futebol.

A "União" acabou.

16 de dezembro

Eu tinha pensado que tudo tinha acabado, mas de repente, antes do intervalo de inverno, durante a assembleia dos funscolares, eles elaboraram caracterizações de todos os alunos, e qualquer um que quisesse podia ler a sua. Eu não só li a minha, como anotei:

"Kóstia Riábtsev, 15 anos. Para a idade, o desenvolvimento geral é indubitavelmente insuficiente. Tem muita dificuldade nos estudos. Uma autoconfiança colossal. Tem uma atitude excepcionalmente inflamada e irascível com relação ao trabalho social, mas isso arrefece rapidamente. Tem enfrentado dificuldades excepcionais para atravessar a adolescência e o período da puberdade. Os instintos predominam e, em vigor do temperamento, exigem vazão imediata. É grosseiro, insolente e ríspido ao extremo. O funcionamento excepcional, em termos de força, dos centros sensoriais e motores cria um egocentrismo doentio e agudo. Uma relação semiconsciente com a iminente idade adulta alimenta o intelecto e seu trabalho sobre os instintos. Esse trabalho tem ocorrido e dado alguns frutos, por ora pouco perceptíveis. É um adolescente típico, de acordo com Stanley Hall".

Mas quem é Stanley Hall?[14] Na certa é um burguês, da laia do Dalton... Fui perguntar para o Nikpetoj o que era "egocentrismo". Ele explicou que era o mesmo que egoísmo, só que pior. Parece que eu sou um egoísta, afinal. Eu acho que não sou egoísta, mas é claro que não dá para convencer os funscolares. A questão não é essa. É que eles escreveram que eu tenho muita dificuldade nos estudos. Isso pode até ser, mas não explicaram por quê. E é por causa do Dalton. Se não fosse o Dalton, eu iria bem como todo mundo. No ano passado, não fui nem melhor, nem pior que os outros, e ainda tinha tempo para ler. Mas agora, por conta do Dalton, não me sobra mais tempo. A Silva parece que tem essa mesma caracterização. Eu conversei com ela, e ela concordou comigo que é por causa do Dalton.

18 de dezembro

Hoje tivemos uma alegria generalizada, porque trouxeram o Aliochka Tchíkin do centro de menores para a escola. Ficamos um bom tempo gritando "Viva!" e balançando o Aliochka. Depois, teve a assembleia do comitê estudantil, que determinou que ele fosse mandado para o pai, e, junto com ele, para negociar, iríamos eu e o Seriojka Blinov. O Aliochka está muito magro e pálido, e fica só calado. Ele não deve ter passado bem nem com os menores abandonados, nem no centro. Depois das aulas, nós o levamos até o pai. Chegamos, o pai estava sóbrio, sentado, mexendo numa bota com uma sovela, e a mãe estava costurando. A mãe, assim que viu o Aliochka, logo abriu o berreiro. E o Seriojka disse para o pai:

— Cidadão Tchíkin, trouxemos de volta seu filho. A escola está dando a garantia de que ele vai estudar e, no mais,

---

[14] Granville Stanley Hall (1846-1924), educador e fisiologista americano, autor de estudos pioneiros sobre a psicologia aplicada ao desenvolvimento da criança e do adolescente. (N. do T.)

Diário de Kóstia Riábtsev

que vai se comportar bem. Só que a escola exige que o senhor não bata nele.

O Tchíkin-pai deitou a sovela e disse:

— Vocês não têm rigorosamente nenhum direito de se intrometer na minha vida! Se eu quiser, vou matar, mas se quiser, deixo vivo. E foi só na escola de vocês que ele começou a roubar, quer dizer que foram vocês que ensinaram.

— Na nossa escola ninguém ensina a roubar — respondeu o Seriojka —, mas, se ele cometeu uma falta, isso não vai mais acontecer. Só tenha em mente, cidadão Tchíkin, que, se o senhor encostar um dedo nele, vai ter que se entender com a escola inteira, e além disso será submetido a juízo.

Quando nós saímos, eu e o Seriojka paramos perto da janela, de propósito: vimos a mãe dando comida para o Aliochka, e o pai conversando com ele como se nada tivesse acontecido. Ficamos mais calmos e fomos embora.

19 de dezembro

Estava indo para a escola e encontrei a Lina G. na rua. Ela chegou para mim e disse:

— É a última vez que eu pergunto: você vai conversar comigo ou não?

— É a última vez que eu respondo que vou falar como falo com todas as outras garotas.

Na mesma hora ela foi embora correndo. Mas que tonta! Nunca na vida ela me perguntou isso, aí agora de repente ela vem com essa de "é a última vez". Ela mesma me colocou de lado, e agora de repente quer que eu converse com ela! Isso deve ser influência da Zoia, a Negra. Não, algumas garotas são simplesmente loucas. Aí eu cheguei na escola, e estava todo mundo nos laboratórios, decorando alguma coisa. Eu comecei a circular, perguntando para o pessoal como estavam as coisas. Descobri que a grande maioria não estava com os exames de dezembro prontos, assim como eu. E pelo menos metade não tinha feito nem os de novembro. Aí eu juntei o pessoal, fomos para o banheiro, fumamos e discutimos um projeto.

21 de dezembro
Hoje eu vou ficar até as cinco da manhã, mas vou tentar escrever tudo que aconteceu.

Ocorre que anteontem nós já tínhamos decidido acabar com o Dalton e ontem ficamos quase o dia inteiro fazendo os preparativos. Hoje, quando o pessoal começou a chegar na escola, em todas as paredes estavam pendurados cartazes e uns bilhetinhos:

— Abaixo o Dalton!

— Ao diabo com o burguês Dalton!

É claro que o pessoal todo ficou contente. Fomos na mesma hora até o piano, ensaiar uma nova música. Eu que compus:

Em nossa cabeça
Faz-se ouvir o som
Que desapareça
Esse tal Dalton

Aí quando os funscolares começaram a chegar, foram recebidos com essa música. Os funscolares, como se não soubessem de nada, foram cada um para o seu laboratório. Mas ninguém foi apresentar os exames de dezembro, embora alguns estivessem com tudo pronto. Em vez dos exames, todo o pessoal saiu para o pátio. Lá, nós já tínhamos deixado pronto um espantalho, feito com palha, com um chapéu esfarrapado, e no pescoço do espantalho estava pendurado um cartaz: "Este é o lorde Dalton". Colocamos o espantalho no meio do pátio, para que desse para ver das janelas, e começamos a dançar ao redor dele e a cantar a "Carmagnole".

Diário de Kóstia Riábtsev

Depois pusemos fogo no espantalho. O bedel veio correndo, mas quando viu que não tinha perigo, ele também começou a dar risada com a gente. O espantalho foi queimando, com um fogo vivo, crepitando e brilhando. E nós continuamos cantando. Depois, começamos a cantar uma outra música:

Seu lordezinho maldito, burguês!
Seu tinhoso, fora daqui de vez!

E aí, cantando, fomos para dentro da escola. Lá, todos os funscolares estavam esperando por nós, e na quadra a Zin--Palna perguntou se nós queríamos fazer uma assembleia geral ou se, por já estarmos exaltados demais, não era melhor ir todo mundo para casa. Alguns dos menores até gritaram que queriam ir para casa, mas nós quisemos fazer a assembleia geral. Aí bateram o sinal para a assembleia geral. Antes da assembleia, eu fui ao banheiro, e de repente vi um bilhete caído no corredor. Eu peguei do chão e li:

"Que todos saibam que nós, duas garotas, não queremos mais viver. Os motivos para isso são os seguintes: em primeiro lugar, somos ofendidas e atormentadas por todos. Depois, uma de nós quer passar o quanto antes para a eternidade, enquanto a outra tem um amor não correspondido. Perdoamos a todos. Pedimos que nos enterrem de acordo com os rituais da igreja. Que Kóstia Riábtsev fique com meu desjejum de hoje. Eu também o perdoo. Quem ler este bilhete que não o mostre a ninguém. E que sejamos enterradas juntas, no mesmo caixão. E, se não permitirem enterrar suicidas de acordo com os rituais da igreja, que pelo menos rezem uma missa fúnebre no nosso enterro. Adeus!
P. S. Se quiserem encontrar nossos cadáveres, entrem no laboratório de física. Lina G. e Zoia T.".

Fiquei alarmado e saí correndo para a quadra, quando de repente vi mais um bilhete afixado na parede. Arranquei o bilhete e li:

"Adeus a todos, todos, todos, pais e alunos, toda a escola.
Adeus! Nossos corpos estão no laboratório de física. Lina e Zoia"

Entrei correndo na quadra. Ali, já tinha começado a assembleia geral. Comecei a gritar:

— Depressa para o laboratório de física!!! Tem umas garotas que pretendem se matar lá! Talvez ainda dê tempo!

Todos saíram correndo de onde estavam em direção ao laboratório de física, tanto os funscolares, como os alunos. Fui um dos primeiros a entrar ali, mas... não tinha ninguém. Na mesma hora, todo mundo começou a revirar os armários e as estantes, como se elas pudessem ter se escondido ali. Foi quando de repente ouviu-se uma voz, que vinha do auditório:

— Elas estão aqui! As duas!!!

É claro que foi todo mundo para o auditório, e lá realmente estavam as duas, e as duas vivas. Estavam sentadas atrás de umas carteiras, chorando aos borbotões. Aí na mesma hora elas foram arrastadas para fora dali, e eu senti um alívio no peito. Só aí eu percebi que, enquanto estava procurando por elas, eu tinha ficado o tempo todo me sentindo como que sufocado.

Levaram a Lina e a Zoia para a sala dos professores, para dar valeriana, e eu fui cercado por funscolares e alunos, queriam saber como eu tinha descoberto. É claro que eu mostrei os dois bilhetes e contei como tinha encontrado. Aí a Zin-Palna disse:

— Isso é um absurdo, esses bilhetes foram jogados de

Diário de Kóstia Riábtsev

propósito. Elas nem queriam se matar nada, foi só para chamar atenção. Vão ter que ir embora da escola.

Quando ela disse isso, senti uma grande leveza no coração, e logo percebi que nenhum dos alunos quis refutar a Zin-Palna. Depois, o Nikpetoj chegou da sala dos professores e disse que tinha perguntado para elas de que maneira elas pretendiam se matar, e elas disseram que queriam se asfixiar. Para isso, elas fecharam a tampa do fogareiro antes da hora, abriram o escape no laboratório de física e ficaram lá esperando. Eu tinha mesmo reparado que o laboratório de física estava com um pouco de cheiro de fumaça.

— E por que é que elas saíram do laboratório de física? — perguntou a Zin-Palna.

— Ficaram com medo — respondeu o Nikpetoj sorrindo, e todos deram risada.

Aí a Zin-Palna perguntou para nós:

— Mas que suicida é esse que fica jogando bilhetinhos pelo corredor, e ainda por cima dizendo onde está, e, mais ainda, afixa isso na parede?

Todo mundo concordou que era verdade.

— Ou seja, isso foi uma simulação inegável, e elas sabiam muito bem que, antes de se asfixiarem, alguém entraria no laboratório de física — disse a Zin-Palna. — Vamos ter que chamar os pais.

Aí o Almakfich, que estava ali parado, disse:

— De um ponto de vista filosófico, *isso é quantitativamente a abundância de uma época, e qualitativamente está para além do bem e do mal.*

Eu ouvi isso dele algumas vezes: fica repetindo como um gramofone. Aí o Nikpetoj ergueu o braço e disse:

— Alunos, peço que me ouçam. Estamos construindo uma escola nova e livre. Vocês já leram e já ouviram que antes a escola era completamente diferente de como é agora. É claro que no percurso da construção dessa nova escola podem surgir diversas dificuldades, como em qualquer novidade. Hoje vocês se manifestaram contra o Plano Dalton. Vocês não gostaram desse esquema de trabalho. Será possível que vocês preferem ser perseguidos por alguém com a palmatória, como na escola antiga? Ter o cérebro de vocês arrancado contra a sua vontade? Não se discute, é difícil estudar pelo Plano Dalton; talvez muitos erros possam existir na nossa construção do Plano Dalton, mas esses erros podem ser superados. Quem não erra é quem não trabalha. A nova escola não vai crescer tranquilamente, como gostaríamos, mas de maneira tempestuosa e com obstáculos. Vocês aqui se manifestaram tanto contra a autoadministração, como contra o Dalton: tudo isso são obstáculos. E nós, juntamente com vocês, pouco a pouco vamos vencê-los. Essas moças quiseram nos impor um outro obstáculo, mas foi por estupidez, de maneira inconsciente; é muito bom que vocês queiram perdoá-las. Mas eu não esperava outra coisa de vocês, dos novos e livres seres humanos que estão surgindo com a revolução, de uma época tempestuosa, mas jovem. A nossa diretora, Zinaída Pávlovna, parece não estar de acordo em perdoar essas moças. Eu prefiro aderir ao pedido de vocês; acho que nem é necessário chamar os pais, e, principalmente, acho que não devemos expulsá-las da escola. Acho que nós e vocês, alunos, poderemos influenciá-las no sentido de abandonar qualquer pensamento sobre suicídio e, junto conosco, atingir a consciência de que na escola nova e livre não há e não poderá haver lugar para a escuridão, o desespero e os suicídios. Assim, Zinaída Pávlovna, eu e os alunos pedimos que a senhora perdoe a Zoia e a Lina.

A Zin-Palna quis dizer alguma coisa, mas aí todos nós começamos a berrar:

— Perdoe! Vamos influenciar! Perdoe! Perdo-o-o-oe!

Foi tanto berreiro, que a Zin-Palna até tapou os ouvidos.

Diário de Kóstia Riábtsev

Ela esperou o pessoal parar de gritar, ergueu o braço e disse:

— Essas moças obviamente deveriam ser expulsas. Acho que o departamento de educação popular também veria dessa maneira. Mas, da minha parte, eu concordaria em não dar maior importância a esse caso e até em assumir a responsabilidade por elas se a escola concordasse com uma pequena condição.

Nós ficamos de prontidão e dissemos:

— Que condição?

— A condição — disse a Zin-Palna — é a de encarar o Plano Dalton de maneira conscienciosa e de não tentar arruiná-lo com essas movimentações sem sentido. Vocês hão de concordar que essa movimentação de hoje foi sem sentido. Em todo caso, vocês podem até conseguir provar a dificuldade do Plano Dalton, mas não sua inutilidade. E também, se é para provar alguma coisa, que seja com ordem e bom senso, e não queimando espantalhos. Pois bem, essa é a minha condição.

Ficamos todos em silêncio, e o Nikpetoj disse:

— Muito bem, alunos, podemos aceitar essa condição. Em todo caso, temos diante de nós a possibilidade de discutir racionalmente o Plano Dalton. Se até agora essa discussão não foi feita, é por culpa da falta de tempo e outras dificuldades. E então, pessoal, vamos aceitar?

Olhei ao redor, e todo mundo ergueu o braço. Com o coração apertado, também ergui.

— Nesse caso — disse a Zin-Palna —, vou perdoar a Zoia e a Lina e assumir as negociações com o departamento de educação popular.

— Vi-i-i-va-a-a-a! — gritamos tão alto, que até deu um zumbido no ouvido. — Vamos jogar o Nikpetoj para cima! Vamos joga-a-a-ar!!!

E o Nikpetoj foi jogado bem alto no ar.

SEGUNDO TRIMESTRE

PRIMEIRO CADERNO

1° de janeiro de 1924

Nos dias de feriado, participei, junto com os nossos membros do Komsomol, do "Natal do Komsomol" no clube operário. Provavelmente nessa fábrica é que a nossa célula vai ser inscrita. Fui com a Silva às dez horas da noite, e não tinha começado nada ainda, embora o salão estivesse cheio e muito quente e apertado. Umas onze horas chegou o palestrante, que começou a falar sobre diversos deuses. Talvez até fosse interessante, só que o palestrante ficou rouco e cansado, e todos ficaram acompanhando enquanto ele bebia água. Depois, de repente, no meio da palestra, ele olhou para o relógio e disse: "Camaradas, perdão, devo concluir aqui porque ainda preciso passar em cinco lugares", ele saiu apressado do palco e foi embora. E assim a palestra ficou inacabada. Eu acho que, se era assim, nem precisava ter começado. Depois disso, não aconteceu nada durante muito tempo, e eu já estava ficando com sono, quando de repente a cortina se abriu, e começou uma apresentação. Nessa apresentação, popes de diversos Estados ficavam brigando um com o outro a respeito de que deus era melhor, depois de repente entrou um operário com uma vassoura e enxotou todos eles. Tinha ainda um burguês zanzando ali por algum motivo. Embora não tivesse motivo para estar ali, ele atuava melhor que todos e era muito engraçado. O mais engraçado era que as ceroulas dele ficavam saindo para fora das calças. Ele ficava o tempo

Diário de Kóstia Riábtsev

todo ajeitando: mal acabava de ajeitar, elas logo apareciam de novo. O salão caiu na gargalhada. Eu acho que, se é propaganda antirreligiosa, não pode deixar de ser alguma coisa engraçada, aí ela atinge o objetivo. Mas várias comunicações e palestras, especialmente como aquela outra, podem repelir.

Depois, ontem, na véspera do Ano-Novo, eu também fui ver um espetáculo do primeiro grau da nossa escola, e também com a Silva. Foi apresentado o espetáculo *Cinderela Vermelha*. Eram duas irmãs burguesinhas, e a terceira era uma lavadeira. Quem escreveu aquilo, eu não sei, mas na minha opinião isso não existe, especialmente porque elas viviam as três juntas. E depois essas burguesinhas meio que vão a um baile, e a Cinderela Vermelha fica para lavar a louça. Aí de repente chega esse espertalhão de camisa vermelha e dá um panfleto para essa tal Cinderela ler. A Cinderela lê, coloca o vestido de uma das irmãs e vai embora correndo. No segundo ato é o baile, e nesse baile estão dançando as irmãs da Cinderela e umas outras moças com roupas multicoloridas. Aí de repente a Cinderela entra correndo e também começa a dançar. O príncipe vem até ela, mas ela fica com medo dele, foge correndo e perde um sapato... Depois, no terceiro ato, o príncipe vai até a casa delas e tenta pôr o sapato no pé delas. Não serve em ninguém, só serve na Cinderela. O príncipe pretende se casar com ela, mas de repente aparece aquele mesmo agitador de camisa vermelha, proclama que começou uma revolta e começa a dar tabefes no pescoço desse príncipe. O príncipe dá no pé pelo meio do público, e o de camisa vermelha vai atrás dele, e nessa hora entram no palco todos os mascarados que estavam no baile, e, junto com as irmãs, eles cantam a *Internacional*. Ali tinha muito de inverossímil, mas é claro que não dá para pedir muito dos pequenos, e eles atuaram muito bem, tanto que eu até quis subir no palco também. A bem da verdade: por que é que nós nunca temos espetáculos? Precisamos falar com o Nikpetoj. Na minha opinião, o cinema é em geral mais interessante que o teatro, porque no cinema não precisa pensar; mas para você mesmo apresentar é mais interessante no teatro, porque na tela vai ter só a sua sombra.

Depois da apresentação, os pequenos começaram a dançar. Na mesma hora eu fui até a funscolar deles, a Mar-Ivanna, e disse:

— Camarada, a senhora não sabe que dançar é proibido?

Aí ela respondeu:

— Em primeiro lugar, o senhor não se meta em assuntos alheios, camarada Riábtsev, o segundo grau já sofre por sua causa, e o senhor ainda se mete no primeiro. E, em segundo lugar, se o senhor não gosta, pode ir embora. E depois, eu nem sei o que o senhor está fazendo aqui.

Fiquei com muita raiva, mas me contive e decidi fazer um relatório para a célula. Depois fiquei vendo os pequenos dançarem e perguntei para a Silva se ela sabia dançar. Ela disse que sabia, mas que não gostava; mas os olhos delas estavam brilhando, e o rosto ficou todo vermelho, e o laço de fita ficou saltitando com a música; aí eu pensei que, se eu não estivesse ali, ela com certeza começaria a dançar. Para falar a verdade, eu também não me senti como de costume. Estava muito iluminado, todas as lâmpadas estavam acesas, e a música, embora fosse um simples piano, entusiasmava tanto, que dava vontade de inventar alguma coisa fora do comum. Por exemplo, fazer um discurso brilhante ou marchar na frente de todos com uma bandeira nas mãos. Ou pelo menos dar uma cambalhota. Mas do nosso pessoal, tirando a Silva, não tinha ninguém. E de repente a Silva me pegou pela mão e disse:

— Vladlen, não vou ficar mais aqui de jeito nenhum. (Nós temos esse acordo, de ela me chamar de Vladlen.) Se você quiser, pode ficar, mas eu vou embora.

Diário de Kóstia Riábtsev

É claro que eu também fui embora. Ficar sozinho seria chato. No caminho, a Silva me disse:

— As pessoas podem querer tudo quanto é coisa, mas nesse caso de que vai servir a ideologia?

Não dá para não concordar com isso.

5 de janeiro

Eu percebi que durmo muito pouco à noite. Comecei a procurar o motivo disso. Daria para pensar que é por causa do estudo redobrado, mas durante essa pausa eu estudei muito pouco, embora eu tenha deixado para lá os exames, e nem falo de dezembro: não passei em algumas matérias de novembro. Tenho passeado e patinado bastante, por isso não entendo de jeito nenhum o motivo da insônia. Fui falar com o Seriojka Blinov para perguntar sobre isso. Aí ele perguntou:

— E você lê muito?

Eu respondi que leio muito, e o Seriojka disse que deve ser por causa disso. Depois de sair da casa dele, comecei a verificar se era verdade o que eu tinha dito. No fim, ao longo da pausa eu nem tinha lido tanto, mas certas passagens tinham ficado bem guardadas na memória, e durante a noite eu ficava pensando muito nelas. Por exemplo, eu tinha lido um conto com o título "O encontro". Nesse conto, uma governanta francesa mostra sua perna, do joelho para cima, para um menino. Ele até foge dela depois, porque a francesa estava com cheiro de suor, mas mesmo assim essa passagem ficou muito forte na memória. Esse conto está na Biblioteca Universal, aquela amarelinha. E aí acontece que você estuda junto com as garotas, briga com elas, rela nelas, e isso não produz a menor impressão, mas aí você lê alguma coisa sobre isso, e já não consegue dormir. Por que isso é assim?

Mas o mais nojento: depois desses pensamentos, mesmo sem querer acontece um *fim-fom pik-pak*.

11 de janeiro

No *Carretel* deram uma compilação das "palavrinhas favoritas da escola": berrão, moleirão, morrinha, vigia, boquinha, canalha, animal, idiota, diabo, demônio, porco, xavequeiro, miserável, filho da puta, velhaco, patife, mequetrefe, moleque, pivete, pangaré, olhinho, passa-fome; nem preciso falar de imbecil e tonto.

E ainda fizeram uma observação: algumas palavras nem podiam ser publicadas no jornal mural, porque o próprio jornal ia ficar vermelho com elas. Deixamos para que o *Anexo ao X*, ou seja, o *AAX*, faça isso.

No corredor, perto do *Carretel*, o Nikpetoj começou a conversar conosco. Ele disse que a imprensa mural é muito útil na escola, mas depois perguntou:

— O que vocês acham: de que maneira lutar contra essas palavras?

Aí algum de nós mandou que não tinha nada de ruim naquelas expressões. Os demais se manifestaram contra. O Nikpetoj propôs o seguinte:

— Não dá para abandonar de uma vez a obscenidade, mas gradualmente é possível aprender a se policiar. Por exemplo: o comitê estudantil proibiria o uso das palavras *para lá do diabo*, mas aquelas *para cá do diabo* poderiam ser usadas.

Nós demos risada e concordamos que poderiam ser usadas as palavras: vigia, boquinha, porco, imbecil, tonto, diabo. As demais já seriam para lá do diabo. Vai ser interessante ver no que isso vai dar. Mesmo não tendo sido uma assembleia geral, mas daquele jeito, simplesmente no corredor, e as decisões dessa assembleia não serem obrigatórias. Aí depois o Nikpetoj selecionou um dos alunos, e nós fomos para o laboratório de ciências sociais. Não tinha nenhuma menina. O Nikpetoj disse:

— Depois ainda preciso conversar com vocês sobre palavrões e outras expressões indecorosas. Acho que expressar-

-se de maneira indecorosa é macular a sua língua. O que vocês diriam se os alunos viessem para a escola cobertos de esterco, sujos e cheios de insetos?

Nós respondemos que aquilo obviamente não podia ser admitido.

— Pois então, é a mesma história com os palavrões. É a mesma coisa que vir para a escola recoberto de estrume. E isso é uma infecção, como a produzida pela sujeira, só que intelectual. A velha escola não conseguiu lutar contra isso, porque os alunos lá eram forçados e aí era por meio do palavrão que expressavam seu protesto. Mas vocês manifestam seu protesto contra o quê?

Não tivemos o que responder e ficamos todos quietos. Percebi que não foi a primeira vez que o Nikpetoj falou sobre isso.

12 *de janeiro*

As festas do repolho![15] Deve ser muito divertido! Quem me contou, com ares de grande segredo, me fazendo até jurar, foi o Vênia Pálkin, da quarta série. Por enquanto não vou escrever nada, do contrário posso me dar mal. Só fico com a dúvida: isso não contradiz o Komsomol?

13 *de janeiro*

Hoje, depois das aula, uma das garotas foi ao piano e começou a martelar umas danças. Mas as garotas, tanto as grandes como as pequenas, pareciam ter combinado entre si e começaram a balançar as pernas.

---

[15] No original, *kapútsniki*. Eram apresentações de caráter humorístico e paródico. No período pré-revolucionário, eram organizadas geralmente durante a Quaresma, daí seu nome, já que a refeição mais tradicional do período de jejum era justamente o repolho. (N. do T.)

Sei muito bem que as danças são proibidas, por isso tinha preparado alguns dos garotos, e nós começamos a passar rasteiras nas garotas. É claro que aí começaram gritinhos e ganidos, os funscolares chegaram correndo, e começou um assembleia geral relâmpago. Gosto muito mais dessas assembleias relâmpago, porque nas assembleias oficiais é aquela chatice de protocolo, enquanto na relâmpago é uma gritaria, e todo mundo fica entusiasmado, e sempre tem alguma questão urgente.

A Zin-Palna antes de qualquer coisa perguntou por que os garotos estavam contra as danças.

— Porque é falta de rigor ideológico — respondeu o Seriojka Blinov. — Nas danças, não há nada de científico e de racional, mas apenas um atrito sexual de uns pelos outros.

Aí a Ielnikitka deu um pulo e disse:

— Eu já acho que os meninos são contra as danças porque eles mesmos não sabem dançar. No futebol também não há nada de científico e de racional, mas só grosseria; só que de futebol os meninos brincam.

Aí todo o pessoal começou a gritar que futebol era educação física.

— Então a dança também é educação física — disse a Zoia, a Negra.

— Bom, eu também não concordo com isso — disse a Zinaidischa. — Creio que de modo algum pode-se chamar a dança de educação física. Mas, em todo caso, as danças são uma diversão empolgante, e se formos aboli-la, então é necessário substituí-la por alguma outra coisa. A questão é somente pelo quê. Eu aconselharia introduzir jogos organizados dentro do edifício. Eu posso dar a orientação.

Eu objetei a isso:

— Para começo de conversa, nós não estamos no jardim da infância para ficar brincando de roda. E depois, existe uma diversão racional, e eu acredito que ninguém vai se

Diário de Kóstia Riábtsev

opor a ela. Eu estive no primeiro grau e vi que lá os pequenos atuam no palco. E eu também fiquei com vontade de estar no palco. Por que é que aqui não fazem espetáculos? Eu
acho que isso é uma falha.

— Você tem toda a razão — respondeu a Zin-Palna. —
É que nós não temos quem cuide disso. Se algum dos funcionários escolares assumir, não serei contra.

Fomos falar com o Nikpetoj, fazendo algazarra, e ele
concordou, dizendo que só precisava encontrar uma peça
apropriada.

Depois disso, foi cada um para o seu canto, mas o Vênia Pálkin me chamou de lado e, para começar, me fez jurar
de todas as maneiras que eu não ia dar com a língua nos dentes. Aí depois ele disse que, na ocasião do antigo Ano-Novo,[16]
iria acontecer uma festa do repolho, e deu o endereço. Tem
que ir às nove horas, e agora já são oito e meia. Eu disse para o meu papai que vou ao cinema, pegar bons lugares, e peguei um bilhão com ele.

14 de janeiro

É melhor nem escrever sobre a festa do repolho, do contrário eu escreveria muita coisa. Mas é um enorme segredo.
Vi a Lina lá e fiquei muito surpreso.

15 de janeiro

As aulas na escola estão seguindo seu curso, e agora está muito mais fácil para mim, porque eu não sou mais comissário estudantil. Passei em tudo referente a novembro e uma
parte de dezembro.

---

[16] Até 1918, o calendário oficial da Rússia era o juliano, que tem um
atraso de 14 dias em relação ao gregoriano. O calendário juliano, porém,
continuou sendo usado pela Igreja Ortodoxa, e por isso o "antigo Ano-
-Novo" caía no meio de janeiro. (N. do T.)

Hoje o Nikpetoj trouxe um livrinho e reuniu todo mundo no auditório.

— Pois bem — ele disse. — O Riábtsev propôs que nós montássemos um espetáculo, e, na minha opinião, é uma iniciativa muito boa da parte dele. Só que não temos boas peças contemporâneas, e por isso eu proponho montar uma das peças de Shakespeare: *Hamlet*. É verdade que, numa primeira análise, não há nada de revolucionário nela, isso eu já advirto, mas é só nas aparências. Em compensação, há nela um colossal protesto interior.

Depois ele começou a ler em voz alta. Ele lê muito bem, e é gostoso ouvi-lo, só que na peça tem uma quantidade enorme de absurdos. É claro que podemos perdoar isso, porque a peça foi escrita quase quinhentos anos atrás, e Shakespeare escreveu para a rainha, não para o proletariado.

De qualquer maneira, vou anotar aqui como eu me manifestei no auditório acerca dos erros de Shakespeare.

No *Hamlet*, ele começa contando que a guarda estava no terraço quando apareceu um espírito. Depois, chega o Hamlet, e esse espírito leva o Hamlet para o lugar onde o Judas perdeu as botas e lá começa a contar como ele, quer dizer, o espírito, foi envenenado. Acontece que esse é o espírito do pai dele, e o pai na verdade foi envenenado pelo irmão, quer dizer, o tio do Hamlet, e ele mesmo casou com a mãe do Hamlet e tomou o lugar do pai do Hamlet como rei. Eu acho que aí tem duas coisas sem sentido. Em primeiro lugar, não existe espírito coisa nenhuma, mas, já que apareceu um espírito, eu no lugar do Hamlet teria dado no pé, em vez de ficar conversando com ele, porque não dá para dar conta de um espírito com arma nenhuma, se ele tentar brigar ou enforcar você. Em segundo lugar, esse espírito inventa que foi envenenado com veneno sendo despejado no ouvido dele, quando ele estava dormindo. Eu nunca ouvi falar de ninguém

Diário de Kóstia Riábtsev

sendo envenenado desse jeito. Até aí, tudo bem; talvez quinhentos anos atrás fosse assim.

Mas é muito maior o erro do Shakespeare que vem depois. Lá tem esse Polônio, um velho; a filha dele é a Ofélia, e o filho é o Laertes. O Hamlet se mete com essa Ofélia e parece que fica gamado nela, mas isso não fica muito claro. E o Laertes mora na França, e o velho fica o tempo todo preocupado, achando que o filho pode perder as estribeiras por lá. Depois todo mundo começa a perceber que o Hamlet está transtornado com alguma coisa, e pensam que é por causa do amor pela Ofélia, mas na realidade ele está nervoso por causa do espírito e até se faz de louco. Mas ele faz isso de propósito: ele precisa descobrir se o espírito falou a verdade ou se mentiu, com relação ao envenenamento. Aí o Hamlet, louco, organiza um espetáculo, em que mostram o pai dele, o rei, sendo envenenado. E o novo rei, que é o tio do Hamlet, vai junto com a mãe do Hamlet ver o espetáculo. Aqui é que acontece o principal disparate. Eu acho que, mesmo naquela época, não deixariam um louco organizar um espetáculo, simplesmente o colocariam num hospício. De qualquer maneira, o rei e a rainha ficam tranquilamente sentados ali, assistindo àquele espetáculo louco, mas quando veem o que estão apresentando, logo dão no pé. Aí o Hamlet, de propósito, quer mostrar a sua loucura com toda a força. Primeiro, fica sentado no chão em vez de na cadeira, depois interrompe o espetáculo com várias asneiras, e ainda fica pulando e berrando:

— O cervo foi ferido por uma flecha!!!

O rei fica enfurecido, e era só disso que o Hamlet precisava. Agora ele tem certeza de que o rei envenenou o seu pai. Apesar da origem burguesa, o Hamlet era de qualquer maneira um rapaz com cérebro. Depois, a mãe do Hamlet, a rainha, conversa com ele, e meio que pede o seu perdão, e nisso o velhote Polônio está escondido atrás da cortina, ouvindo. O Hamlet percebe e o espeta pela cortina com a espada, como uma ratazana. Por causa disso, aquela moça Ofélia fica ruim da bola, agora de verdade, e o filho Laertes vem da França querendo dizimar o Hamlet por ter acabado com o papai dele. Para isso, Laertes envenena sua espada e chama Hamlet para um duelo. Era assim que chamavam quando alguém queria brigar um contra um. E, para ter certeza que vão dizimar o Hamlet, o rei ainda por cima prepara uma taça com veneno. Só que o que acontece é que o Hamlet despacha o Laertes, e a taça com veneno acaba sobrando para a rainha, e depois o Hamlet espeta o rei, e ele mesmo morre. Antes disso, tem uma cena onde o Hamlet discute com uns crânios, mas na minha opinião isso já é um absurdo completo. Quem é que vai conversar com crânios, além dos loucos? E o Hamlet não é louco, só finge que é.

A maioria dos votos foi para montar essa peça. Eu me abstive, porque achei que alguma coisa contemporânea teria sido melhor. Com barricadas e a luta revolucionária.

A Zoia, a Negra estava na leitura, mas permaneceu em silêncio. E a Lina por algum motivo não estava lá.

16 de janeiro

Até agora não soltei um pio para ninguém sobre as festas do repolho. É um segredo muitíssimo sério. O Vênia Pálkin disse que ninguém abriu o bico. Isso é muito importante.

Mas mesmo assim fico com a dúvida: será que isso está de acordo com a ideologia do Komsomol e, no geral, com a luta comunista? Nesse sentido, por algum motivo eu não confio na Silva. E o Vênia Pálkin ainda disse que não é para dividir isso com ela. O Vênia disse que ela não é desse tipo. Mas eu não tenho mais com quem me aconselhar. O Vênia Pálkin não é do Komsomol, longe disso. Perguntar para algum dos membros mais velhos do Komsomol pode arruinar tudo. Não sei mesmo o que fazer.

17 de janeiro

Hoje foi o fim definitivo do nosso levante contra o Dalton. Veio um instrutor, e aconteceu uma assembleia geral. Foi debatida a questão dos regulamentos escolares e do trabalho de acordo com o Plano Dalton. A assembleia foi uma chatice, e eu fiquei quase o tempo toda desenhando um cartaz. A Zin-Palna contou de quando nós pusemos fogo no espantalho do "lorde Dalton". Na minha opinião, ela fez mal em contar: foi uma travessura de criança, e agora ela estava ali, contando isso para o instrutor. O instrutor deu risada, depois disse:

— Então vocês passaram a vida inteira sem precisar chamar ninguém de fora, mas agora não conseguiram entrar em acordo. A culpa disso, evidentemente, é tanto dos funcionários escolares como dos alunos, e parece que vai ser necessário inserir na escola um instrumento cirúrgico, na forma da minha intervenção. Creio que, no futuro, vai ser possível passar sem um instrumento desse tipo. Agora eu pergunto a vocês, alunos: onde vocês enxergam falhas no Plano Dalton, e como, na opinião de vocês, é possível livrar-se delas?

Aí choveram diversas acusações ao Dalton: disseram que não havia manuais nos laboratórios, que não sobrava tempo, especialmente aos que ocupavam cargos, e muitas outras acusações. Depois eu levantei.

— O problema não são os laboratórios — eu disse —, mas sim que, por causa do Dalton, a cabeça fica em cacos, e as mãos ficam tremendo.

Todos deram risada.

— Do que é que vocês estão rindo? — perguntei. — Eu tive que passar várias noites sem dormir, especialmente quando era comissário estudantil, e não tem motivo para rir disso. Todos estão na mesma situação. E depois que, com o Dalton, o ensino ficou pior. Antes, na nossa turma, ninguém ficava para trás, mas agora muita gente fica.

— Mas quem? — perguntou a Zin-Palna.

— Eu — respondi, e de novo todo mundo deu risada.

— Disso também não é para dar risada — eu falei, irritado. — O Dalton está pendurado no meu pescoço, como se fosse um saco de trigo. Não importa o que eu esteja fazendo, eu sempre lembro que não passei em tal e tal exame. Ou de matemática, ou de ciências naturais, ou os diagramas que eu não desenhei. Não tenho onde, nem quando estudar. Não dá para ler alguma coisa, ou patinar um pouco...

— Mas eu vi justamente o senhor, Riábtsev, patinando bastante durante a pausa — insinuou nesse momento a víbora da Ielnikitka.

— Então quer dizer que na opinião da senhora eu tenho que ficar preso entre quatro paredes?

Aí o instrutor disse:

— E por que o senhor não entrega os exames no momento oportuno, Riábtsev?

— Não consigo fazer a tempo, ainda mais que fui comissário estudantil.

Então o instrutor perguntou:

— Zinaída Pávlovna, os outros também estão atrasados?

— Não, a maioria da escola está seguindo normalmente.

E assim me botaram no chinelo, e eu fiquei na minha. O Plano Dalton continuou. O Dalton continuaria mesmo se a maioria estivesse atrasada. A nossa escola ainda está numa posição em que tudo é decidido pelos funscolares, e os alunos são como aqueles camponeses servos de que o Nikpetoj contou para nós: só eram livres quando já tivessem cumprido a corveia. O instrutor e qualquer outra chefia ficam sempre do lado dos funscolares. Acho que em outras escolas não é assim. A coisa mais ofensiva de todas é que nós, do segundo grau, vamos continuar sendo vistos como crianças pequenas.

Na hora da despedida, a Zin-Palna disse:

Diário de Kóstia Riábtsev

— Agora a escola entrou definitivamente em seu curso. Vamos estudar, estudar e estudar! Vocês estão lembrados de quem disse isso?

Todos gritaram:

— Lênin! Lênin!

E acabou assim.

18 de janeiro

Aconteceu a distribuição dos papéis, e quem vai interpretar o Hamlet é o Seriojka Blinov. Eu não faria pior. Mas agora vou ter que interpretar o Laertes. Tem um pouco de esgrima, mas mesmo assim não é a mesma coisa. Eles que vão para o inferno, vou interpretar o Laertes mesmo! É melhor que nada. Hoje eu já tentei lutar com a espada e morrer. Foi tudo bem, deu certo. Em especial essa passagem:

> *... Que é isso?! Estou ferido!*
> *Hamlet lutou com meu florete, estou morto...*

E também:

> *A ti e à rainha arruinou*
> *O rei... o rei...*

Essa última palavra, "rei", tem que ser pronunciada sussurrando, como se estivesse soprando para alguém na prova.

Com as garotas foi pior. De verdade, exceto por diversas criadas, na peça tem só dois papéis femininos: a rainha e Ofélia. E claro que todas as garotas queriam fazer a Ofélia. Apareceram trinta e duas delas, de várias turmas. Bom, aí o Nikpetoj examinou cada uma delas, tanto na leitura, como no andar, e nos gestos diversos. Ele passou um bom tempo sem saber qual das garotas escolher, e acabou deixando para amanhã. Assim que ele saiu do auditório, começou a balbúrdia. Todas as garotas começaram a berrar. Uma gritava: "Você não consegue fazer nada, nem a sua voz serve". E a outra: "E você é baixinha". E uma terceira: "Se não me derem o papel, eu nem vou participar...". E todas gritavam de uma vez, nem dava para entender. Eu propus que elas decidissem na moedinha, aí elas foram todas atrás de mim, e só com muito esforço eu consegui fugir correndo do auditório... A Lina de novo não estava, e nem na escola ela estava, e a Zoia, a Negra, nem tentou, mas ficou de lado. Agora raramente ela se manifesta sobre qualquer coisa, depois daquele caso em que ela e a Lina quiseram se matar, mas ficaram com medo. Já a Silva não foi na divisão dos papéis: ela acha que não tem talento dramático. Eu tentei convencê-la de todo jeito, mas ela não quis de jeito nenhum... Ela disse que já tinha tentado, mas que tinha se saído mal.

19 de janeiro

O Venka Pálkin, embora seja de Súkharev (o pai dele é vendeiro), é o melhor aluno da quarta série. Os funscolares dizem que ele tem grande capacidade. E é verdade: sempre que eu ia atrás dele com um probleminha ou querendo que ele me explicasse história, ele me ajudava muito bem. Mas acho que ele tem uma imaginação muito boa: no ano passado, ele começou a me contar sobre a América e de repente disse que ele mesmo tinha estado lá. Na mesma hora eu desacreditei, porque para isso tem que saber falar americano, e o Venka mesmo tinha dito que não sabia. Mas eu fiz que acreditei, e aí o Venka, em segredo, me disse que pretendia ir de novo para a América, e que talvez me levasse. Aí eu entendi que era bobeira, mas de novo não demonstrei. Agora, a respeito da festa do repolho ele não mentiu... Só continuo achando que as festas do repolho não estão de acordo com a ideologia.

Hoje foi o ensaio do *Hamlet*, e já no fim da tarde, no mural *Carretel*, apareceu uma caricatura em que estava desenhado o Seriojka Blinov, com os punhos em riste, e um pessoal correndo por todos os lados, e os dizeres:

— Que aconteceu, cidadãos? Mataram alguém?

— Por que essa gritaria?

— Ah, estão ensaiando o *Hamlet*.

E, realmente, era muita gritaria. O Seriojka tem uma voz rouca de baixo e ele fica praguejando com toda a força. A Zoia, a Negra, tentou pegar o papel de Ofélia, e o Nikpetoj disse que ela foi bem. É verdade, ela foi bem, mesmo, só acho que poderia ter sido melhor... Eu já treinei bem e estou dominando o florete (quer dizer, uma vareta), e eu queria muito mostrar para todo mundo, mas não deu tempo: não conseguimos ensaiar o último ato.

22 de janeiro

Acho que tudo no mundo acabou, e uma treva escura desceu sobre a terra. Agora já são três horas da manhã, e eu estou sentado à mesa, sem conseguir pensar ou entender nada. Primeiro eu pensei que estava fingindo para mim mesmo, mas não, na verdade. Todos os nossos assuntos escolares parecem muito pequenos e repulsivos, como se nós fôssemos todos uns bichinhos que podem ser examinados no microscópio...

Nas janelas, o frio intenso deixou umas espirais, e eu acho que elas são parecidas com os ornamentos que colocam nos caixões. Nos meus ouvidos ainda ressoa a música fúnebre, e nos meus olhos ainda estão gravadas aquelas fitas de luto.

Na minha cabeça está tudo borrado, e eu não consigo entender nada.

As três páginas seguintes do diário estão totalmente cobertas de tinta.

30 de janeiro

Eu quis escrever um poema e descrever tudo que eu vi.

Mas nada ficou do jeito que eu queria. Para isso, é preciso colocar outras palavras, não as minhas. Eu sei que, ao longo desses dias, envelheci uns dez anos, e não consigo mais achar as palavras que, como menino, talvez pudesse ter inventado.

31 de janeiro
Até agora a escola não voltou à ordem normal.
A morte de V. I. Lênin deixou todo mundo tão abalado e de tal maneira acabou com a vida habitual e ordinária, que nem as aulas, nem as recreações podem ser retomadas.

Os funscolares nem estão mencionando os exames. Todos perceberam que, embora seja preciso estudar, voltar às aulas imediatamente é impossível. Nos últimos dias, o Nikpetoj leu muito para nós. As meninas toda hora ficam chorando pelos cantos.

A Ofélia vai ser interpretada pela Zoia, a Negra, agora isso ficou definido de uma vez. Hoje teve ensaio, mas também não foi bom. Todo mundo leu meio que com preguiça, ninguém tinha disposição.

A Zinaída Pávlovna disse que estudar agora é a coisa mais importante, e que nós devemos fazer todos os esforços para vencer os obstáculos.

Nisso ela tem razão.

SEGUNDO CADERNO

3 de fevereiro

O *Carretel* organizou entre as três primeiras séries uma enquete sobre a seguinte questão: "Qual é o objetivo da vida?".

Nos últimos dias, todos estão muito sérios, por isso o *Carretel* recebeu muitas respostas. Das que estavam na parede, anotei as mais interessantes:

Primeira série A

1) É preciso viver para estudar e descobrir o que por ora não se sabe.

(Mas que bobeira! Vladlen Riábtsev.)

2) Vivemos para estudar, nos divertir, sofrer, ajudar ao próximo. Tem muitas coisas pelas quais podemos viver.

Primeira série B

1) Vivemos e estudamos para forjar um país forte e culto e para ajudar ao próximo. Devemos saber que, de gota em gota, se faz um mar, e que cada pessoa é uma gota, que vive, trabalha e faz diversas coisas, grandiosas, pequenas e médias. Se essa gota não faz nada, ela deve saber que atrapalha o mar. Aí ela não pode ter lugar no mar, e deve ir embora. Portanto, tentemos adquirir conhecimento para defender a Rússia Soviética contra a maldita burguesia.

2) Vivemos para ter prazer. Estudamos para que haja condições decentes durante o descanso do trabalho. Sentimos

prazer no momento de ler um livro interessante e de escutar histórias interessantes. Ao passar nos exames, também sentimos prazer.

3) Vivo para estudar e ser instruído no futuro. Não quero ser inculto, porque todos vão me explorar.

Segunda série

1) Estudar, gerar algum benefício ao Estado, mas também em parte a si mesmo. Se eu não gerar algum benefício para mim, morrerei sem ter vivido, ou seja, é preciso viver com um propósito.

2) Na minha opinião, é preciso viver para viver.

3) Uma pessoa pobre vive, trabalha, gasta todo o seu tempo para poder sobreviver, uma pessoa burguesa também vive para poder viver melhor (claro que de maneira pouco consciente). Uma pessoa que faz algum trabalho social faz isso, repito, para que a vida seja melhor; embora ela mesma muitas vezes morra, as outras pessoas passam a viver melhor. Assim, na minha opinião: as pessoas vivem para fazer a vida melhor, se não para si, ao menos para os outros. E nós estudamos agora também para viver melhor ou para melhorar a vida dos outros. Quem nos deu esse exemplo foi nosso professor, falecido recentemente, Vladímir Ilitch.

4) É preciso viver para satisfazer suas necessidades.

(Seria interessante saber quem escreveu isso. Mas os redatores do *Carretel* não querem dizer de jeito nenhum. Porque uma resposta dessas demonstra uma completa falta de consciência, e não de um ser humano, mas de um animal. Vladlen Riábtsev.)

5) O objetivo da vida consiste na criação de um futuro promissor para as gerações seguintes.

6) Viver para, com uma arma nas mãos, defender as conquistas do proletariado.

7) Dizem geralmente que o objetivo da vida é a criação

de uma nova cultura para as jovens gerações. Mas isso não me satisfaz nem um pouco. Na minha opinião, o objetivo da vida é vivê-la de modo sereno e tranquilo, com somente algumas pequenas agitações.

(Como é que tem tantos burguesinhos na nossa escola? Vladlen Riábtsev.)

Terceira série (a nossa)

1) É claro que é não deixar de prestar atenção às lutas e conquistas dos outros, mas também lutar e conseguir as próprias vitórias.

2) Não dar satisfação de nada para ninguém, mas concluir tudo por conta própria.

(Há! Vejam só! Vladlen Riábtsev.)

3) Pelo visto, o redator do *Carretel* que fez essa pergunta decidiu adentrar o labirinto da filosofia, ou foi simplesmente dominado por um grande medo e um terror diante da insignificância da vida humana. Se for o primeiro caso, ótimo; se for o segundo, é ruim. E digo por quê: "Viver para viver" é a única resposta à pergunta que foi feita, por mais estranha e estreita que ela seja. Todo o objetivo e toda a essência da vida para o ser humano consistem apenas na própria vida, em seu processo. Para alcançar o objetivo e a essência da vida, é necessário, sobretudo, amar a vida, entrar por completo naquilo que se chama o turbilhão da vida; e somente então será possível perceber o sentido da vida, ficará clara a razão de viver. A vida é uma coisinha que não carece de teoria, e, em contraposição a tudo que é criado pelo ser humano, quando se alcança a prática da vida, sua teoria ficará clara.

Isso pode ser percebido de modo particular na efervescente vida atual, quando é fácil tomar parte na vida social e política, quando é possível escolher uma matéria de que se goste mais e seguir, seguir adiante, com a alegria de termos recebido uma teoria viva e renovada.

Antes, quando os alunos tinham um ensino seco e desinteressante e uma vida enfadonha, e pela falta do que fazer ficavam olhando para a lua e escutando os rouxinóis e pensando na inutilidade da vida e acabavam pensando tanto, que perdiam não só o gosto, mas também o apetite pela vida, eles se suicidavam, deixando bilhetes afirmando que "não valia a pena viver nesse mundo". Podemos examinar isso na literatura pré-revolucionária. Leiam "Uma história enfadonha", de Tchekhov, "A vida do homem" de L. Andrêiev, e vocês rirão benevolamente e perguntarão: será possível que tenham existido na realidade tais tipos e autores, tão distantes da vida e que tão pouco a entendiam? Sim, existiram tais pessoas; elas não viviam, mas pensavam. Eles quiseram encontrar a vida na teoria e não a encontraram. E essas pessoas posteriormente sofreram um terrível revés, elas pertenciam à nossa pobre e falecida *intelligentsia*... E por isso, se essa pergunta — em que está o objetivo da vida? — é de caráter pessimista, ela é completamente inoportuna na atual vida ativa, ela está totalmente no passado. Mas como uma questão natural e sadia, ela não pode ser negada. Não cito como exemplo as considerações de L. Tolstói, que sustentava que não se deve pensar no sentido da vida humana, porque o ser humano é semelhante a um cavalo, guiado por seu dono sem nunca saber por que é guiado. Pelo contrário, é preciso acreditar na infinidade da mente humana. Mas repito: raciocinando, ainda que teoricamente — se assim quisermos colocar —, chegaremos à necessidade de nos voltarmos à vida real; para a obtenção do progresso mental é preciso empregar as forças em diversos ramos da ciência, e consequentemente entrar na vida. Quem não concorda com isso, quem procura a vida em sua alma e crê apenas em sua profundidade, desprezando a vida ativa, ou simplesmente fica melancólico com a consciência da própria insignificância, este é desnecessário à vida, e a alma de tal pessoa torna-se mesquinha, porque ela somente pode ser profunda em harmonia com a vida; tal pessoa pode, para seu alívio, como se expressou um tipo em Dostoiévski, "devolver a deus, da maneira mais dócil, o bilhete que dá direito a entrar na vida".

(Na minha opinião, isso foi escrito por um dos funscolares. V. Riábtsev.)

5 de fevereiro

Ontem teve uma festa do repolho. Apesar de tudo, eu não me diverti. Fiquei pensando no objetivo da vida. Vi a Lina lá, perguntei para ela por que ela não está indo à escola, ela respondeu: "Não é da sua conta". Aí eu a xinguei de idiotinha.

6 de fevereiro

Hoje teve ensaio do *Hamlet*. Foi muito bom, tanto que até agora meu coração está batendo mais forte de alegria. O Seriojka Blinov urrou, mugiu como um boi e correu pelo palco feito louco: um verdadeiro maluco. Depois ele inventou o seguinte: quando está conversando com o coveiro, ele não joga o crânio no túmulo, mas atira o crânio no coveiro, para provar também para esse que ele, Hamlet, está louco. Fica muito bacana. Aí quando nós estávamos lutando de espada, fui eu que arranquei o florete da mão dele, não ele da minha. E continuou assim até que o Nikpetoj me disse que nós estávamos no palco e que era preciso fazer como estava escrito no Shakespeare. E por que é que o Seriojka não aprende a lutar de verdade?

A Zoia, a Negra, conseguiu, ninguém sabe como, colocar um roupa nova a cada ato, e disse que vai ser assim no espetáculo e por isso estava fazendo isso agora, para se acostumar. Quando ela já está louca e entra cantando uma música maluca, a Zoia se arrumou com umas flores de papel bagunçou e armou todo o cabelo, revirou os olhos e cantou bem baixinho, e aí me deu uma impressão muito terrível. E depois ela me pareceu muito mais bonita que antes: isso que deu ela trocar de vestido.

A rainha tem dez criadas, mas o nosso palco, por necessidade, é muito pequeno, e as criadas ficam quase o tempo todo amontoadas no palco, sem ter para onde se virar. Ficaram o tempo todo brigando e se xingando, tanto que por causa disso o ensaio quase foi interrompido algumas vezes.

8 de fevereiro
Já faz uma semana que eu pedi para o Nikpetoj o livro *Os ginasianos*,[17] em que ele leu para nós sobre o Kartachov e o Kórnev. Fiquei impressionado com uma passagem desse livro em que ele conta de quando o Tioma Kartachov, ao voltar para casa, vê a perna branca da arrumadeira Tánia, do joelho para cima e... Agora eu mal consigo dormir, não paro de imaginar essa Tánia e, claro, acontece o *fim-fom pik-pak*. É muito massacrante, minha cabeça fica pesada, e eu quase não consigo estudar.

10 de fevereiro
Saiu o *X*, repercutindo a respeito do *Carretel* e da enquete sobre o objetivo da vida. Tinha o seguinte artigo:

Sobre o objetivo da vida na nossa escola
Recentemente, o *Carretel* dedicou-se à filosofia profunda e abordou o problema do esclarecimento do objetivo da vida em geral. O *X*, porém, como já escrevemos reiteradamente, tenta utilizar tudo em prol de nossa escola, e por isso aproveita a ocasião para falar um pouco sobre o objetivo da vida em nossa escola. Para isso, empregaremos o método da

---

[17] Novela de Nikolai Garin-Mikhailóvski (1852-1906), engenheiro e escritor russo, publicada em 1895. (N. do T.)

indução, ou seja, do particular para o geral. Para sermos breves, tomemos a quintessência de todas as correntes existentes em nossa escola a esse respeito, cujos lemas são, a saber:

1) Passe a saber aquilo que ainda não se sabe. Exemplo: descubra o moto perpétuo.

2) O saber é a luz, a falta dele são as trevas!!!

3) Viva a dança!

4) Viva a vida tranquila com pequenas agitações!

5) Satisfaça suas necessidades! Em particular, não se esqueça de assoar o nariz e ir ao...

6) Em nossa idade juvenil, é prejudicial à saúde estudar demais. Viva a liberdade do tempo!!!

E, passando do particular para o geral, exclamamos:

— Pegue-o, eu o conheço, ele mora em nossa rua!!!

Na minha opinião, isso é muito estúpido e nada engraçado. O objetivo da vida é uma coisa muito séria. Sabendo o objetivo da vida, você também sabe como agir. E é uma situação muito, muito difícil quando você não sabe como agir.

11 de fevereiro

Ontem encontrei meu querido amigo Vanka Petukhov. Ele está na fábrica agora, ganhando bem e sustentando a família toda. Ele me chamou para ir para a fábrica, também, mas eu respondi que antes preciso terminar de estudar. Conversamos a respeito do objetivo da vida. Ele me respondeu de um jeito simples e claro:

— Nós vivemos para, no lugar da antiga ordem apodrecida, construir uma nova, luminosa e feliz: o comunismo.

Eu também pensava assim antes, mas a enquete do *Carretel* me deixou confuso.

Depois, nós debatemos a questão sexual. Ele disse:

— Lá na fábrica não tem questão nenhuma. Simplesmente se alguém gosta de uma moça ele chega e diz: "Eu gosto de você, Manka ou Lenka. Quer passear comigo?". Se ela não quiser, vai dar as costas. Se quiser, vai passear.

— Mas como assim, de verdade? — perguntei.

— Mas claro, de verdade. Como marido e mulher. Porque isso é tão necessário quanto comida. Sem comida ninguém pode viver, e sem isso também não dá para sobreviver.

— E se vier uma criança?

— Mas quem é que fica pensando em criança quando está passeando, você é maluco, por acaso?!

— E você faz a mesma coisa, Vanka?

— E como não?

Eu acho que ele está garganteando, pelo menos sobre si mesmo.

12 de fevereiro

Os ensaios estão indo a todo vapor. O Seriojka Blinov ficou com a voz cansada, mas assim ela ficou ainda mais terrível. Depois ele fica o tempo todo inventando novas traquinagens. Hoje, por exemplo, quando o rei tem que sair do espetáculo, o Hamlet grita:

— O cervo foi ferido por uma flecha!!!

O Seriojka deu o grito e saiu correndo atrás do rei. Agarrou a garganta do outro e começou a sufocar. Eu pensei que ele tinha ficado louco de verdade. Aí o Nikpetoj subiu correndo no palco, agarrou o Seriojka pelo ombro e perguntou:

— O que é que você tem?

— É que eu tenho que provar para o rei que estou louco!

— Mas no Shakespeare não tem isso!

— E qual o problema de não ter? É uma invenção do diretor.

— Primeiramente, o diretor sou eu, não você — disse o Nikpetoj —, e só uma pessoa pode dar ordens. E depois, se nós formos pelo seu caminho, o Hamlet vai escalar a parede e pôr fogo na casa.

Diário de Kóstia Riábtsev

— O diretor tem que dar liberdade aos artistas — respondeu o Seriojka —, do contrário não seremos artistas, mas marionetes, bonecas mortas.

— Eu dou liberdade a vocês, mas, por favor, sem sufocamentos.

— Até aqui os funscolares nos oprimem — resmungou o Seriojka.

Na minha opinião, é claro que o diretor deve dar apoio aos artistas. Eu, por exemplo, faço o Laertes, e o Hamlet arranca o meu florete. Mas eu faria assim: primeiro eu arrancaria o florete do Hamlet, aí depois, por magnanimidade, eu o deixaria pegar de novo, mas depois ele arrancaria o meu.

Hoje eu cheguei da escola, e o meu papai estava me esperando com uma expressão desconcertada. Eu perguntei o que tinha acontecido, e ele, em vez de responder, mostrou um papel. Até as mãos dele estavam tremendo. Comecei a ler:

"Preste atenção no comportamento do seu filho Konstantin. Nos últimos tempos, ele mudou muito, para pior. Ele se envolveu com más companhias, e com elas bebe álcool até ficar completamente embriagado; além disso, Kóstia aprendeu a fumar cigarros fortes. Mas Kóstia esconde cuidadosamente do senhor todas essas aventuras. Kóstia, mediante pagamento de dois bilhões, ingressou, com algumas moças e alguns meninos, numa companhia bastante imprópria e muito depravada. No sábado, todos os membros dessa companhia se reúnem em algum lugar do parque Ivánovski para passar a noite numa farra desmedida, com grande quantidade de álcool. Por isso, certamente dando um pretexto mais decente, Kóstia não vai pernoitar em casa no sábado. Essa carta inteira pode parecer estúpida para o senhor, uma invenção inacreditável, mas o senhor pode encontrar um modo de verificar seu conteúdo. Há muito tempo Kóstia aprendeu a enganar o senhor habilmente, e só o senhor pode influenciá-lo."

Eu até sentei. Meu papai perguntou:

— Kóstia... conte para o seu velho... é verdade tudo isso?

— Não, papai, é mentira — respondi, mas com uns pontinhos nos olhos. — E se fosse verdade, você já teria percebido faz tempo. Por acaso alguma vez eu voltei para casa com cheiro de álcool? Pode falar com sinceridade. Já aconteceu?

— Não, nunca teve isso. Mas eu também não cheirei.

— Mas você tem olhos ou não tem, papai? Não dá para notar pelo aspecto? Eu estou todos os dias bem à sua vista.

— Isso lá é, mas mesmo assim...

O velho não acreditou. Como eu podia convencer?

— Bom, onde eu ia arranjar tempo para beber? Você mesmo sabe que quase todo dia temos várias assembleias, chego em casa cansado como um cão e na mesma hora tenho que pegar nos livros: não tenho um minuto livre... Que eu fumo é verdade, mas não quis que você visse, para não dar desgosto. Mas essa do álcool é bobeira.

Mas na minha cabeça eu pensava:

"Que canalha escreveu isso? Está escrito com letra de forma e sem assinatura, para não reconhecerem a letra. Será que é... será...".

Não consigo entender nada. Enquanto isso meu papai ficou andando pela sala, as mãos tremendo, e eu fiquei com tanta pena dele, tanta pena, que nem consigo expressar. Cheguei perto, dei um abraço.

— Papai — eu disse —, acredite quando eu digo que é bobeira. Afinal, eu nunca menti para você, por que é que eu iria começar a mentir agora? Fique calmo, faça uma boia e vá dormir. Aí amanhã, se quiser, vá até a escola e pergunte para a nossa diretora se isso tem alguma coisa a ver comigo ou não. De acordo?

Aí ele olhou nos meus olhos e disse que não ia a lugar nenhum, e que acreditaria. Mas eu não fiquei calmo. Posso

Diário de Kóstia Riábtsev

até morrer, mas vou investigar esse caso. Quem foi que escreveu aquilo?

Até agora não consegui dormir. Pela primeira vez na vida pude verificar como é difícil mentir para um velho como o meu.

13 de fevereiro

Pois vejam só! Acontece que não foi só o meu papai que recebeu uma carta daquela, mas também outros pais e mães. Hoje umas seis pessoas foram até a escola, todos atrás da Zin-Palna. A Zin-Palna na mesma hora reuniu todos os filhos deles e passou um bom tempo esclarecendo alguma coisa com eles. Todos os garotos saíram de lá suados, como depois de um banho na sauna. Fui na mesma hora perguntar para eles, e ninguém quis dizer nada. O Venka Pálkin está todo pálido e não quer conversar com ninguém: acha que alguém delatou a respeito das festas do repolho e está com muito medo de rodar por conta desse caso. Mas na minha opinião agora não tem mais por que ter medo. Se descobrirem, tem que dizer simplesmente: pois é, foi assim e assado. Mas de qualquer maneira é preciso fazer um esforço para que não descubram.

16 de fevereiro

A Lina apareceu na escola. Parece que ela faltou por motivo de doença. Ela chegou com uns olhos vermelhos de chorar: no fim, o pai dela também recebeu uma daquelas cartas. Ficou o dia inteiro chorando. Finalmente eu não resisti, cheguei para ela e disse:

— Se você ficar chorando assim, vai arruinar todo mundo! Porque ninguém sabe nada direito, é só ficar na miúda.

Aí ela começou a berrar ainda mais forte e disse para mim, em meio às lágrimas:

— É tudo culpa sua! Você, você, você é o culpado de tudo! Só você. Se não fosse você, eu...

Aí foi um berreiro definitivo. Mas o que eu tinha a ver, não entendo. Do que é que eu posso ser culpado? Disseram que ela ia se matar por minha causa, mas isso é bobeira. E mesmo se for isso, como é que eu poderia ter culpa se ela ficou caída por mim? E das festas do repolho eu tenho tanta culpa quanto ela: eu fui, e nada mais.

17 de fevereiro
Hoje a Zinaída Pávlovna pediu para o comitê estudantil convocar uma assembleia geral. Ela colocou a questão das cartas anônimas.

— Peço a quem souber qualquer coisa — ela disse — a respeito da origem dessas cartas, e se há nelas um pingo que seja de verdade, que diga à assembleia geral. Todos estão vendo que muitos dos alunos estão abatidos e não conseguem estudar devidamente.

Em resposta, todos ficaram calados. Naquele momento, tive sentimentos desagradáveis. Por um lado, eu tinha feito um juramento solene, como todos os demais. Mas por outro lado eu via claramente que a questão precisava ser resolvida de alguma maneira.

— Pois bem — disse a Zin-Palna. — Estou vendo que ninguém sabe de nada. Nesse caso, vamos relegar esse caso ao esquecimento. Tenho a convicção de que a culpa é toda da rica fantasia do autor das cartas anônimas. De minha parte, eu ficaria extremamente grata a esse autor se ele tivesse dirigido sua fantasia em qualquer outro sentido que não o da interrupção das atividades escolares. Além disso, creio que é preciso apressar os preparativos para a encenação de *Hamlet*. É preciso fazer ensaios todos os dias. O espetáculo pode arejar significativamente a cabeça dos alunos e aliviar a atmosfera, do contrário a pressão vai ficar muito grande.

Diário de Kóstia Riábtsev

A maioria começou a rir nesse momento, mas para mim ficou ainda pior. Fiquei com vergonha, do mesmo jeito que fiquei quando menti para meu pai. A verdade é que a Zin-Palna acredita em todos nós e está disposta a nos defender sempre que for preciso, e nós mentimos para ela.

Ficou decidido: fazer o espetáculo no dia 20 de fevereiro (com a concordância do Nikpetoj) e convidar ao espetáculo a célula da fábrica na qual estamos inscritos.

18 de fevereiro

Preciso de qualquer maneira achar uma solução para a questão sexual, porque ela me exauriu completamente. Chegou ao ponto de, hoje, no ensaio, quando todas as garotas estavam fantasiadas e com penteados diferentes, e o palco estava horrivelmente apertado, eu começar de propósito a imprensá-las num canto, não por traquinagem, mas por outro motivo. As garotas ficaram o tempo todo me xingando, e o Nikpetoj ameaçou me tirar e substituir por outra pessoa, mesmo isso prejudicando o espetáculo. Que bom que nem o Nikpetoj, nem ninguém percebeu que não era simplesmente por traquinagem. Do contrário, todos gritariam que eu só tinha sossegado um pouco nos últimos tempos, mas que agora tinha me depravado de novo.

Mas e se eles sabiam?

19 de fevereiro

Parece que agora no fim das contas eu não vou mais conseguir conversar com a Silva. Nem sei como escrever isso. O tempo todo eu e a Silva fomos como que bons camaradas, e ainda agora, com toda a sinceridade, não consigo sentir por ela nada além da mais profunda camaradagem, mas eu acabei deixando escapar, não me contive.

A Silva ficou responsável pela comissão de figurino, porque os outros membros não fazem nada, e ela arrumou quase sozinha todo o figurino. Por isso a Silva está em todos os ensaios e hoje esteve no geral. E aí, no laboratório de ciências naturais, onde foi montado o camarim dos artistas, a Silva estava costurando (no meu corpo) a roupa do Laertes.

E foi aí que eu perguntei para ela:

— Silva, você por acaso passearia comigo? Estou perguntando em teoria.

— Como assim, passear? — perguntou a Silva. — Nós dois já passeamos bastante.

— Não, não desse jeito, de outro jeito. De verdade.

Ela até parou de costurar:

— Mas nós não passeamos de verdade?

— Você não está entendendo — eu disse, e comecei a ficar muito sem jeito. — Assim, por exemplo, como... marido e mulher.

Eu achei que ela fosse ficar irritada, mas ela não fez nada. Baixou os olhos e perguntou:

— Você quer o quê, casar comigo? É cedo para você, e para mim ainda mais.

— Mas você não está entendendo, Silva — eu disse, mas pensando em como escapulir do camarim. — Não é isso, não estou falando de casamento, eu quis dizer... que... você podia passear comigo... mas agora, ainda na escola.

Ela ergueu os olhos para mim:

— E como é que você vai fazer isso?

— Bom... assim... por exemplo, eu beijo você.

Ela pensou um pouco e disse:

— Isso eu talvez não permita. Mas suponhamos que eu permita. E depois, o que você vai fazer?

— Mas vá para o inferno! — eu gritei, arranquei com toda a força a linha que ela estava usando para costurar e saí correndo.

E durante todo o ensaio não consegui olhar nos olhos dela.

Diário de Kóstia Riábtsev

22 de fevereiro

Até agora não consegui escrever sobre o espetáculo: fiquei ocupado investigando as cartas.

O espetáculo correu às mil maravilhas. O Seriojka Blinov ficou urrando como um trovão, dando pinotes no palco, derrubando todo mundo, tanto que o rei disse para ele, até alto demais: "Mas vá mais devagar, seu diabo". Depois, o espírito — era o Venka Pálkin — foi muito bem. Ele estava todo enrolado em um lençol, e com o rosto coberto de giz, e com uma voz sepulcral, especialmente quando ele falava de debaixo do palco, através do alçapão. Só que ele deveria ter saído pelo alçapão, mas o alçapão quebrou, e por isso ele teve que sair pelo fundo do palco. O Nikpetoj era o mais agitado. Ele ficou ali do lado, com o livro na mão, soprando como um ponto, já que a gente não tinha um lugar para o ponto no palco. Depois o pessoal disse que quem estava sentado mais perto conseguia ouvir dois textos de uma vez: um vindo dos bastidores, outro vindo do palco. Eu de qualquer maneira acabei arrancando o florete do Seriojka, porque ele não sabe lutar com espada, e ninguém reparou que aquilo não estava de acordo com o Shakespeare.

A Zoia, a Negra, representou muito bem, melhor que todo mundo. Dizem que muitas garotas até choraram olhando para ela.

25 de fevereiro

Hoje a Zoia, a Negra, me surpreendeu. Depois do espetáculo ela passou a andar com o nariz empinado, porque foi muito aclamada. No geral, a aparência dela mudou. Ela parou de usar o vestido preto, ficou mais animada: não é mais como antes. Ela nem quer mais falar sobre defuntos, ainda que, por costume, alguns ainda caçoem dela por causa dos defuntos. Pois então, ela me chamou no corredor e disse:

— Sabe, eu quero contar um segredo para você.

— Que segredo? Por favor, nada de segredos.

— Não, é muito importante. Sabe, eu sou apaixonada por você.

— O quê-ê-ê?!

— Não me venha com "o quê". E, por favor, não fique pensando muito de si mesmo, a paixão não depende de nós, mas da natureza. E nem creia que eu vou aprontar alguma coisa por sua causa. Foi só que eu pensei, pensei, e decidi dizer de uma vez para você, porque assim me dá um alívio no peito. E isso não dá a você nenhum direito sobre mim.

— Se é assim, vá beber um copo de água gelada — eu respondi e fui embora.

26 de fevereiro

Que história estranha! As garotas foram cochichar entre si, e eu fiquei sabendo por uma pessoa que elas querem trazer de volta a bobagem das festas do repolho. Mas a coisa mais importante que eu fiquei sabendo é que a Silva está mancomunada com elas. Eu não conversei com a Silva nenhuma vez desde que fiz aquela pergunta (eu só queria esclarecer, em teoria), e dá para ver que ela está me evitando.

Quando fiquei sabendo dos cochichos, fui me aconselhar com o Venka Pálkin, e nós decidimos organizar uma contraofensiva.

27 de fevereiro

Estou muito contente e satisfeito comigo mesmo. Passei quase o mês de fevereiro inteiro debruçado sobre um relatório a respeito dos acontecimentos na China, e o Nikpetoj elogiou muito o relatório.

E depois parece que eu consegui achar a pista da pessoa que escreveu as cartas anônimas. Foi o Kechka Gorókhov, um rapaz meio comprido e caladão da segunda série. Eu acho que foi ele pelo seguinte. O único rastro que eu tinha nas mãos era a carta que o meu papai tinha recebido. E na nossa escola cada um traz o seu tinteiro. Aí eu comecei a investigar o tinteiro de cada um. Foi um trabalho difícil, porque todo mundo guarda o tinteiro assim que termina de escrever o que precisa. Aí lá fui eu vigiar. Mas hoje eu dei um jeito. Entrei correndo no laboratório de matemática quando só tinha um pessoal da segunda série estudando lá, sem o Almakfich, e gritei:

— Passem depressa seus tinteiros, o Almakfich está pedindo!

E aí eu mesmo agarrei os primeiros tinteiros que apareceram (e é claro que também o do Kechka, eu já tinha percebido antes que ele estava sentado perto da porta). E dei no pé. O Kechka veio atrás de mim: "Parado aí, espere, tenho que escrever uma coisa", mas eu, que não sou besta, fui depressa para o auditório, já tinha deixado preparado lá um frasco vazio, e eu despejei ali a tinta do Kechka, e voltei com ar indiferente para devolver o tinteiro para o Kechka. Ele olhou para mim com desconfiança, mas não disse nada. Mas eu já vinha observando fazia tempo e tinha percebido que, sempre que eu olho para ele, a expressão do rosto dele muda. E depois, ele foi o único da segunda série que esteve nas festas do repolho. Eu conferi a tinta, e no fim eram mesmo muito parecidas: meio lilás, tanto uma, como a outra. Agora é conferir a letra, e aí o caso vai estar no papo. Só que isso é ainda mais difícil, porque as cartas foram escritas com letra de forma.

3 de março

Consegui a todo custo arrumar o caderno do Kechka Gorókhov, e comecei a comparação das letras. No geral, fiquei com a impressão de que as letras das cartas e do caderno são parecidas, e aí fui conversar com o Kechka. Comecei direto ao ponto:

— Kechka, foi você que escreveu as cartas para os pais?

O rosto dele meio que se transformou totalmente, e ele respondeu:

— Mas você ficou louco, seu calhorda?!

Dei-lhe outra:

— Não tenha medo, eu sei tudo sobre você.

— O que é que você sabe? O que é que você sabe?

E fechou os punhos. Eu fiz uma cara misteriosa e fui embora. Agora, de acordo com a psicologia, ele deve vir por conta própria até mim e confessar.

4 de março

Meti feio os pés pelas mãos. O negócio foi o seguinte. Fui fazer o exame de janeiro do Nikpetoj, abri o livro de História e de repente vi: tinha um bilhete ali dentro. Eu abri e até soltei um grito.

> "Kóstia, em nome do velho sentimento entre nós, devo preveni-lo de que estão preparando uma investida contra você e contra o Venka Pálkin por causa das festas do repolho. Sabem de tudo. Tome cuidado."

Mas não dei um grito por causa do que estava escrito, e sim porque a letra, as letras de forma, a tinta: era tudo igual. Quer dizer, não tinha sido o Kechka. Depois da nossa quase briga, o Kechka viria me prevenir, e ainda por cima em nome do "velho sentimento entre nós"?! Aí eu fui até o Nikpetoj e, em vez de fazer o exame, perguntei para ele:

— Nikolai Petróvitch, estou fazendo bem em tentar descobrir qual dos alunos escreveu as cartas anônimas?

— E como você está fazendo isso?

— Investigo e depois tiro conclusões.

— E por que motivo está fazendo isso?

Diário de Kóstia Riábtsev

— É porque quem escreveu comprometeu seus camaradas.

— Percebe, Riábtsev, antes de qualquer coisa, assumir voluntariamente o papel de agente infiltrado em meio aos camaradas de modo algum é um papel dos mais honestos. Ademais, se o caso estava relegado ao esquecimento, por que trazê-lo de volta à vida?

Eu por pouco não deixei escapar que o caso estava novamente vindo à tona, mas mordi a língua a tempo.

Talvez eu vá mesmo parar as buscas: por pouco não me meti numa história besta com o Kechka Gorókhov.

Mas quem é que escreveu as cartas e depois esse bilhete para mim?

7 de março

Li o *Sanin* de Artsybáchev[18] e depois de novo fiquei a noite toda sem dormir, e de novo teve *fim-fom pik-pak*. Agora estou com uma dor terrível na cabeça e não sei direito o que fazer. Talvez falar com o Nikpetoj. Fico meio sem jeito. Ele vai dizer: "Foi explicado para vocês na aula de ciências naturais, ainda é pouco para você?". E eu também não vou poder contar tudo para ele.

O ruim é que tudo isso influi nas minhas condições mentais. Vejam a que ponto cheguei hoje. Peguei o caderno com o meu diário e, na parte em que eu tinha anotado da parede as frases sobre o objetivo da vida, achei o lugar em que eu escrevi: "Mas que bobagem" (era onde falava sobre a satisfação das necessidades) e risquei o que eu mesmo tinha escrito. Na realidade, se uma pessoa é forçada a satisfazer suas

---

[18] Mikhail Petróvitch Artsybáchev (1878-1927), escritor e dramaturgo filiado à escola naturalista. *Sanin* (1907), seu romance mais conhecido, lida abertamente com questões como libertação sexual e aborto. (N. do T.)

necessidades de modo diferente das demais, ela sofre. Ela também sofre quando não pode satisfazer as necessidades de jeito nenhum. Mas viver e sofrer vale a pena?

Mas quando vieram esses pensamentos, eu na mesma hora perguntei para mim mesmo:

— Isso é digno de um membro do Komsomol, de uma pessoa que está na vanguarda da juventude? Porque eu posso não ser do Komsomol, e ser só um candidato, mas me considero um comunista convicto. No geral, acho que fiz muita coisa ruim: aqui falo tanto da participação nas festas do repolho, como das mentiras que vieram depois, mas principalmente da questão sexual, é claro. A burguesia e a *intelligentsia* resolviam a questão sexual exatamente do mesmo jeito que eu. Quer dizer que eu sou um burguesinho? Ou sou um intelectual? Não me considero nem uma coisa, nem outra, por isso devo resolver a questão de alguma outra maneira.

12 de março
Acabei de chegar da sessão da célula, que aconteceu no clube da fábrica. Agora está tarde, mas tenho que anotar tudo, do contrário posso esquecer. Na célula, estavam reunidas umas 150 pessoas, entre elas, uns vinte alunos da nossa escola, no máximo, e o restante era da fábrica. No início foi tudo como nas nossas assembleias, até mais chato. Informe do comitê distrital, depois comunicação do escritório... O pessoal (da fábrica) começou a fazer bagunça por causa do tédio, e o presidente chamava a atenção deles de quando em quando. Depois começaram os assuntos do momento, e todo mundo ficou de orelha em pé.

Tem uma menina lá, a Gúlkina; ela fez um requerimento à célula para receber recursos para um aborto. (Preciso perguntar para o Seriojka Blinov o que é isso; parece que é uma coisa que fazem, e aí o homem vira mulher, e vice-versa; é uma nova invenção da medicina; enfim, dão um jeito

Diário de Kóstia Riábtsev

para a mulher não gerar filhos.) E aí quando leram esse requerimento, começou um barulho enorme no salão: uns gritavam que era para dar, outros que não era para dar. Tomou a palavra o secretário da célula, Ivanov, um rapaz bem sério.

— Que raios de recursos temos nós, se as contribuições dos membros chegam com três meses de atraso, mesmo se recolhidas à força?!... De onde é que vamos tirar os recursos para dar para ela? Nós por acaso somos um banco agora, é isso?

Aí veio correndo uma garota, muito irritada: ela discursa sobre todas as questões e toda vez se irrita.

— Se nós é que vamos ter que prover para todas, o que vai ser de nós? Todas estão começando a fazer abortos. E quem é que vai dar à luz? Púchkin vai dar à luz? Proponho algo concreto: dar um livro sobre abortos para ela, e ela que leia.

Aí outras pessoas começaram a gritar:

— Deem o dinheiro! Deem o dinheiro!

Só acho que eles fizeram isso pela bagunça, porque o secretário tinha acabado de dizer, em bom russo, que não havia recursos. Aí uma outra menina veio e falou:

— Não tem como dar os recursos de jeito nenhum: em primeiro lugar, porque não há recursos; em segundo lugar, como já foi dito, alguém tem que dar à luz; e em terceiro lugar, e essa é a coisa mais importante, ela pode morrer devido ao aborto. Ou pode sofrer danos terríveis. Pode ficar aleijada pelo resto da vida. Um aborto não é sempre bem-sucedido, nem de longe!

Ouviram-se vozes que diziam para não dar. Mas aí veio de novo o Ivanov e disse:

— Como eu já disse, não podemos liberar nenhum dinheiro dos recursos da célula. Mas, pessoal, essa decisão de não dar e pronto não pode ser aceita. Vocês não estão lembrados de que a Gúlkina já fez outro requerimento, dizendo que não tinha onde morar? Que ela precisava receber um quarto ou pelo menos um cantinho? É preciso considerar a situação material da Gúlkina, ainda mais que ela se hospedou no outro lado da cidade. Claro, não haverá aborto, ela terá que dar à luz, mas também não podemos dar as costas: é preciso ajudar. Encontrar uma casa ou coisa do tipo.

Foi feita uma votação, e elegeram uma comissão para averiguar a situação material dessa menina Gúlkina, e começamos a cantar "A jovem guarda"... Enfim, acabou.

Fui para casa sozinho e pensando. Antes eu achava especial a vida na fábrica e o trabalho da célula deles: de madrugada a fábrica fica toda iluminada por luzes, parece estar em chamas. Mas no fim o pessoal de lá gosta tanto de bagunça quanto o pessoal da nossa escola, e as questões levantadas na célula não são tão difíceis de resolver. E eu achava que seria necessário um bom tempo para examinar e se acostumar antes de entender alguma coisa.

Fiquei muito contente e até com o espírito mais leve. Em primeiro lugar, eu não estou sozinho; em segundo lugar, quer dizer que eu também posso ser útil para a minha classe. Ao mesmo tempo, na minha cabeça os pensamentos voltaram para a questão sexual, mas agora por um outro lado. A história daquela menina teve um grande peso nisso. O Vanka Petukhov disse que era tudo muito simples, mas no fim não é tão simples assim, se uma célula de 150 pessoas caiu num dilema diante dessa questão. Agora eu estou achando que a questão sexual pode trazer muito sofrimento. Por exemplo: esse aborto. Por que diabos essa menina ficaria aleijada pelo resto da vida?

Fiz mal em dar tão pouca atenção à célula da fábrica antes; lá dá para descobrir muita coisa. Vou sem falta me aconselhar com o Ivanov a respeito de uma questão.

Diário de Kóstia Riábtsev

14 de março

Falei com o Seriojka Blinov a respeito do aborto, e ele me explicou em detalhes o que é. E ainda me deu um jornalzinho que tinha um conto que eu decidi recortar inteiro do jornal.

PROVAÇÃO PELO FERRO
(Conto)

1

Como sempre, nas portas do clube brilhava uma estrela vermelha, tão terna no ar aveludado da noite de verão; como sempre, as portas eram assediadas por um pessoal que queria entrar no clube, mas os homens de plantão seguravam a pressão com o peito; a porta abria-se com força, batia, abria-se novamente, e pelo ar azulado da travessa espalhavam-se fragmentos de gritos...

Manka Gúzikova deu uma cotovelada em alguém, socou, mergulhou com a cabeça para a frente, alguém a agarrou por trás, pelo peito. Manka viu-se diante de Vaska, e este deu um empurrão na porta, para longe de si: "Pode passar, Gúzikova". Manka avançou por debaixo do braço de Vaska, e logo Manka foi também tomada pela fumaça, pela luz brilhante, pelo vozerio e pelos impropérios: dentro do clube, tudo estava como sempre, só que Manka não era a mesma: imunda, suja, maculando a si mesma e ao clube. Já era o segundo dia que Manka tinha enjoo, vontade de arenque e pepinos em conserva; Manka entregava para a mãe seu baixo ordenado de adolescente, vinte e seis rublos e trinta copeques, e a mãe não admitia nenhum tipo de iguaria: era só sopa de repolho e batata, nada mais.

Umas meninas avançaram sobre Manka, todas iguais, com lenços vermelhos, dando voltas, fazendo volteios. Com esforço, Manka se livrou delas, foi até o salão principal, e logo sentiu algo na cabeça, o ambiente ficou escuro, pareceu flutuar. Manka teve um enjoo jamais sentido e sentou-se no chão, as pernas frias: no salão principal estava Volodka, o detento, gargalhando ruidosamente e fazendo bagunça com o pessoal, como uma criança.

Manka foi agarrada, arrastada até um banco, e imediatamente entre seus dentes meteram a borda de uma colher gelada. Manka deu um coice, abriu os olhos e fechou-os novamente: sobre ela, o pessoal havia formado um círculo fechado, as meninas cochichavam, e todos, todos olhavam fixamente para Manka. "Todos estão sabendo, estão sabendo", compreendeu Manka. "E eu, eu é que sou a vergonhosa, a maldita, enquanto o Volodka, esse canalha, dá risada..." Umas palavras estranhas chegaram voando aos ouvidos de Manka:

— Tem que chamar um enfermeiro do posto.

— Já está recobrando os sentidos...

— Está que é só nervos...

— Pare, seu idiota, não está vendo que ela está doente?

— E o que é que ela tem?

— Ficou empanturrada durante as festas.

E, finalmente, um simples e terrível:

— Fale para o Goela.

Manka deu um salto e ficou em pé, quis dizer: "Não, não precisa, estou bem", mas o chão sumiu debaixo de seus pés, o próprio banco pareceu virar embaixo dela, muito tempo e muitas palavras se passaram, e pelo cômodo já ressoava, como um fino martelinho de aço, a voz do ameaçador Goela.

— Saiam de cima, pessoal! Ela está doente, e vocês não a deixam respirar.

Manka esperava por outra coisa, ela acreditava que todos a abandonariam, que não poderia esperar ajuda de lugar algum, que o Goela a xingaria e que, uma vez que todos sabiam, ela seria enxotada do clube: mas agora de repente

Diário de Kóstia Riábtsev   127

aquele "Ela está doente", e era ainda mais terrível, mais horrível, e Manka congelou. Mas o mal-estar sumiu, a cabeça parou de girar, só ficou um pouco da fraqueza. Com astúcia, Manka entreabriu os olhos, só pela metade, como se estivesse doente, para não ser logo enxotada do clube: ele ficaria com pena, deixaria ficar um tempo. Mas Goela perguntou:

— Consegue se levantar?

Manka deu um pulo, como em outros tempos, na escola, na presença de uma professora severa, e fez menção de correr para o lado. "Eu vou embora, vou embora, eu mesma vou sair daqui..." Mas Goela, com uma mão de ferro, agarrou-a pelo braço:

— Venha comigo. Para a sala de leitura.

Goela falava de maneira entrecortada e autoritária; talvez por causa disso, e também por causa do olhar, direto, fixo e férreo, é que o pessoal tivesse medo dele, enquanto as moças, quando ele se aproximava, interrompiam sua tagarelice de passarinho. Goela, porém, era um rapaz de fábrica, como todos os demais; talvez antes tivesse sido um enorme arruaceiro na vila operária, e desde então ficou ligado a ele esse apelido de gozação.

2

Na sala de leitura, o Goela lançou um olhar ameaçador e disse:

— Pessoal, saiam por cinco minutos.

Os leitores farfalharam seus jornais, fecharam seus livros, sumiram. Aí o Goela sentou-se no banco, cravou os olhos em Manka — ela sentiu, ainda que não o estivesse olhando — e perguntou:

— Então? O que está acontecendo?

Manka quase ficou contente: então Goela não sabia. Então ela poderia mentir e... não ser enxotada do clube. Disparou:

— Briguei com a minha mãe. Minha mãe me expulsou de casa.

E olhou para Goela corajosamente. Fixos nela, estavam olhos cinzentos, bondosos e cansados. Manka nunca tinha visto olhos assim em Goela. Observou, observou e compreendeu: a ruga que Goela tinha sobre os olhos, como que reta, terrível, tinha sumido — antes sempre estivera lá, mas agora não estava.

— E por que motivo expulsou você?

Manka ainda não tinha a pretensão de mentir, virou os olhos para o lado, na direção do barbudo Karl Marx, piscou, e naquele momento capturou novamente o olhar daqueles mesmos olhos bondosos e cinzentos bem diante de si. Goela, como que casualmente, moveu o cotovelo e disse:

— Hein? Man? Por que motivo expulsou você? — E os olhos cravaram-se em Manka: não dava para se esquivar.

Os olhos de Manka fecharam-se por conta própria, mal dava para aguentar; depois a cabeça virou-se, como a de um passarinho, e Manka começou a observar fixamente um pedaço do tapete no chão, entre sua coxa e sua mão.

Uma mão quente repousou sobre o ombro de Manka; uma voz estranha, como que já hostil, martelou:

— E então?!

— É o seguinte, Goela, só não fique irritado por eu não ter respondido, ainda estou enjoada, mas eu confio mais em você do que na minha mãe, eu já vou contar tudo para você, espere... Espere, não fique irritado, eu de qualquer maneira vou embora do clube, por conta própria, mas não conte para ninguém. Eu sei bem que você não vai contar, porque você é tão...

Manka deu um salto, ofegante: nunca tinha dito tanta coisa de uma vez, não tinha precisado.

— Eu fico sempre enjoada, enjoada, e não quero comer nada, só quero arenque, e depois... sabe... parei de... como

Diário de Kóstia Riábtsev

todas as outras garotas... e eu... passeei com um... bom... bom... e foi isso...

Desabou no banco, a cabeça nas mãos, expondo o pescoço ao Goela: pois bem, agora ele sabia, ele que a enxotasse do clube agora mesmo. Para Manka dava no mesmo.

— Sua mãe sabe?

— Nã-ã-ão, minha mãe não sabe — Manka ficou surpresa com a pergunta. — Ela fica só de olho, de olho, observando tudo: eu menti para você que ela me expulsou. Mas quando ela ficar sabendo vai me expulsar com toda certeza.

A voz de Manka estava trêmula, abrupta, como lágrimas; em seu coração novamente começou a brotar a raiva: para que aquela demora toda, não seria melhor expulsar logo de uma vez?

— E para que ir embora do clube? — perguntou Goela em voz baixa e clara.

— E como não, as meninas por acaso não vão rir de mim? — disse Manka com raiva. — Os meninos por acaso vão tolerar? E você mesmo... Acha que eu não sei? Vou fugir, fugir!!! — ela começou a gritar, como que possuída. — De casa também vou fugir, vou fugir para a rua, sou maldita, sou infame, não tenho o que fazer no clube... Vão todos para o inferno!...

Manka fez menção de precipitar-se em direção à porta, mas a mão firme de Goela agarrou-a, um pouco acima do ombro.

— Parada, Gúzikova!

Talvez Manka precisasse disso, de que alguém lhe dissesse, de modo firme e imperioso: "Parada, Gúzikova". Talvez nem tudo ainda estivesse perdido; talvez todos aqueles cartazes e retratos nas paredes e toda aquela sala de leitura confortável, quente, coberta de tapetes, continuassem sendo queridos, familiares, próximos...

— Parada, Gúzikova! — Goela repetiu; e Manka fincou-se definitivamente no chão, como um prego na parede.

— A questão é a seguinte, veja bem... Em poucas palavras: tudo tem conserto. Entendeu? Tudo tem conserto. Não vou nem explicar como, não temos tempo a perder. Mas antes você tem que me responder uma pergunta. Só que não pode mentir. Responda: quem foi? Ou melhor: é do clube ou não é do clube?

Se alguém tivesse perguntado isso uma hora antes, Manka certamente teria ficado calada. Mas agora, depois de ele ter feito aquela bagunça na frente de todo mundo, como se não estivesse nem aí, Manka disse com indiferença:

— Volodka, o detento.

— Ah! O Volodka! — disse Goela, e a terrível ruga reta ergueu-se em sua testa, como uma baioneta. — Pois é! Deixaram esse diabo entrar no clube, e ele faz essa cagada! Mas e aí: ele não quer casar?

— É que eu não perguntei. Ele ficou umas duas semanas fugindo de mim, até mais, aí ontem eu contei para ele... sobre isso... Bom, ele ficou meio pensativo, depois começou a me xingar... e depois... depois...

— Depois o quê?!

— Fugiu. Fugiu mesmo, correndo. Eu queria... queria hoje de novo... falar, mas ele ficou... ficou... gargalhando com o pessoal...

— Tudo bem — rebateu Goela, em tom lúgubre e delicado. — Então lembre-se: tudo tem conserto! Não fique abatida. Confie em mim! Você pode confiar em mim?

— Posso, claro.

Um espasmo lhe passou pela garganta, e Manka olhou para a ruga reta: em quem mais confiar, se não no Goela?

— Muito bem! Fique no clube e espere até que eu chame.

— Como assim... mas com as meninas? E se todas elas souberem?

Diário de Kóstia Riábtsev

— Você por acaso contou?

— Contar, não contei... mas devem ter adivinhado, na certa...

— Que absurdo! Ninguém adivinhou nada! Diga o seguinte: fiquei trabalhando no calor, não almocei, e pronto. Vão zoar e acabou! Ah... mais uma coisa: você tem quantos anos?

— Sou de 1907... Dezessete.

— Mas que cana-a-alha! O que foi? Não é de você, estou falando do Volodka! Bom, vamos lá!

3

Goela parou junto à porta da quadra esportiva; os meninos, só de calção vermelho, trabalhavam nas traves e barras fixas. Ele disse em voz alta:

— Militância, para a caldeira!

Imediatamente, dois dos meninos soltaram os halteres, começaram a vestir suas calças, suas camisas; no círculo teatral, interromperam a cantoria e o riso; um militante alto, que usava um chapéu de pele de carneiro, apesar do verão, aproximou-se de Goela e perguntou:

— Para onde? Para a caldeira? — e foi atrás de Goela; Goela colocou outro no lugar de Vaska Fungão guardando a porta, levou-o consigo.

O pessoal chamava de caldeira um quartinho com um aquecedor de água quebrado; no edifício do clube, havia antes um botequim; agora não havia mais lenha, e às vezes, no aquecedor, pernoitavam pessoas do clube que ficavam trabalhando até tarde da noite.

— Faltam quatro rapazes. Bom, não faz mal — disse Goela, trepando no aquecedor. — Muito bem, pessoal, a situação é a seguinte: a Manka Gúzikova parece doente, mas está grávida, e quem a embuchou foi o Volodka, o detento. E agora não quer saber de casar, está fugindo.

As palavras seguintes de Goela pareceram bater como um martelo, e, no mesmo compasso delas, ele esmurrava a tampa de cobre do aquecedor.

— Eu disse para vocês, seus diabos, que não era para admitir no clube um calhorda como esse Volodka! Não faz diferença eu mesmo ter sido um arruaceiro! Um dá para consertar, o outro não dá. Logo dá para ver, pela pessoa. Mas essa não é a questão. Percebem, temos que ir mais a fundo nessa questão. O que fazer agora?! Na minha opinião, temos que obrigar esse filho da puta a casar! Quem pode?

— Isso, obrigar a casar, é uma grande coisa! — falou o rapaz alto com chapéu de pele de carneiro. — Vai dizer: não fui eu, o problema não é meu.

— Mas que sentido isso faz? — perguntou um dos rapazes tirados da ginástica, de cabelos encaracolados e aspecto alegre. — A gente força a casar, e depois o que acontece? É um esquisitão! Ele vai lá no dia seguinte pedir o divórcio.

— Nada disso, Akhtyrkin — martelou Goela. — Podemos cuidar disso, e de qualquer maneira ele teria que pagar pensão.

— Ficar de olho nele, é uma grande coisa! — se intrometeu de novo o altão. — E além disso, se eles casarem, você acha que vai ser um prazer para ela? Ela vai ser esfolada por ele até morrer, e também ninguém vai conseguir arrancar a pensão desse arruaceiro.

O altão falava de maneira tristonha e arrastada: parecia que ele introduzia a expressão "é uma grande coisa" só para prolongar sua fala.

— É um esquisitão! — reafirmou o encaracolado Akhtyrkin. — E ela mesma vai querer fugir dele já no dia seguinte!

— Bom, e você, Vaska? — Goela voltou-se para seu vizinho.

— E-e-e-eita — resfolegou Vaska. — É que cada coisa é

Diário de Kóstia Riábtsev

133

de um jeito, e essa coisa é de outro. Av-v-v-e! Eu ainda não sei como entender esse caso, av-v-v-ve.

— E vai demorar muito para entender, seu diabo fungão?! Não percebe que tem que responder agora, e não ficar tentando entender? — A ruga na testa do Goela encurvou-se, como se ele pretendesse perfurar Vaska com sua baioneta. — A menina está esperando uma resposta, percebe? E você aqui tentando entender!

— É claro que sim, av-v-ve — atarantou-se Vaska. — Não tem outra resposta e... nem pode ter, av-v-ve! Mas por outro lado, e-e-e-eita, no que se refere à referência, aí vem de novo a questão, hm-m-m-m, que ajuda podemos dar?

— Ajuda pode-e-emos dar — esticou o altão, afirmativamente. — Nesse ponto, a primeira coisa, uma grande coisa é: ajudar.

— Bom, enfim, vejo que vocês estão de acordo — assegurou Goela. — Pelo que entendi, vocês não negam a necessidade de dar ajuda, mas fica a questão: como, de que maneira precisamente dar essa ajuda. Quem pode? Ah, eu me esqueci de falar: a situação na casa dela está uma porcaria. A mãe vai querer expulsar se ficar sabendo. E aí?!

Akhtyrkin enrolou um cacho com o dedo, puxou com toda a força para baixo.

— Bom... uma proposta. O clube abrigaria... sustentaria totalmente até ela dar à luz... Poderia morar aqui, no clube. Bom... — Akhtyrkin puxou o dedo com ainda mais força, como se quisesse arrancar um tufo de cabelo da cabeça.

— Bom, isso... av-v-v-e — remexeu-se Vaska. — Nã-ã-ã-ão, uma coisa dessa, hm-m-m-m, não serve. Aqui tem que ter outra abordagem, em relação. Eita! Dar dinheiro... para o sustento. Esse outro aí, que vá viver como quer, av-v-ve. Longe da mãe.

— Que amolaçã-ã-ão — esticou o altão. — E depois aonde é que ela e o bebê iam se enfiar? Hein? E ni-i-i-isso, pensou também? Dinheiro! É uma grande coisa! E depois, o que fazer, aonde ir?

— E nem dinheiro tem — interrompeu Goela com ar resoluto. — De onde é que vamos tirar? Aqui tem que dar do próprio bolso para tudo: para os livros não tem dinheiro, para a lenha não tem dinheiro! E de qualquer maneira é muito dinheiro: coloque aí pelo menos uns trinta rublos por mês! E aí, quem é que tem isso?

— Aborto! — disparou um militante caladão.

Na caldeira, fez-se ouvir o canto e a algazarra que vinham da sala do círculo teatral, do outro lado do corredor. Depois, alguém berrou: "Fie-e-edka!". Alguém deu passos muito pesados, com uma bota — correndo, aparentemente. Goela perguntou:

— Mas... não é perigoso?

— Que na-a-ada!...

— Tem peri-i-igo, sim, é uma grande coisa — suspirou o altão. — Minha mãe morreu no parto.

— Uma coisa é parto, outra é aborto. É uma coisa de nada. Um minutinho...

— Isso é mentira! — gritou Goela, e sua ruga apontou para o outro, como uma baioneta. — Tem perigo, um grande perigo! Eu li! Tem perigo de contaminação... entendem, se tiver alguma irregularidade, mas tem... Tem que ter cuidado com isso... Como assim, "uma coisa de nada"?! Para você é uma coisa de nada, mas se a moça morre na faca, para ela não é uma coisa de nada! Mas tudo bem, estou vendo que só tem uma saída, se ela mesma concordar. Percebem, vamos ter uma grande responsabilidade. Nós vamos aceitar essa responsabilidade ou não? Quem pode?

Pelo corredor, alguém passou correndo de novo — de leve, mal se podia ouvir, com botas de feltro. Do círculo teatral, ouviu-se: "Por isso, Galileu, nós te apresentamos... Por isso, Galileu, nós te apresentamos...".

Diário de Kóstia Riábtsev

No corredor irromperam vozes: "Pessoal, meninas, para a marxista! Pessoal, para a marxista! Begunov, já para a marxista!".

— É o seguinte — começou Akhtyrkin, embaraçado. — Já falam... que o clube da juventude operária... que nós aqui só fazemos safadeza... E se ficarem sabendo disso...

— Para o inferno! — gritou Goela, com raiva. — Que vão para o diabo que os carregue! Quem fala isso? Hein? Quem fala? Quem é o canalha que fala isso? Hein? Quem é que fala?

— É mais a mulherada velha que fica matraqueando, grande coisa — minimizou o altão. — Não vale a pena dar atenção... Deixe que falem. Elas não têm o que falar, então...

— Não, Akhtyrkin, você vai falar: quem é que diz isso? — aferrou-se o Goela. — Se você não pode falar, então eu falo: é burguês quem fala, isso sim!!! Então na sua opinião a gente tem que se equiparar aos burgueses?! Hein?! Não vai falar nada, hein, não vai falar?! Seu cabeça-oca! Devia lembrar também o exército branco! E depois, é claro... fica subentendido que não é para dar um pio sobre isso!

— Quem der um pio eu vou anotar! — Vaska de repente saltou do banco e ergueu seu punho imenso. Tinham sumido tanto a fungação, como a moleza: em todo o clube, só com o Vaska aconteciam mudanças assim tão súbitas. — Vou dar nele! Arranco a língua... pela raiz!

— Bom, é claro — Goela golpeou a tampa do aquecedor com a mão. — Vou agora falar com ela, explicar tudo isso, e aí... amanhã encaminhamos... Vaska, você vai dar um pulo no hospital, para descobrir como funciona. Se num público não puder, aí tem que tocar para um particular. E pergunte do dinheiro, de quanto precisamos. Akhtyrkin, quanto tem no caixa?

— Três rublos, setenta e seis copeques — respondeu Akhtyrkin, sem hesitar.

— Bom... se for o caso... eu arranjo — disse Goela, saindo pela porta. — Vamos lá.

E Vaska saiu esbaforido atrás dele.

4

A partir do momento em que Manka Gúzikova chegou à recepção do hospital, juntamente com Vaska Fungão, internou-se, virou Maria Gúzikova, operária adolescente, 16 anos, n° 102, vestiu uma roupa de baixo limpa, fria, como que estranha a ela, meteu no corpo um avental também limpo, mas também como que estranho — ela deixou de se reconhecer como uma simples e comum moça operária da fábrica têxtil; era como se a Manka Gúzikova tivesse ficado lá, do lado de fora do hospital, em algum lugar da vila operária, insignificante e inofensiva; mas ali, no leito, quem estava sentada era Maria Gúzikova, recebendo atenção de adultos e pessoas sérias, e muito em breve coisas terríveis e vergonhosas aconteceriam com essa Maria Gúzikova, e por isso aquela roupa não estava ficando quente com o calor do corpo, como deveria, mas estava gelando a espinha e fazendo as pernas tremerem.

— Gúzikova, para a sala de operação — disse a enfermeira, com ar indiferente.

Com esforço, como se estivesse gravemente enferma, Manka levantou-se da cama e foi; só então percebeu uns rostos pálidos, que a observavam de seus travesseiros em suas camas; as costas da enfermeira seguiam adiante, balouçando de maneira ativa e tranquila; o coração de Manka pareceu parar, ela quase caiu, mas conseguiu conter-se: "Você precisa fazer isso, agora não tem mais por que se fazer de tonta...". Entrou na sala de operação quase tranquila.

Um médico grisalho e corpulento, com o rosto corado, acabou de lavar as mãos, virou-se, caminhou em direção a Manka, ergueu-lhe o queixo e disse:

Diário de Kóstia Riábtsev

— Então você não quer o bebezinho? Que pena, que pena! Bom, tire o avental.

Manka arrancou o avental, deitou-se onde ordenaram, e imediatamente a seu lado surgiu aquela doutorazinha que estivera com ela havia pouco tempo; ela segurou as mãos de Manka, afastou-as uma da outra; outra pessoa estendeu as pernas de Manka; uma quantidade terrível de tempo se passou, e em seu corpo, bem no coração, revirando-o e congelando-o, adentrou uma dor incrível, insuportável, intolerável, que começou a trespassá-la de maneira cada vez mais intensa e profunda com sua pontada cruciante e pungente. "A-a-a-a-ai!" — ela teve vontade de gritar, de uivar, de berrar, mas Manka mordeu os lábios, jogou a cabeça para trás, e viu acima um teto iluminado, muito alto; ele era branco e inclemente, como se dissesse: "Você nem ouse berrar, fique aí deitada quietinha, você é que é culpada, sua besta quadrada". Mas a dor não parava, ela tomava o corpo todo, tornava-se viva, ganhava ânimo e penetrava com suas unhas afiadas no corpo de Manka e perfurava, perfurava, perfurava sem fim, sem piedade, sem esperança... O teto ficou turvo, pareceu subir ainda mais alto, e não dava mais para vê-lo; em seus olhos surgiu uma espécie de cortina, turva e enfadonha, e ela se uniu à dor, preencheu todo o corpo de Manka, separou Manka da terra, das pessoas, da sala do hospital. Manka estava sozinha, sozinha no mundo inteiro, e com ela estava apenas aquela dor, enfurecida, penetrante, que fazia o corpo em pedaços, em partes, em pequenos pedacinhos, e em cada uma dessas migalhas arrancadas havia a mesma dor insuportável. Depois, veio-lhe à consciência: "Mas quando é que vai acabar? Quando? Mas quando?!". A dor começou a amainar, a cessar, como se partisse, como se morresse... Suas mãos ficaram livres: significava que tinham largado, significava que a doutorazinha tinha largado; significava que tudo estava acabado, que ela podia ir embora. Mas a dor ainda se mantinha lá dentro. Manka levantou-se, caiu de novo, viu o teto, os olhos negros da doutorazinha.

— Muito bem, garotinha, muito bem! — disse o médico carinhoso e corado. — Muito bem mesmo: uma garotinha dessas, e nem gritou. Como é forte!

Um orgulho brotou na mente de Manka. Sentiu vontade de saltar de uma vez, sair correndo em direção ao clube, ir direto falar com Goela e lhe dizer: "Viu, o médico principal disse que eu sou forte! Você pode confiar em mim, eu não vou fazer besteira!...". Mas Manka foi erguida e levada para a enfermaria, para a cama.

Por dentro doía, mas a dor já não era tão forte, dava para aguentar. Manka ficou um tempo deitada, com os olhos fechados, e, quando abriu, viu Vaska Fungão junto à cama.

— Av-v-v-ve, bom, e como foi... isso aí? Hein, Marusk? — perguntou Vaska.

— Vá embora, vá embora — sussurrou Manka, aterrorizada. — Vá embora depressa, você ainda vai ser confundido com o canalha... por causa disso!

— Que nada, av-v-v-ve — perturbou-se Vaska. — Veja só o pão que eu trouxe. Você pode ter ficado com fome, então, você... coma! — E ele enfiou um grande pedaço de pão branco bem no rosto dela.

5

Nem dois dias e duas noites se passaram desde o momento em que, no clube, Manka vira Volodka, o detento, e ela tinha a impressão de ter vivido uma vida inteira, longa e pesarosa, como se uma mão enorme a tivesse apanhado e mergulhado impiedosamente num redemoinho enfadonho e nauseante, que revirara sua cabeça, arrancara-a de sua vida simples e costumeira e a fizera girar, girar por todos os lados, para finalmente jogá-la bem no terracinho de uma casinha torta na vila operária. Tinha que dizer alguma coisa para sua mãe: pela primeira vez na vida ela não tinha passado a noite em casa: tinha sido forçada a ficar no hospital para recuperar as forças, embora Manka se sentisse saudável e quisesse ir correndo para casa no mesmo dia da operação. Mas Manka nem sabia o que dizer para sua mãe. Se dissesse "Passei a noite na casa de uma amiga", a mãe rebateria "Por que não avisou?". A noite de verão estava tranquila e suave. Manka claudicava no terracinho, quando de repente a porta escancarou-se, e na soleira surgiu a mãe, com baldes nas mãos.

— Chegou?! — perguntou a mãe, colocando os baldes no chão e cruzando os braços sobre o peito. — Chegou, sua vadiazinha? — disse, já sussurrando, para os vizinhos não ouvirem. — Chegou, sua miserável?! Chegou, sua lambisgoia?! Onde é que você se enfiou?! Hein?! Já, já para o seu quarto!

Manka logo entendeu que a mãe sabia — ou que suspeitava. Mas era estranho: geralmente, quando a mãe brigava e batia, Manka ficava enjoada, agitada e com medo. Mas agora, nada. Manka foi para o quarto; a mãe deu um jeito nos baldes e, depois de entrar, enfurecida, começou:

— E então, sua canalha?! E então, sua biscate!!! É melhor você nem abrir essa boca agora, é melhor nem falar nada, não me irritar, porque eu não vou acreditar, mesmo! Você quer o quê, injuriar a sua mãe?! Você achou que ninguém ia comentar?! Você achou que ia ficar tudo certo?! Mas é uma canalha! É uma ordinária!

A mãe caminhou, estendeu o braço e arrancou o lenço vermelho da cabeça de Manka.

— Aaaah, vadia!

"Não vou deixar bater", surgiu, obstinado, o pensamento na cabeça de Manka. "Não vou deixar e pronto."

— Devolva o lenço! — Manka estendeu o braço. — Devolva o lenço, mãe, estou falando!

— Não quero nem ouvir o que você está falando — sibilou em resposta a mãe e, com os dedos em gancho, aferrou-se aos cabelos de Manka, como se não fosse sua mãe, mas uma espécie de bruxa, grisalha, terrível, estranha. Manka precipitou-se, saltando para um canto.

— Devolva o lenço, estou falando! Ou a coisa vai ficar feia!

— Não quer me deixar encostar! Não quer me deixar encostar! — a mãe começou a gritar como louca. — Mas o que é que é isso, minha gente, agora ela não quer me deixar encostar!!! Sua própria mãe não pode encostar?! O que foi agora que essa gente ensinou para você naquele puteiro comunista?! — A mãe se sentou com ímpeto no banquinho e deu uma palmada no joelho. — Não deixar a própria mãe encostar?! Sua lambisgoia infeliz!... — A mãe deu um salto e precipitou-se na direção de Manka. Os braços de Manka como que se lançaram para a frente por conta própria, sua mãe deu um encontrão neles e saiu voando na direção da mesa.

— Devolva o lenço, mãe, senão eu vou ao tribunal — disse Manka calmamente. — Estou falando sério, vou ao tribunal.

— Vai ao tribuna-a-al, contra a própria mãe?! Mas onde é que já se viu isso, minha gente?! Fica dando volta por aí, ninguém sabe onde, ninguém sabe com quem, e depois vem com essa de tribunal?! O que é que você foi fazer no hospital, sua vadia? — sibilou de novo a mãe. — Responda, sua miserável! Eu arrebento a sua fuça, responda!... Vou mostrar o meu tribunal, seu verme!... Viram você indo para o hospital com esse marmanjo!

— Devolva o lenço!

E Manka segurou firme o braço da mãe. A mãe deu um puxão, agarrou a perna da mesa, revirou-se no chão, começou a lamuriar-se:

— Ajuda, minha ge-e-e-ente! Ela vai me matar! Vai me matar!!!

Diário de Kóstia Riábtsev

Manka ficou com nojo e perturbada; escancarou a porta e saiu daquele jeito, sem lenço, de cabeça descoberta. O ar azulado estava fresco e agradável. Vindo de algum lugar nas hortas, ouvia-se o latido de um cachorro, entusiasmado e entrecortado. Manka ficou parada no terraço, depois foi em direção ao clube, com ar decidido.

"Para o inferno com ele, com esse lenço", os pensamentos brotavam em sua mente. "Pego um com as meninas! E como aparecer agora no clube? As meninas na certa ficaram sabendo... Bom, as meninas tudo bem... Vão zoar, zoar, e depois pronto. Vou ficar com vergonha é de encontrar o Goela. Ele na certa ficou irritado de novo. Ele vai olhar para mim como... se eu fosse uma... Ai, que vergonha, que vergonha; seria melhor nem ir..."

Manka parou. A travessa estava tranquila, azul-clara e uniforme: do mesmo jeito de sempre. Em alguns lugares, nas janelas, já começava a arder um brilho amarelado; já deviam ser quase dez. A essa hora, no clube, acontecia o intervalo das atividades: ou seja, todos estavam no corredor; ou seja, seria mais fácil encontrar o Goela. Mas e depois, para onde ir? Para casa?

— A-a-a-ah, então foi aqui que você veio parar! — era uma voz estranhamente carinhosa e familiar, bem atrás do ouvido; e por detrás dela dois braços a rodearam, sem querer soltar. Era o Volodka! E depois cantarolou: — E eu estava a te esperar, Marussenka! Lá no clube, sabe, fico sem jeito de chegar perto de você! Bom, mas vamos andando, vamos passear, não quer? A noite está escura, eu tenho medo, mas você me leva, Marussia!!! — ele soltava um sussurro quente bem no ouvido. Manka afastou os braços de Volodka, virou-se, e foi como se o punho de Manka se erguesse por conta própria no ar — ela deu com toda a força naquela fuça repugnante e desaforada. E na mesma hora, com o coração batendo, saiu correndo... depressa, depressa, ele não podia alcançá-la!... Atrás dela, dava para ouvir pela travessa os xingamentos: "Mas espere só quando eu alcançar você", e o bater de pesadas botas. "Vai me alcançar, vai me alcançar, tem mais uma ruazinha, mais uma!... Que nada, está alcançando..." Um grito escapou involuntariamente: "Aaaah!...". Manka corria cada vez mais rápido, usando suas últimas forças... Mais uma casa, mais uma... E diante de Manka, virando a esquina, brilhou a querida estrela vermelha. Suas pernas estavam ficando rijas, mas corriam, corriam, como que por conta própria... A respiração pesada de Volodka já estava quase sobre a cabeça de Manka.

As portas se escancararam, como se já esperassem por Manka, e ela entrou voando no clube, quase caindo nos braços de Vaska Fungão.

— A-a-a-ai — disse Manka, apoiando-se na parede, enquanto o Fungão dizia:

— Av-v-v-ve, o que é isso, vai tirar o pai da forca?

Mas mal terminou de falar: junto às portas brotou Volodka, o detento. Vaska precipitou-se para a frente e deteve o ataque de Volodka.

— Mas o que é que é isso, ficou louco, seu diabo? — rosnou Volodka. — Não deixa mais os amigos entrarem?!

— Os amigos eu deixo entrar — respondeu Vaska, protegendo a porta com o corpo —, mas você tem que esperar.

— E por que isso ago-o-ora?

Apareceram junto às portas alguns rapazes: decididos, pálidos, tranquilos, como se tivessem brotado da terra; deviam estar à espera de Volodka.

— Nos vemos no tribunal popular — respondeu Vaska. — Você vai passar por um julgamento social.

— Mas vá para o infe-e-e-erno, que julgamento é esse?! — Volodka moveu-se para a frente. Mas os rapazes formaram uma parede, Vaska fez um movimento, e Volodka revirou-se na calçada, praguejando e mandando para o inferno.

Diário de Kóstia Riábtsev

As meninas foram para cima de Manka, dando voltas ao redor dela, rodeando, e arrastaram-na pelo corredor, para dentro. Pelo corredor, veio ao encontro delas o ameaçador Goela, e sua ruga estava erguida como uma baioneta. A ruga titubeou; Manka era fitada por olhos severos, mas de modo algum bondosos, e Goela quis passar reto; mas devia haver algo estranho nos olhos de Manka, porque Goela parou e disse:

— Mas por que está assim abatida?

Manka quis responder que não, que não estava abatida, que ela era valente e forte, mas mal conseguiu mover a língua, e de repente Manka entendeu que ela estava mesmo abatida. Lágrimas brotaram em seus olhos. Goela deve ter percebido, porque deu um tapa no ombro dela e disse:

— Mas o que foi?... Pequenina do proletário? Vá para a aula de educação política, sua bobinha.

E saiu andando. Manka, por sua vez, deu um pinote e saiu correndo pelo corredor, e uma espécie de onda, quente e gloriosa, percorreu sua espinha e inundou seu coração. Deve ter sido porque, através dos olhos do Goela, olhava para Manka o grande amor camaradesco de toda a classe operária por aquela pequena e desajuizada filha.

Eu mostrei para o Vanka Petukhov, e ele disse que o conto estava correto. Mas na minha opinião é só um caso. Acredito totalmente que esse tais "abortos" não acontecem sem que as meninas fiquem aleijadas. É melhor deixar que elas deem à luz crianças boas e saudáveis.

Tem que ter uma nova geração.

15 de março

Percebi já faz tempo que o Venka Pálkin não tem ido à escola. Eu tinha pensado que era por causa das festas do repolho. Agora estou achando que é por outro motivo. Mas eu não vou me meter nisso. Acho que o Nikpetoj tem razão e que espionar os camaradas não é uma coisa totalmente honesta.

Como eu me afastei da Silva, fiquei sem amigo, e estou passando cada vez mais tempo com a Zoia, a Negra. Ela me confessou que antes me odiava por algum motivo qualquer. E que tinha mudado os sentimentos em relação a mim depois do espetáculo, quando eu arranquei o florete das mãos do Seriojka Blinov com muita destreza.

As aulas têm ido bem para mim. As dores de cabeça pararam, e o *f-f-p-p*, também. Todo dia de manhã eu me esfrego com neve.

21 de março

Hoje a Silva chegou para mim e disse:

— Kóstia Riábtsev, sou obrigada a lhe dizer que mudei definitivamente de opinião a seu respeito. Antes eu pensava que você era um verdadeiro comunista jovem, leal à ideologia. Mas agora vejo que você simplesmente fingia, e que a sua verdadeira ideologia nem de longe corresponde à do Komsomol.

— Eu nunca fingi — respondi. — E como é que você sabe minha verdadeira ideologia?

— Você sabe muito bem. Mas eu também sei bem o que você e o Vênia Pálkin organizaram.

— Primeiramente, eu não organizei nada, eu só fui. E depois, quer dizer então que foi você que escreveu as cartas anônimas?

— Mas que palhaçada é essa — disse a Silva, olhando para mim bem nos olhos. — E você tem a coragem de dizer isso? Muito bem!

Deu a volta e foi embora.

— Silva, espere aí — eu disse. — Você acha mesmo que eu não tenho a ideologia do Komsomol?

— Não quero nem falar mais com você — e foi embora.

Fiquei extremamente ofendido, mas não pude fazer nada, porque em parte ela tem razão. Mas eu *nunca* fingi nada. Mas de qualquer maneira eu vou *provar* para ela.

23 de março

Aconteceu um escândalo muito grande, mas mesmo assim meio incompreensível.

Apareceu na escola um membro do clero (um pope): o pai da Lina. Ele chamou a Zin-Palna, e eles ficaram um bom tempo debatendo. O pai da Lina, todo vermelho, tentava provar alguma coisa para a Zin-Palna, mas ela ficava só agitando os braços, sem saber o que dizer. Isso foi na sala dos funscolares, por isso ninguém ouviu nada. Depois a Zin-Palna, absurdamente agitada, saiu junto com o pai da Lina e voltou só perto do fim das aulas.

Na mesma hora foi convocada uma assembleia dos funscolares, e nós fomos liberados para ir para casa.

25 de março

Para mim vai ser muito difícil escrever isso, mas mesmo assim vou escrever.

Hoje, assim que eu cheguei à escola, a Zin-Palna me chamou para a sala dela.

— Você pode conversar comigo com toda a sinceridade, Riábtsev? — ela perguntou.

— Posso — eu disse, olhando bem nos olhos dela. (Estava cansado de mentir.)

— Então me diga se você esteve nessas reuniões que o Vênia Pálkin organizou.

— Estive.

— E passou pela sua cabeça que com isso você não somente perturbou as atividades escolares, mas também traiu toda a escola?

— Dou minha palavra de honra, de jovem comunista, de que não me passou pela cabeça.

— E o que você pensou da relação entre a escola e esses... fenômenos?

— Pensei que... uma vez que são organizados fora da escola... pensei que não tinham relação um com o outro.

— Bom, suponhamos que seja verdade. E o que aconteceu com a Lina, você sabe?

— Eu vi que ela não tem comparecido à escola e que isso tem alguma relação com... as festas do repolho, mas dou minha palavra de honra que não sei nenhum detalhe.

— A Lina vai ter que sair da escola, e ela vai embora para a Ucrânia. Eu acho que você vai conseguir manter silêncio a respeito da nossa conversa assim como você manteve silêncio sobre essas suas festas do repolho.

— Zinaída Pávlovna, é claro que eu vou manter silêncio — eu disse, e minha garganta ficou entalada. — Só que... Eu acho que as meninas já sabem de tudo muito melhor que eu.

— Eu já conversei com elas. Pode ir.

— Espere... Zinaída Pávlovna... mais uma pergunta. Que... tem relação... o que aconteceu com a Lina tem relação com... a questão sexual?

— Sim. Tem — Zinaída Pávlovna falou com dureza. — Agora saia.

Saí, mas não continuei na escola, fui para casa.

Depois da entrada de 25 de março, algumas páginas do caderno foram borradas.

5 de abril
Ontem eu recebi uma carta da Lina:

"Kóstia Riábtsev! Eu já não o culpo por nada e entendo que eu mesma tenho muita culpa. Kóstia Riábtsev, quando você receber esta carta, eu estarei tão longe de você, que não terei vergonha. Começo agora uma nova vida, e tudo o que é velho, pretérito e sombrio ficou para trás e foi cortado de minha vida para sempre.

Saiba que eu fiquei íntima do V. P. por sua causa. Na verdade, por raiva de você e pelo desespero causado pelo fato de você ter sido tão grosso comigo e de o nosso suicídio ter sido tão estúpido e tão vulgar. Tudo isso passou, passou, passou, e agora me sinto tão leve... Eu aconselho a você também largar essa vida, porque você não vai ganhar nada, além de trevas. E tanto você como eu ainda temos pela frente tudo que há de belo na vida.

Fique também sabendo que fui eu que escrevi as cartas para todos os pais. Fiquei atormentada, sofri e quis interromper tudo isso, mas não sabia como. Aí inventei isso. Aquilo fez as coisas ficarem ainda piores para mim. E só agora, depois de ter escapado das trevas em direção à liberdade e à luz, eu entendo como fui estúpida.

Você fez mal em falar com a Silva sobre aquilo — está lembrado, lá no camarim?... A Silva não é dessas. Durante minhas piores aflições ela cuidou de mim, como uma irmã, embora antes eu tivesse sido grosseira com ela.

Adeus, Kóstia Riábtsev! Tenha uma vida feliz e faça as pazes com a Silva. Quanto a mim, me esqueça — para sempre, para sempre... Lina"

Como é tudo tão ruim quando não se sabe viver!

10 de abril
Hoje encontrei o Venka Pálkin na rua, usando um casaco da moda, com um cigarrinho na boca e uma bengala.

— Aí, Kóstia — ele disse —, ainda está de molho lá no defumadouro?

— É, ainda estou estudando na escola.

— A troco... Quer saber? Não quer dar um pulo amanhã na minha casa? Moro no mesmo lugar. Vai ter garotas, não essas azedas da sua escola, mas moças de verdade, boas. Estão circulando umas bebidas novas. Venha!

— E por que não? — eu disse. — Eu vou. Algum dos nossos amigos vai?

— Claro que sim! Só vai ter bons camaradas. Então você vai?

— Vou. Até mais.

12 de abril

O negócio foi assim. Eu, como sempre, cheguei na casa do Venka, no parque Ivánovski, lá pelas nove horas. Lá estavam reunidas umas doze pessoas. Todas estavam sentadas à mesa, e não tinha nenhum pai — eles sempre estão fora quando o Venka faz as festas do repolho.

Agora eu posso escrever tudo, e por isso digo: o que são as festas do repolho? As festas do repolho são bebedeiras e passeios com garotas, mas não daquele jeito, passeando na rua, e sim apalpadelas, abraços e beijos. No meio da mesa, colocam o repolho azedo com azeite, todo mundo gosta muito. Depois, todo mundo bebe vodca caseira, até ficar bêbado. Eu não vi nada além das apalpadelas, mas agora estou imaginando que aconteceu coisa pior.

Pois então: eu cheguei, e essas pessoas estavam sentadas, inclusive umas três da nossa escola. Não vou nem escrever os nomes. Eram todos meninos, das garotas não tinha nenhuma. Tinha garotas lá, mas desconhecidas e maquiadas.

Pois então. Todo mundo já estava meio bêbado — assim que me viram, começaram a gritar:

— Ah, o Kóstia chegou! Coloquem uma bebida de boas-vindas! Hoje a coisa vai ser boa!

— Sim, vai ser muito boa — eu disse, peguei o copo que me deram e quebrei no chão. — A coisa vai ser boa porque

Diário de Kóstia Riábtsev

eu entendi que algumas coisas são boas e que outras são más. Vocês, meus caros colegas de escola, agora mesmo vão embora comigo e nunca mais vão dar as caras por aqui, porque isso que vocês estão fazendo agora, e que antes eu também fazia, é uma obscenidade. Mas antes eu vou dizer algumas palavras aos demais cidadãos que estão aqui.

— Mas o que é isso, você ficou louco? — gritou o Venka Pálkin.

— Não, não fiquei louco, pelo contrário, recuperei a razão — respondi. — Você já calculou, Venka, quanta imundície produziu com essas suas festas do repolho? Você calculou que uma menina — você sabe de quem eu estou falando — teve sua vida mutilada? E que por pouco não arruinou nossa escola, você calculou isso? Não, você pode beber e fazer das suas perversões com seus amigos, mas deixe nossa escola em paz!

— Seu miserável, infeliz! — o Venka gritou e veio para me esmurrar.

Aí eu atirei a garrafa nele, e fui correndo para fora com o resto do pessoal.

15 de abril

Minhas mãos estão até tremendo de cansaço, de tanto que eu estou tendo que correr com os exames. Por causa de todas essas histórias do inverno, fiquei para trás em todas as matérias, e o verão está logo ali: se eu não passar agora, não vou poder me divertir direito no verão. E ainda estão falando que vai ter escola de verão. Antes eu pensava que essa escola de verão era só para o primeiro grau, e que tinha sido abolida para o segundo grau, mas parece que agora vão empurrar também para nós. Quer dizer que vão começar de novo as excursões. O Seriojka Blinov disse que, durante a escola de verão, deve ficar patente a completa incompatibilidade dos funscolares: na opinião dele, no inverno os funscolares de algum jeito conseguem cumprir suas funções, mas no verão certamente vão ser desmascarados.

Tenho um novo camarada, o Iuchka Grómov. Ele já estava na escola antes, até na nossa turma, mas eu não ia muito com a cara dele. Ele é um rapaz muito animado, que não gosta de ficar pensando nas questões. Eu contei algumas coisas sobre mim para ele — por exemplo, contei das festas do repolho —, mas ele disse que tudo isso era baboseira, e que eu tinha que esquecer toda aquela história o quanto antes.

17 de abril

Começou um fenômeno muito estranho na escola. Ontem, eu estava passando pelo laboratório de matemática quando de repente ouvi uma gargalhada terrível... Na mesma hora eu entrei correndo e vi: estavam sentadas, uma de frente para a outra, a Ninka Frádkina e a Staska Veliópolskaia, ambas da quarta série, gargalhando. Eu mesmo achei engraçado, e perguntei para elas:

— O que foi?

E eu mesmo comecei a gargalhar. Eles começaram a rir ainda mais, e de repente eu percebi que tinha alguma coisa gorgolejando na garganta da Staska. Depois esse gorgolejo virou um ronco, e eu fiquei assustado. Fui depressa buscar um funscolar de plantão, era o Almakfich, e nós dois fomos correndo até lá, mas as meninas tinham caído em prantos. O Almakfich disse que aquilo era histeria, eu fui correndo buscar água e uma toalha, e as duas garotas foram tranquilizadas. Depois o pessoal me perguntou se eu não queria curar as duas, do mesmo jeito que eu tinha feito no inverno com a Zoia Trávnikova, mas eu respondi que agora aquilo não era assunto meu, e que os atuais comissários estudantis que resolvessem.

E de qualquer maneira eu já tenho muito que fazer. Um mês atrás, nossa escola foi convocada pelo Departamento de

Educação Popular da província para participar da luta contra o abandono de menores na Defesa Jurídica Especial de Menores (DEJEM); em função da história com o Aliochka Tchíkin, quando ele roubou os seis bilhões, e depois eu o vi no porão em ruínas, a escola me escolheu para tratar com a DEJEM. E agora eu tenho ido à DEJEM. Tenho que passar muito tempo lidando com os menores abandonados, e quase sempre não dá em nada. Dizem que depois de três meses de trabalho com eles os adultos vão parar em clínicas para tratar os nervos. Mas na minha opinião tinha que fazer assim: organizar uns destacamentos de meninos como eu, e ir, preparados para brigar, para cada esquina que tenha menor abandonado, formar uma parede humana e, depois da parede, acender uns cigarros com eles e beber vodca — aí eles vão ter mais vontade de conhecer, e aí já começa a educação. Ou contar histórias, como o Vanka Petukhov. E aí ninguém iria precisar de clínicas para os nervos. Só tem um porém nisso: toma muito tempo, e em algum momento o nosso pessoal precisa estudar. Eu contei esse projeto para a secretária da DEJEM, e ela só ficou dando risada. Não tem por que rir, tinha que discutir. Eu não suporto quando riem de mim. Em todo caso, o método deles também não presta para nada, e eu acho que não vou mais trabalhar na DEJEM.

O pai do Aliochka Tchíkin foi atropelado por um caminhão da comuna, e a Zin-Palna adotou o Aliochka, para educar. A escola inteira acha que ela fez muito bem, só o Seriojka Blinov está afirmando que foi por vaidade.

20 de abril
Ocorreu uma assembleia do comitê estudantil em função do ataque histérico das meninas, e eu fui convocado como testemunha. Lá também estavam os "milicianos". A "milícia" foi instaurada na escola já faz um mês, para aliviar o comitê estudantil das funções administrativas. São dois "mi-

licianos", que ficam vagando pela escola inteira, arrumadinhos como os policiais franceses do cinema: a aparência pelo menos é tão idiota quanto. Eu contei como foi a situação e fui embora. Parece que eles não resolveram nada.

Fomos algumas vezes em excursão à fábrica têxtil, à célula na qual estamos inscritos. No mais, a célula e a nossa facção do Komsomol não exercem quase nenhuma influência sobre a vida escolar, e isso é ruim, na minha opinião.

22 de abril

Aconteceu uma briga terrível no auditório, e o Volodka Chmerts ficou todo coberto de sangue; o Volodka apanha com tanta frequência, que a gente começou a chamar de "Dois Não Surrados";[19] e é claro que os "milicianos" não conseguiram fazer nada com os meninos, então foi preciso chamar o funscolar de plantão.

Na assembleia geral foi discutido o novo projeto de autoadministração. De acordo com esse projeto, fica estipulado que os comitês estudantis serão eleitos por três meses, e não por um mês como antes, e isso para que os comitês estudantis possam estar mais a par das coisas, do contrário eles mal têm tempo de se acostumar e já são substituídos. O Seriojka Blinov afirmou que, em primeiro lugar, quanto mais tempo o comitê estudantil fica, mais ele é engolido pelo poder; e, em segundo lugar, era indiferente: independentemente do prazo para o qual fosse eleito o comitê estudantil, se ele continuasse submetido aos funscolares, mesmo que fosse por um ano, daria no mesmo; não faria sentido, porque esse comitê estudantil nunca gozaria de qualquer autoridade. Quanto a isso, a Zin-Palna disse:

---

[19] Trata-se de um trocadilho com o ditado russo que diz "É melhor um surrado que dois não surrados". O nosso equivalente mais próximo seria "Mais vale um pássaro na mão, que dois voando". (N. do T.)

— Estou vendo que o Blinov de novo está se apegando às coisas velhas. Por acaso ele quer que a escola fique de novo dividida em dois partidos, e isso bem na hora da conclusão das aulas, no momento mais decisivo, o dos exames gerais? Acho que é simplesmente o efeito que a primavera está provocando nele.

O Seriojka respondeu que a primavera não tinha nada a ver com aquilo e que ele só queria expor sua opinião. Mas, como todos estavam muito nervosos, o Seriojka também ficou enraivecido e ergueu a voz. Nisso, subitamente o Almakfich começou a gritar, dizendo que fazia tempo que o lugar do Blinov não era na escola, e que ele já devia ter ido para a faculdade, e aí começou o escândalo. A Zin-Palna teve que exercer sua autoridade e encerrar a assembleia.

Depois disso, no corredor, o Seriojka prometeu que iria provar para os funscolares, e que iria provar por seus princípios, que ele era antes de tudo um revolucionário, e só depois um aluno da escola e tudo mais.

23 de abril
Saiu o X, com o seguinte artigo:

O NABO

Zava plantou um nabo, de um tipo chamado Autoadministração. E ele cresceu, bonito e belo. Zava agarrou o nabo, puxou e repuxou, mas não conseguiu arrancar o nabo.

Zava chamou o Comitê Estudantil para ajudar. O Comitê Estudantil segurando a Zava, a Zava segurando o nabo. Puxaram e repuxaram, mas não conseguiram arrancar o nabo.

O Comitê Estudantil pensou, pensou, e decidiu chamar o Comitê da Economia. O Comitê da Economia segurando o Comitê Estudantil, o Comitê Estudantil segurando a Zava, a Zava segurando o nabo. Puxaram e repuxaram, mas não conseguiram arrancar o nabo.

Chamaram o Comitê Sanitário. O Comitê Sanitário segurando o Comitê da Economia, o Comitê da Economia segurando o Comitê Estudantil, o Comitê Estudantil segurando a Zava, a Zava segurando o nabo. Puxaram e repuxaram, mas não conseguiram arrancar o nabo.

O Comitê Sanitário chamou o Comitê dos Funscolares. O Comitê dos Funscolares segurando o Comitê Sanitário, o Comitê Sanitário segurando o Comitê da Economia, o Comitê da Economia segurando o Comitê Estudantil, o Comitê Estudantil segurando a Zava, a Zava segurando o nabo. Puxaram e repuxaram, mas não conseguiram arrancar o nabo.

O Comitê dos Funscolares não aguentou, e começou a berrar:

— Mi-li-ci-a-no!

E o Miliciano chegou na mesma hora, pontual que era. O Miliciano segurando o Comitê dos Funscolares, o Comitê dos Funscolares segurando o Comitê Sanitário, o Comitê Sanitário segurando o Comitê da Economia, o Comitê da Economia segurando o Comitê Estudantil, o Comitê Estudantil segurando a Zava, a Zava segurando o nabo. Puxaram e repuxaram, mas não conseguiram arrancar o nabo.

O Miliciano pediu ajuda para o Projeto Trimestral. O Projeto segurando o Miliciano, o Miliciano segurando o Comitê dos Funscolares, o Comitê dos Funscolares segurando o Comitê Sanitário, o Comitê Sanitário segurando o Comitê da Economia, o Comitê da Economia segurando o Comitê Estudantil, o Comitê Estudantil segurando a Zava, a Zava segurando o nabo. Puxaram e repuxaram, mas não conseguiram arrancar o nabo.

Ficaram lá, cobertos de suor, e o nabo ainda enfiado na terra.

Diário de Kóstia Riábtsev

— Mas que diabo, quando é que vão conseguir arrancar esse nabo? — perguntou alguém da plateia.

Na opinião do X, *nunca*.

Na mesma hora, junto à parede em que estava afixado o X, formou-se um comício, o Seriojka Blinov fez um discurso acalorado, e todos concordaram com ele: para que serve afinal uma autoadministração que não pode fazer nada? E que, no mais, era melhor deixar de lado a autoadministração de uma vez por todas. Mas aí ficou decidido adiar a questão até a conclusão dos exames, e por enquanto manter o silêncio.

Depois, o Seriojka ainda disse que, uma vez que os nossos funscolares não estão à altura de suas atribuições, seria preciso substituí-los, e que só então a escola tomaria o caminho revolucionário, e a vida e os estudos seriam mais fáceis para todos nós. Muitos não concordaram com isso. Eu, por exemplo, fiquei convencido pela experiência de que a Zin-Palna e o Nikpetoj *estão inteiramente à altura* de suas atribuições. Claro que eu tenho certas coisas contra a Ielnikitka e em parte contra o Almakfich, mas mesmo eles às vezes trazem proveito. Mas o Seriojka disse que, se vamos fazer uma empreitada contra todos, tem que ser contra todos.

Depois disso, eu e o Nikpetoj ficamos um bom tempo andando pela quadra de ginástica e discutindo. Foi o próprio Nikpetoj que me chamou. Entre outras coisas, ele me perguntou por que eu não era mais amigo da Silva. Eu expliquei que foi depois da história com a Lina. A Silva desconfiava que eu tinha feito alguma coisa, e eu só era culpado de ter ido às festas do repolho. E depois, ela disse que eu não tinha a ideologia do Komsomol.

— Sim, é uma boa menina a Silfida Dubínina — disse o Nikpetoj, suspirando.

— Até que ela é boa, mas é muito raivosa — respondi.

— Mas na opinião do senhor em que consiste essa bondade?

— Ela é muito severa consigo mesma e com os outros, mas em compensação se ela se apega ela se entrega totalmente... E o que você acha, Riábtsev: eu sou ou não sou uma pessoa feliz? — perguntou o Nikpetoj sem mais nem menos.

— É claro que é uma pessoa feliz.

— Então você é um mau observador, Riábtsev.

— Veja bem, Nikolai Petróvitch — eu disse. — Na minha opinião, é infeliz a pessoa que está completamente solitária e que, para esquecer sua solidão, precisa partir para o trabalho social. Depois, é infeliz aquele que não tem com quem se aconselhar.

— E você, é feliz, Riábtsev?

— Você não vai me pegar no pulo, Nikolai Petróvitch — respondi.

Nós dois rimos, e foi cada um para o seu lado.

Mas como é que ele pode ser infeliz se todos gostam dele, respeitam e prezam? Só o Seriojka Blinov vai contra ele. Mas também o Seriojka é contra todos os funscolares.

26 de abril

Quando cheguei à DEJEM a secretária não estava lá, e por falta do que fazer comecei a folhear uns papéis que estavam na mesa, quando de repente vi um papel comprido, escrito com uma letra garranchenta, e bem do lado uma cópia feita a máquina. Li depressa aquilo, fiquei impressionado, mas não tinha com quem conversar a respeito, e aí decidi anotar aqui. É claro que eu fiz tudo com muita pressa, porque fiquei com medo de a secretária entrar, mas mesmo assim consegui enfiar a cópia no bolso.

De repente a secretária entrou, e eu mal tinha tido tempo de enfiar o papel de volta na pasta, mas a pasta ficou aberta. A secretária olhou para mim com ar desconfiado e perguntou:

Diário de Kóstia Riábtsev

— O que é que você ficou fazendo na minha ausência?

— Nada, fiquei esperando.

— E por que é que a pasta está aberta?

— É que eu dei uma folheada.

— Eu peço a você que não mexa em pastas com assuntos confidenciais.

— E por que é que a senhora deixa essas pastas largadas na mesa se são confidenciais?

A secretária ficou muito ofendida e disse:

— O senhor, camarada Riábtsev, está se comportando no trabalho de maneira completamente indevida. E no mais...

— E no mais — eu respondi — eu não tenho nada o que fazer aqui. Quando falam para vocês que é preciso trabalhar com os menores abandonados, vocês só dão risada.

Falei na cara dela e fui embora.

Em casa, li mais uma vez a cópia. O mais impressionante para mim foi ver que, no fim, homens adultos também são atormentados pela questão sexual e que são punidos por causa *daquilo*. Amanhã mesmo vou conversar com o Nikpetoj, do contrário vai ser massacrante ler esses papéis sem saber o que neles é verdade e o que não é, mesmo porque nos livros não escrevem nada sobre isso.

28 de abril

Hoje foram os exames de matemática, e também para a quarta série. A Staska Veliópolskaia bombou, saiu do laboratório, parou e começou a gargalhar. E aí se juntaram outras meninas, que também iam fazer o exame. Primeiro elas tentaram acalmar a Staska, deram água, mas depois elas também começaram com aquilo. Começou um gargalhada e um berreiro generalizado. A Staska caiu no chão e começou a se bater, e as outras junto com ela, e foi só piorando. Os funscolares vieram correndo. Quando conseguiram acalmar as meninas, eu ouvi a Zin-Palna falando para o Almakfich:

— Histeria em massa, é preciso tomar medidas.

Essa história continuou por quase quinze minutos.

Depois disso, eu mostrei a cópia surrupiada da DEJEM para o Nikpetoj e pedi para ele me explicar tudo em detalhes. O Nikpetoj ficou muito desconcertado e primeiro me aconselhou a destruir o papel e me preocupar com os exames, mas depois, quando eu insisti, ele me explicou que tudo aquilo era perversão sexual e que aquilo acontecia, mas que o Poder Soviético estava lutando contra aquilo: ou seja, estava organizando a educação física, as palestras, elevando a ilustração do povo e tudo mais. Tudo isso que ele me disse não me deixou muito satisfeito.

Foi a primeira vez que eu vi o Nikpetoj desconcertado.

30 de abril

Depois do exame de física, aconteceu mais um caso de histeria em massa e generalizada, envolvendo algumas meninas; isso ontem. Hoje, no X, apareceu a seguinte nota:

O INSTITUTO HISTÉRICO

Informamos aos leitores que está aberta, em nossa escola, uma nova instituição de ensino: o instituto histérico. (Não pense o leitor que se trata do instituto histórico.) Os alunos que concluírem os estudos nesse instituto receberão uma passagem sem escalas para a estância das moças melindrosas. São ensinadas as matérias científicas: bailes, danças, flerte e histerias de todos os tipos possíveis, começando com pios de rato e indo até as gargalhadas estrondosas. Nessa instituição, as melhores alunas são as seguintes meninas: N. F., S. V., L. D. e K. R.

De sua parte, o X propõe, para facilitar o trabalho do mencionado instituto, as seguinte medidas:

Diário de Kóstia Riábtsev

1) Colocar, no auditório, um tanque com a capacidade de quarenta baldes de valeriana;

2) Na quadra de ginástica, erigir uma estátua de ferro com os dizeres: "Monumento ao Pesar", de maneira que todo aquele que assim desejar possa, sem distrair as amigas de suas aulas, desabafar junto ao seio dessa estátua. A estátua deve ser de ferro, para que não seja corroída pelas lágrimas.

O X tem a esperança de que tais medidas possam ajudar deveras a regulamentação do trabalho do instituto histérico.

Ao redor do X, tinha um monte de gente gargalhando; as meninas ficaram muito enfurecidas e rasgaram o X da parede, bem na frente da Zin-Palna, que tinha acabado de começar a ler. A Zin-Palna bateu o pé e gritou:

— Quem ousar violar a liberdade de expressão na escola não vai ter mais nada que falar comigo. Coloquem imediatamente o jornal de volta.

Na mesma hora as meninas arranjaram uma tachinha e afixaram o X de volta. E a gente ficou no canto, gargalhando tanto, que até deu dor na barriga.

Depois disso, de maneira totalmente casual, fiquei sabendo de uma novidade: perto do auditório, achei um bilhetinho amassado no chão, peguei e li. No bilhete, com a letra da Zin-Palna, estava escrita essa mesma nota sobre o "instituto histérico", e no lado oposto, também com a letra dela, estava escrito: "Para a redação do X". Vejam só que coisa! Quer dizer que a nossa Zinaidischa está participando do X? E quer dizer que ela sabe quem faz parte da redação. E eu até agora não sei. Na minha opinião, isso é uma indecência para comigo.

E, no mais, as coisas acabaram acontecendo de um jeito, que agora tem assuntos que *só eu* sei. E quanto mais o tempo passa, mais coisas como essas surgem, e eu não tenho ninguém para conversar sobre elas: com a Silva eu não falo mais, do Seriojka Blinov eu me afastei, o Nikpetoj é adulto e não me entende; e com quem mais eu poderia falar?

Só sobraram os exames e este diário. E agora este diário é como se fosse um amigo próximo, com quem eu converso sobre absolutamente tudo.

10 de maio

Viva! Passei na maioria dos exames. O Nikpetoj me parabenizou e disse que agora eu posso me considerar um membro da quarta série. A maioria da nossa turma também passou em todos os exames, inclusive a Zoia, a Negra, e a Silva. O Iuchka Grómov ficou para trás: desde janeiro ele já estava enrolado com ciências sociais e matemática, mas ele diz que isso é tudo baboseira e que para ele tanto faz se ele ficar na terceira ou na quarta série: de qualquer maneira ele não vai terminar a escola, mas vai para a colégio da cavalaria; ele gosta porque as tropas montadas usam calças vermelhas. Na minha opinião, isso é bobagem, porque tanto faz que calças eles usam, a menos que não usem calça nenhuma, fiquem só de cuecas.

Mostrei para o Iuchka o papel da DEJEM, e ele disse que não tem nada de surpreendente, e que todos os homens fazem coisas do tipo, e que aquilo era baboseira. Se ele tivesse, na vida dele, a mesma relação com a questão sexual que eu tenho, com certeza ele não pensaria assim.

15 de maio

Hoje a Zin-Palna comunicou que só precisam participar da escola de verão os alunos que ficarem na cidade durante o verão, e que se alguém tiver um lugar para viajar, pode viajar. Depois, ela explicou que ela mesma vai coordenar a escola de verão, abrindo mão das férias. As aulas consistirão no seguinte: 1) pesquisa em algum vilarejo próximo da cidade e patrocínio dele; 2) participação nas escavações de antiguidades junto com os colaboradores do museu etnográfico da região; 3) excursões de ciências naturais; 4) excursões de ciências sociais, que serão conduzidas em diversos museus e antigas propriedades. Os funscolares vão coordenar, cada um dentro de sua área.

A escola de verão começa no dia 1º de junho, quando estará resolvida definitivamente a questão dos formandos e das transferências para as séries seguintes.

20 de maio

Eu estraguei todas as minhas botinas jogando futebol e agora, para não gerar despesas para o meu papai, fico toda noite costurando as botinas com linha e linhol. O sapateiro disse que eu vou ter que comprar botinas novas, de qualquer maneira. Por causa das botinas, não tenho tempo nenhum para escrever.

31 de maio

O Iuchka Grómov tem uma irmã, a Maria. Ela já é adulta, mas fica querendo se meter com a gente, com os meninos. Ela fede a perfume, parece um barril. O nariz dela é totalmente branco. O Iuchka diz que é porque ela empoa, mas que na verdade o nariz dela é azul. Vou tentar conferir. O pai deles é esfolador de gatos. Ele compra os gatos em algum lugar, depois arranca o couro deles e vende como se fosse de esquilo. Meu papai também o conhece, só que ele diz que a pele do gato não é prática, porque rasga.

Essa Maria vive com pena de mim, me chama de "orfãozinho" e me dá chá com geleia. Tanto que o Iuchka até começou a me chamar de órfão de Kazan.[20] Fico meio ofendido, mas ao mesmo tempo gosto um pouco.

---

[20] Expressão idiomática que significa "órfão de pai e mãe", mas que

O Komsomol está encerrando o trabalho no clube, para o verão; eu raramente ia ao clube na fábrica, mas mesmo assim fiquei meio com pena. Além disso, o Seriojka Blinov está indo passar o verão na província de Tambov, e a Zoia, a Negra, vai visitar os parentes em Leningrado.

Às vezes eu tenho a impressão de estar andando sozinho por uma terra totalmente nua e de não haver rigorosamente ninguém ao redor, e fico com muita pena de mim mesmo.

também denota a pessoa que se faz passar por miserável para conseguir granjear comiseração. (N. do T.)

TRIMESTRE DE VERÃO

CADERNO GERAL

3 de junho

Hoje a Zin-Palna explicou as tarefas que ela vai passar durante a escola de verão. O que ela quer primeiramente é que a gente examine, sob todos os pontos de vista — ou, como ela diz, por meio do conjunto —, o vilarejo de Golóvkino, que fica a umas cinco verstas da cidade. Temos que criar um vínculo com os camponeses, não ficar de nariz empinado na frente deles por sermos da cidade, investigar o cotidiano deles, e ao mesmo tempo dar esclarecimentos sobre todas as questões que forem do interesse deles, medir o vilarejo de ponta a ponta e, no mais, servir de elo entre a cidade e eles. Essa é a primeira coisa.

A segunda é observar e anotar as canções camponesas, os contos, as lendas e as crendices (e ao mesmo tempo desenhar os trajes camponeses, mas acho que isso tem mais a ver com o cotidiano); como exemplo do que é a poesia popular, a Zin-Palna leu para nós trechos do poema nacional finlandês, o *Kalevala*. Foi um entusiasta de lendas populares, Runeberg, que percorreu a Finlândia inteira a pé e recolheu diversos contos, e depois um poeta deles, Lönnrot, fez um poema com aquilo.[21] E de qualquer maneira isso não foi trezentos anos atrás, como o Shakespeare, mas no século passado,

---

[21] Elias Lönnrot (1802-1884) foi na verdade quem coletou as baladas que integram o poema finlandês. Johan Ludvig Runeberg (1804-1877)

Diário de Kóstia Riábtsev

ou seja, uns cem anos, não mais que isso. Talvez o Runeberg precisasse saber de todas aquelas coisas, mas para que nós precisamos saber, isso eu não entendo. Por acaso alguém vai se interessar por essas superstições, como duendes e diabos? Eu acho que nem os camponeses acreditam direito em toda essa bobagem. E depois, talvez nem precise comparar: por exemplo, os finlandeses têm gigantes. Três deles se reuniram para caçar o tesouro de Sampo, e por causa desse tesouro eles travaram combate com várias forças impuras. Como é que alguém vai comparar isso com a Baba-Iagá, ainda mais montada na vassoura! E no mais todas as nossas bruxas e diabos são terríveis, não são personagens bons. Depois, nos finlandeses tem também essa de que não pode matar rãs, porque antes elas eram gente, e de que os dentes que caem da boca de uma pessoa têm que ser oferecidos para uma aranha. Na minha opinião, isso é ignorância popular, e não tem motivo para ficar anotando isso. Era melhor fazer logo a eletrificação e a cooperação do vilarejo, e aí teríamos o socialismo. Mas a Zin-Palna defende que é necessário anotar tudo isso, porque logo tudo vai sumir com a chegada da eletricidade, e aí não vai ter mais como desenterrar de jeito nenhum. Mas na minha opinião ninguém vai querer desenterrar, mesmo. Eu falei tudo isso para a Zin-Palna, mas ela disse que eu não tenho amor pela língua nativa falada, a raiz de toda a cultura. Depois disso, fiquei sem resposta, e tive que anotar sobre esse Ukko, deus do trovão, essa Päiva, deusa do sol, e esse Tierems com um martelo, vencedor de todos os feiticeiros (ai, minha nossa).

Além disso, teremos o trabalho, junto com o museu etnográfico da região, de participar das escavações de diversos

---

escreveu poemas épicos e históricos, além de "Vårt land", o hino nacional da Finlândia. (N. do T.)

cômoros. A Zin-Palna disse que, a oito verstas e meia da cidade, tem um antigo castro, composto de alguns cômoros. O museu etnográfico acredita que lá estão enterrados uns guerreiros, com suas armas, cavalos e esposas. Então é preciso escavar e enviar para o museu. Essa tarefa vai ser demais, principalmente por causa das armas. Nós vamos desenterrar e organizar ali mesmo, no cômoro, uma simulação de combate. Mas no geral eu acho que não dá para cumprir todas as tarefas, mesmo que leve o verão todo, porque os outros funscolares também vão passar tarefas.

O Nikpetoj pegou dois meses de férias, por motivo de doença. Antes da partida, ele ficou muito tempo andando com a Silva e conversando com ela. Fiquei muito ofendido que não foi comigo.

Agora definitivamente não tenho com quem conversar.

4 de junho

Depois da reunião com a Ielnikitka sobre a tarefa de ciências sociais, aconteceu um incidente que me deixou muito agitado. Quando eu estava saindo do laboratório, vi que o Volodka Chmerts estava dando palmadas nas costas da Silva. Primeiro a Silva estava conseguindo se livrar, e eu quis passar reto, com ar indiferente, quando de repente ouvi a Silva gritando com uma voz muito séria:

— Kóstia Riábtsev, me defenda!

Eu quis ir embora, mas nessa hora a Silva começou a gritar, desesperada:

— Vladlen, me defenda...

O Volodka Chmerts começou a rolar de rir, tanto que até parou de bater, e perguntou:

— Mas que história é essa de Vladlen?

Aí eu voltei, dei uma "ração do Exército Vermelho" na orelha dele, tanto que ele quase saiu voando, mas depois deu um pulo e se atirou em mim. Mandei mais uma explosão com

Diário de Kóstia Riábtsev

a granada de mão, ele pulou para a porta, cuspiu na minha direção, mostrou o punho e foi embora.

Aí a Silva disse:

— Estou em dívida com você, agora eu sei de tudo, me desculpe!

Respondi:

— Você já sabia de tudo antes, eu não tenho o que desculpar.

— Não, não, eu acabei de ficar sabendo, o Nikolai Petróvitch me contou; vamos ser amigos de novo, como antes.

— A amizade de antes não pode mais existir — eu respondi secamente e fui embora. Acho que ela começou a chorar.

8 de junho

Ontem fomos a Golóvkino pela primeira vez. Os camponeses estavam nas hortas. No geral, eles mexem mais com hortas. A mim coube examinar a vida cotidiana. Eu cheguei para uma camponesa que estava plantando umas mudas e disse:

— Tia, me deixe ajudar você!

— Mas quem é você?

— Vim da cidade, com uma excursão da escola.

— São estudantes, por acaso?

— Estudantes!

— No outro verão uns estudantes também foram lá para Perkhúchkovo, para medir a terra. Aí afanaram um baú cheio de roupa da tia Arina.

— Não somos gatunos.

— Mas quem é que sabe se não são mesmo? É melhor você ir andando em vez de ficar amolando.

— E você acredita em diabos, tia?

Aí ela levantou, limpou a terra das mãos e começou a berrar:

— Pio-o-otr!... Piotr!

Aí, por detrás da cerca, saiu um mujique, segurando um forcado, e veio bem na nossa direção. Aí a mulher disse:

— Veja só esse aí, veio com os estudantes, começou a perguntar de diabos...

Aí eu criei coragem e disse:

— Que nada, não estou falando de diabos, posso contar a vocês sobre a eletrificação e sobre o rádio, e depois posso ajudar... com alguma coisa.

— Ah, quer dizer que é da articulação — respondeu o mujique. — Bom, tudo bem, por que não? Não somos contra, se for para ajudar. Só que você tinha que ter aparecido no domingo, amiguinho; no domingo, o povo aqui fica mais livre.

Aí eu fui embora daquela granja, sem nada. Fui caminhando pelos fundos das casas; por todo lado, tinha mulheres e criancinhas cavando nas hortas. Aí de repente um cachorro peludo avançou em mim e começou a me rodear, com um latido terrível. Como é meu costume nesses casos, fiz como quem vai pegar uma pedra do chão, mas ele não se acalmou, pelo contrário, mais alguns vieram correndo atrás dele, e todos avançaram em mim. Eu também tinha ouvido falar que, no caso de um cachorro atacar, você tem que urinar na direção dele, e ele se afasta. Mas como eram muitos, eu comecei a girar com toda força e urinar em todas as direções, tentando acertar nos cachorros.

— E o que é que é isso agora, articulação? — perguntou uma voz atrás de mim, e eu vi que era o mesmo mujique com o forcado.

Ele espantou os cachorros, e eu segui adiante. Mas nem consegui passar por duas granjas, e os cachorros avançaram de novo, e um deles deu uma mordida na barra da minha calça. Aí eu fiquei com raiva, arranquei um pedaço de pau de uma cerca e comecei a me defender. Ouvi uma voz:

Diário de Kóstia Riábtsev

— Largue esse pau, largue o pau, estou falando, ou eles vão despedaçar você.

Larguei o pau, um mujique estava passando. Ele perguntou:

— Está fazendo o que aqui?

— Vim fazer uma pesquisa no seu vilarejo.

— Aqui nos fundos não tem nada para pesquisar — respondeu o mujique. — Ficam andando, fazendo pesquisa... Por que é que foi estragar a cerca? Se não foi você que construiu, não é para estragar.

E de repente, por detrás de um arbusto, brotou uma mulher, que gritou:

— Fora, fora, seu bronco! Ficam zanzando por aqui, aí do nada fazem o mesmo que fizeram com a tia Arina, em Perkhúchkovo... Vanka!... Vanka!... — ela de repente começou a gritar, enfurecida. — Os gansos, vá lá contar os gansos...

A muito custo eu escapei do vilarejo e cheguei na estrada principal. Com o resto do pessoal foi mais ou menos a mesma coisa, e dois dos nossos quase foram surrados com a fita métrica porque quiseram fazer a medição.

10 de junho

Parece que está começando de novo a mesma coisa que aconteceu comigo no inverno, mas agora não é mais minha culpa. Além do mais, agora eu lido com isso de maneira mais conscienciosa do que no inverno: em primeiro lugar, em função do caso com a Lina, e, em segundo lugar, porque, a julgar pelo papel que eu surrupiei na DEJEM, existem punições para algumas dessas coisas. A pior coisa é o Nikpetoj ter tirado férias. Com relação a essas questões, não posso confiar no Iuchka Grómov, e não tenho mais com quem conversar, porque estou totalmente solitário. O que ocorre é o seguinte. Já vem acontecendo há alguns dias.

A irmã do Iuchka, a Maria, inventou de montar o espetáculo *O pedido de casamento*, de Tchekhov, e nesse espetáculo eu vou fazer o papel do noivo, e a Maria, o papel da noiva. É uma peça antiquada e bastante absurda, sobre proprietários de terra, mas eu concordei, porque de qualquer maneira quero fazer mais experimentos como artista. Por conta do papel, preciso beijar a Maria. No ensaio, eu agarrei a Maria e dei um beijo, e ela disse:

— Eca, você me babou inteira... Por acaso você não sabe beijar?

Tinha umas cinco pessoas lá, todas deram risada, e o Iuchka Grómov gritou:

— A-a-ah!... Ficou vermelho, ficou vermelho!...

Fiquei com muita raiva, disse que não ia mais participar do espetáculo e na mesma hora fui embora para casa. Aí todo mundo me cercou, ficaram pedindo para eu ficar, e o Iuchka me levou para um canto e disse:

— Você por acaso é molequinho, seu cretino? Ou continua usando só os punhos? Não está vendo que a Maria está dando em cima de você?

Eu não entendi de cara o que ele estava querendo dizer, mas aí a Maria chegou voando, deu um empurrão no Iuchka que fez com que ele saísse voando, e sussurrou para mim:

— Como você é bobo, Kóstia! Não tem problema você não saber, eu ensino. Você quer, você quer? Hoje à noite, me encontre no nosso jardim.

Eles têm um jardinzinho atrás da casa. Eu pensei um pouco e acabei ficando: de qualquer maneira eu tinha tempo de sobra.

Aí de noite fui até o jardim deles. A Maria já estava lá, com uma roupa transparente e uma saia curta. Na mesma hora ela colou o corpo em mim e disse:

— Bom, antes de qualquer coisa tente não babar: feche bem os lábios e coloque os lábios na minha bochecha.

Diário de Kóstia Riábtsev

Só que eu, de propósito, dei um beijo no nariz, e não na bochecha; ela sussurrou: "Seu tonto, não aí", mas mesmo assim eu pude perceber que uma manchinha se formou no nariz dela. Depois ela começou a me ensinar o beijo na boca, mas não foi tão bom, porque os dentes dela estavam marrons, e ela estava com cheiro de tabaco, não de perfume. Também, ela puxa um cigarro atrás do outro. Depois ela foi me levando para um canto escuro, me colocou sentado em um banco e se sentou no meu colo. Mas aí eu senti um cheiro muito forte, meio que de cachorro, e disse:

— Eca, onde é que a gente foi sentar, que cheiro asqueroso é esse?

Aí ela me agarrou e sussurrou bem no meu ouvido:

— Não é nada: é que aqui ficam penduradas as peles de gato do meu pai, não ligue para isso.

Mas como não ligar se parecia que que estava sentado num monturo ou coisa pior?! A muito custo, eu consegui tirá-la de cima de mim e fui embora, mas ela não ficou ofendida.

Desde então, eu estive na casa dela mais algumas vezes. A gente ficou só se beijando, como crianças. Nem é lá muito bom.

Mas nada disso teria problema se, depois de cada um desses encontros, não acontecesse o *f-f-p-p*! Fico muito atormentado com isso, especialmente quando lembro do papel da DEJEM.

15 de junho

Agora o Aliochka Tchíkin está morando na casa da Zin-Palna e está completamente mudado. É claro que, enquanto ele esteve metido com os menores abandonados, acabou ficando muito atrasado, e agora ele vai ter que ficar mais um ano na terceira série. Ele está magro, pálido e caladão.

A Zin-Palna arranjou na comuna uma espécie de pensão para a mãe dele; aí a velhota veio agradecer e quis se ajoelhar aos pés da Zin-Palna, o que deixou a Zin-Palna muito indignada. Tentei conversar com o Aliochka algumas vezes, mas ele mais resmunga sozinho do que fala.

20 de junho

Anteontem, tivemos a excursão da Ielnikitka. No geral a excursão foi de ciências naturais, mas no fim foi preciso tratar também de ciências sociais, e de ciências sociais a Ielnikitka não entende nada, e por causa disso aconteceu um incidente.

Foi quase toda a terceira série (agora quarta) e mais alguns da segunda. Aí no caminho aconteceram vários casos amorosos: por exemplo, o Volodka Chmerts ficou o caminho inteiro com a Ninka Frádkina na plataforma do vagão. O pessoal ficou passando por eles, de propósito, como se quisessem ir ao banheiro; assim que um saía, logo entrava outro. O Volodka ficou com raiva, é claro, mas bem feito para ele: fica se metendo com todas as meninas, uma atrás da outra, e galanteando todas, como se fosse o Harry Lloyd.[22] A Ninka ficou bufando para nós, que era bem o que nós queríamos. Depois a Ielnikitka falou para a gente cantar, porque sempre cantam em excursões. Nós perguntamos o que era para cantar, e ela disse: "Desça sobre nós, noite tranquila...". Nós até puxamos a música, mas que música boba. Apareceu o condutor, olhando para nós com ar desconfiado, e falou: "Eu pensei que o freio tinha falhado". No geral foi divertida a viagem.

Depois, logo que chegamos em Sólnetchnoie, a Ielnikitka começou a falar de história natural para as meninas, enquanto os meninos foram jogar futebol. Continuou assim até

---

[22] Harold Lloyd (1893-1971), ator e humorista americano, muito famoso na era do cinema mudo. (N. do T.)

Diário de Kóstia Riábtsev

os meninos pegarem uma cobra-d'água. Todo mundo sabe que a cobra-d'água não morde, mas mesmo assim aconteceu um incidente. Levaram a cobra para a Ielnikitka e perguntaram (de brincadeira):

— Ielena Nikítichna, que tipo de serpente é essa?

— Essa é uma cobrinha-d'água — disse a Ielnikitka —, parente da jiboia africana.

— E ela morde?

— Não, sua picada é inofensiva.

Aí o Iuchka Grómov, que estava com a cobrinha nas mãos, chegou perto da Ielnikitka e disse:

— Ielena Nikítichna, segure a cobra nas mãos.

— Para quê?

— Para provar que ela não morde.

E meteu a cobra na mão dela, e a cobra se retorcendo como se estivessem tentando garfá-la. A Ielnikitka começou a gritar, e todas as meninas junto com ela.

— Jogue essa cobra para lá — gritou a Ielnikitka. — Nem ouse chegar perto de mim com ela.

O Iuchka jogou, mas não no chão, e sim na Ninka Frádkina. E essa começou a balançar a cabeça, a dar gritinhos, e nós todos demos no pé. A Ielnikitka prometeu nos denunciar na assembleia geral. Ela que denuncie. Toda dia ela denuncia alguma coisa, tanto que até pararam de ouvir o que ela diz. Com ela não dá para fazer nada divertido ou engraçado, e as meninas ficam fazendo umas caras de enterro quando estão com ela, não dá nem para chegar perto.

Depois nós chegamos na propriedade. Nessa propriedade, tem um *sovkhoz*,[23] mas isso no curral, enquanto a sede e a casa dos fundos foram mantidas como um museu, que é visitado por diversas excursões, para ver como viviam antes os

---

[23] Acrônimo de *soviétskoie khoziáistvo*, fazendas de propriedade do Estado, que usavam mão de obra assalariada. (N. do T.)

fidalgos, donos de terras e burgueses. É claro que nós também quisemos ver. Mas a Ielnikitka disse:

— Uma vez que o objetivo da excursão é a história natural, não há motivo para nos desviarmos. Por isso, vamos para o curral. Lá eu vou explicar muitas coisas interessantes para vocês.

Mas o que pode ter de interessante lá, com um monte de bois e vacas? Se nós mesmos criássemos os animais, tudo bem. Por isso os meninos disseram:

— Não vamos.

Nós discutimos, discutimos, mas aí por uma porta de vidro saiu um homem de farda marrom, não muito velho, mas meio escurecido, e disse:

— A propósito, não desejam visitar o palácio?

A Ielnikitka perguntou:

— E o senhor quem é, o administrador?

— Sim — disse o homem da farda. — Sou o chefe aqui.

A voz dele era rouca, como um gramofone quebrado, e a garganta dele ficava o tempo todo fazendo um barulho de água borbulhando.

— Então o senhor vai explicar tudo para nós? — perguntou a Ielnikitka.

— Tudo, direitinho — explicou o administrador, mas ele mesmo cambaleava.

— Bom, nesse caso, vamos, pessoal — disse a Ielnikitka com um tom de voz contrariado. Isso significava que ela tinha medo de não conseguir explicar, e por isso não queria ir.

Aí o administrador nos guiou por todos os cômodos.

— Aqui — ele disse — almoçava o proprietário, sua excelência, o senhor Urússov, e aqui sua excelência bebia chá. E aqui sua excelência descansava. E aqui...

Aí nem a Ielnikitka aguentou.

— Que história é essa de "sua excelência"? — ela disse.

— O senhor está na presença de crianças soviéticas. (Isso so-

Diário de Kóstia Riábtsev   177

mos nós, crianças!) E elas nem conhecem esses títulos todos. Fale de maneira mais simples, cidadão administrador.

— Sem pobrema — disse o administrador, e deu um soluço. — É que deram essa ordem de manter o co-ro-li-do, uma cor local. Observem aqui as paredes, com pinturas decorativas. E esses anjinhos voando são cupidos. E essa mesa aqui é feita com vidro de porcenalato. Peço que não coloquem o dedo, porque tem gente que coloca o dedo e junta pó.

E o tempo todo soluçando.

— Arre, o soluço tomou conta aqui — disse. — Deve ser porque eu comi cebola demais. Já volto, fiquem esperando aqui.

E saiu.

— Que administrador estranho — disse a Ielnikitka.

— É melhor a senhora mesma explicar, Ielena Nikítichna — eu disse.

— Só porque o senhor fica o tempo todo se metendo onde não deve, Riábtsev — a Ielnikitka respondeu —, não significa que eu tenha que fazer o mesmo.

Aí chegou o administrador, que começou a explicar. Eu percebi que ele não estava mais com cheiro de cebola, mas de outra coisa...

— O que tem no teto? — perguntaram os meninos.

— No teto — explicou o administrador — tem a deusa Vêmus, e perto dela, na carruagem, vai o pastor Bulcano. Ele é pastor porque tem esse chicote na mão. Essa pintura é de um famoso pintor africano.

— E qual é o nome desse pintor? — o pessoal perguntou.

— Esqueci — respondeu o administrador. — Não dá para lembrar tudo, também.

— *Hic!* — ouvimos o som, dessa vez vindo de trás. (Foi o Iuchka Grómov soluçando.)

Aí o administrador se sentou numa poltrona vermelha, fechou os olhos e disse:

— Crianças, minhas crianças, e a senhora também, professora da pedagogia vermelha! Peço perdão, mas parece que se rompeu uma correntinha nos meus olhos.

— Correntinha, mas que correntinha? — perguntou a Ielnikitka.

— É uma de diamante — respondeu o administrador. — Mas tudo bem, eu já levanto. É que me faz mal quando como muita cebola.

E foi isso mesmo: ele se levantou e seguiu adiante. Entramos numa sala imensa, com um balcão; no meio dela, tinha um lustre grandalhão, coberto; e as janelas eram quase do tamanho de um campinho de futebol.

— E aqui — disse o administrador — sua excelência, o senhor Urússov, se matou...

— Por que ele se matou? — o pessoal perguntou, interessado.

— Viu um fantasma.

— Que fantasma?

— A madame branca — disse o administrador com uma voz terrível. — E essa madame branca era tão delicada, tão viril, digamos assim, que o senhor Urússov não suportou.

— Ai! — disse uma das meninas em voz baixa.

— Cidadão administrador — falou então a Ielnikitka —, espero que o senhor mesmo compreenda que tudo isso são superstições, e por isso peço que esclareça agora mesmo para as crianças o absurdo desses tais fantasmas.

— *Hic!* — respondeu o administrador. — A cebola não me dá sossego, simples assim. E eu lá tenho culpa se me pedem para explicar tudo como foi? Eu não estava aqui na época, eu mesmo não vi, então não posso negar nada. Aliás, peço perdão, tenho uma aldeia em chamas nos meus olhos.

E se apoiou na parede.

Diário de Kóstia Riábtsev

— Mas que aldeia? — perguntou a Ielnikitka, e deu para ver que ela já estava enervada.

— Iepuzikha — respondeu o administrador. — E a senhora, cidadã, já que não gosta da minha explicação, pode explicar a senhora mesma.

— Isso, isso, explique você, Ielena Nikítichna — uma parte do pessoal começou a gritar. Para caçoar, obviamente.

— Não, deixem o administrador explicar — gritaram outros.

— Vamos votar — eu gritei. — Quem é a favor da Ielena Nikítichna, peço que ergam a mão.

A maioria levantou. Mas como a Ielnikitka ficou furiosa!

— Eu não vou explicar nada — ela disse —, e além do mais isso é uma pouca vergonha, e nós vamos embora daqui imediatamente.

— Por que ir embora? — disse o administrador. — É mais divertido com vocês aqui. Ou então venham de novo no dia da Intercessão, aí a minha mulher faz uns pasteizinhos d--d-de... carne.

Mas a Ielnikitka ficou mais furiosa ainda e exigiu que todo mundo fosse imediatamente para a estação. Mas foi só chegarmos perto da porta, e desabou uma chuva colossal, e eram três verstas até a estação.

— Bom, vamos esperar — disse a Ielnikitka.

Eu espiei pela porta e vi que o céu estava todo encoberto. Nisso, o administrador, que estava atrás de nós, disse:

— Mas para que ir embora, vão ficar ensopados, de cabo a rabo. É melhor ficar e passar a noite. A gente pode juntar feno e colocar nos quartos, e quem quiser pode se enfiar no palheiro. Busco leito no *sovkhoz* num segundo, quanto vocês quiserem.

— E pão, dá para buscar? — perguntou Ielnikitka, indecisa.

— Trago dez *puds*,[24] se quiser — respondeu o administrador. — Se eu quiser, prezada professora, posso organizar um verdadeiro banquete. Desejam?

E deu um estalido na garganta.

— Eu não entendo o que o senhor está dizendo — respondeu a Ielnikitka com uma voz brava. — Mas, uma vez que está chovendo, e os alunos podem se resfriar, não há o que fazer. Temos que ficar e pernoitar aqui. Faça o favor de mostrar aos meninos onde buscar o feno para o pernoite, porque não vou permitir que passem a noite no palheiro. E, além disso, traga pão e leite. Nós iremos pagar.

Nós tentamos insistir um pouco mais para que ela nos deixasse passar a noite no palheiro, mas ela declarou que não iria permitir, porque quem poderia garantir que nós não iríamos aprontar, e que, se nós escapássemos para o palheiro, ela iria embora imediatamente e nos deixaria sozinhos. Nós não ficamos com medo nenhum, mas tivemos que obedecer, porque poderia acontecer um escândalo com o conselho escolar. Mas foi ruim só para a Ielnikitka no fim.

Enquanto o administrador ia buscar leite e pão, a Ielnikitka disse para nós:

— Esse administrador é muito estranho, e eu já vi que ele não bate bem. Por isso eu peço a vocês que não entabulem nenhum tipo de conversa ou relação com ele. É claro que vocês ficaram alegres e quiseram logo criar uma camaradagem com ele, mas eu não vou permitir isso, fiquem sabendo.

Desde quando ela pode permitir ou não permitir? Se ela não tivesse dito isso, talvez nada tivesse acontecido. Mas agora nós já tínhamos decidido assustar tanto as meninas, como ela.

A chuva ainda não tinha passado, então não dava para

---

[24] Antiga medida russa, equivalente a 16,3 kg. (N. do T.)

Diário de Kóstia Riábtsev

correr pelo jardim, e nós ficamos no salão brincando de pega-pega. Logo escureceu, e, como não tinha luz, todo mundo teve que se preparar para dormir, a contragosto. As meninas e a Ielnikitka ficaram em um quarto, e nós ficamos em outro. É claro que teve muita conversa e algazarra, tanto que a Ielnikitka gritou com a gente algumas vezes. Quando tudo estava mais ou menos quieto, o Iuchka Grómov cochichou para mim:

— Está na hora.

À tarde, eu e ele já tínhamos deixado reservado o lençol no qual foram embrulhadas as provisões trazidas da cidade para a excursão. O Iuchka jogou no corpo aquele lençol, e, para que ninguém pudesse ouvir, nós fomos de fininho para o salão, para combinar os detalhes e ensaiar. Mas nós mal tínhamos passado para o salão, quando de repente vimos que, no fim do salão, estava acesa uma luzinha, que quase não dava para enxergar. Eu mal podia me conter com a expectativa. O Iuchka até agarrou a minha mão.

— Espere aí, Kóstia, o que é aquilo ali?

— Deve ser o administrador.

— Eu até tomei um susto. Vamos ver o que ele está fazendo ali.

Fomos de fininho até a luz, e aí percebemos que ela vinha de uma portinha debaixo do balcão, que antes nós não tínhamos visto. No início ficamos muito assustados. A porta estava entreaberta, então dava para olhar por ela. E eu olhei. Vi o seguinte: um fogareiro, e em cima dele uma chaleira; no bico da chaleira, estava preso um tubo comprido, depois uma bacia e, debaixo da bacia, uma garrafa. O fogareiro estava aceso, e do lado dele estava sentado o administrador, dormindo.

— Ele está destilando — sussurrou o Iuchka. — Eu sei, a minha tia destila desse jeito. Veja lá, veja lá, já encheu metade da garrafa.

Eu avancei para enxergar melhor, e nessa hora a porta rangeu, o administrador estremeceu e abriu os olhos. Começou a praguejar, inclinou-se na direção da garrafa, arrumou alguma coisa na bacia e se sentou de novo.

— Vou dar risada — disse o Iuchka. — Não vou suportar.

Eu mesmo já estava quase sendo vencido pelo riso, até tampei o nariz. De repente o Iuchka desandou a gargalhar. O administrador deu um pulo e foi direto para a porta. Nós colamos na parede, e o administrador escancarou a porta e ficou olhando para o salão.

— De novo ela zanzando, me espiando — resmungou o administrador consigo mesmo. — Bom, tudo bem, eu vou agarrar essa aí e arrancar os cabelos dela. — Fiquei me sentindo mal: quem é que ele estava ameaçando agarrar? Nisso, o Iuchka começou a me cutucar o flanco com o punho. Eu não estava para risadas. O administrador voltou para o quarto, inclinou-se, pegou a garrafa e fez menção de dar um gole dela, quando o Iuchka soltou uma risada tão forte, que até ecoou pelo salão.

— Quem está aí? — berrou o administrador, deu um pulo e saiu para o salão. Ele olhou na nossa direção e deu um berro. Daí foi correndo, para o lugar em que dormia o pessoal.

O Iuchka instantaneamente tirou o lençol, e nós dois voamos para o balcão. Ficamos escondidos lá, atrás do corrimão, olhando. Aí dos quartos em que estava o pessoal vieram gritos. Quem berrava mais alto era a Ielnikitka. Aí ficamos olhando, e o administrador veio correndo para o salão (e a chuva nessa hora tinha parado, e a lua tinha aparecido, então dava para ver melhor), e o pessoal atrás dele. Atrás de todo mundo, veio a Ielnikitka, embrulhada num casaco.

— Foi ali, ali — apontou o administrador na nossa direção, debaixo do balcão. — Ela estava ali. Alta, comprida, ia quase até o teto.

Diário de Kóstia Riábtsev

— Mas quem é ela? — perguntaram os meninos.

— A madame branca.

— Mas o senhor viu bem? — perguntou o Volodka Chmerts (reconheci pela voz). — Talvez estivesse sonhando.

— Sonha-ando! Vi como estou vendo você agora! — respondeu o administrador. — Só que ela não está mais ali: está vagando em outros quartos.

— Se não está, então a gente tem que ir dormir — disse a Ielnikitka com voz de sono. — E o senhor, se por acaso ela aparecer de novo, chame o guarda, não nos incomode, do contrário o senhor vai assustar todos os alunos.

— Des-sculpe, professora — respondeu o administrador.

— Mas se um desses aparecesse para a senhora, ia acordar até seu pai, só isso...

Depois disso, o pessoal foi embora com a Ielnikitka, e o administrador trouxe uma lampadinha, esquadrinhou todos os cantos e voltou novamente para seu quarto debaixo do balcão.

Eu e o Iuchka ficamos uns dez minutos abaixados no balcão e depois fomos descendo de mansinho para o salão. Não tínhamos chegado nem à metade da escada, quando vimos que, de uma outra porta (que também ficava debaixo do balcão, só que mais à direita), vinha saindo uma sombra. Eu quase dei um grito, e o Iuchka agarrou a minha mão.

— Mas quem é agora? — ele sussurrou, e pela voz deu para perceber que estava com medo.

A sombra foi andando de mansinho pela parede, foi até o meio e voltou na nossa direção, bem abaixo do balcão. Meu coração até parou, de tão silencioso que era o andar da sombra. Mas ela não subiu a escada, e sim avançou para o quarto em que estava o administrador. Ficamos congelados: o que aconteceria? Aí de repente ouviu-se um estrondo, um berro, uma espécie de pancada, e a sombra voltou voando.

— Mas o que é isso, seu bêbado infeliz — a sombra berrou, para a casa inteira ouvir. — Vejam só onde foi se meter para destilar! E ainda quer bater! Pode ficar tranquilo, vou contar tu-u-udo para o administrador, espere só até ele chegar! E o que é isso, minha gente? Enfurnado na despensa, destilando e bebendo! Destilando e bebe-e-endo...

— Mas cale a boca, demônio — falou com voz rouca o administrador, agarrando a sombra pelo colarinho. — Não está entendendo, tem uma excursão passando a noite aqui... Vai acordar todo mundo, e eu vou ter que responder... Aí eu arranco seu cabelo, juro que arranco.

Enquanto isso, eu e o Iuchka rolamos escada abaixo e saímos correndo na direção do nosso quarto. A sombra ficou quieta na hora.

— Está vendo? — falou o administrador, enquanto nós corríamos. — Deve ser algum aluno que foi ao banheiro, ouviu tudo. Você vai me estrepar, sua lambisgoia infeliz.

Aí eu e o Iuchka, já escondidos no feno, gargalhamos até chorar e até ficarmos histéricos, tanto que a Ielnikitka abriu a porta do quarto das meninas e disse, solene:

— Claro que é o Riábtsev. Mas não se preocupe, Riábtsev, isso não vai passar batido. Isso é uma indecência, é revoltante. Nem tenho palavras.

— Eu nem me preocupo, mesmo — eu respondi, e logo fiquei aborrecido, parei de achar graça.

De manhã, fomos acordados por um tio de óculos azuis, que perguntou se nós tínhamos dormido bem. No fim, era ele o verdadeiro administrador, tinha acabado de chegar da cidade. Aquele outro era só o guarda, por isso ele tinha explicado tudo de um jeito tão engraçado. Aí depois o verdadeiro administrador nos disse que o guarda tinha servido ali ainda na época do proprietário Urússov, e provavelmente teria que ser expulso. E não era a primeira vez que ele se passava pelo administrador.

No caminho de volta nós demos muita risada da Ielni-

Diário de Kóstia Riábtsev   185

kitka, por ela ter acreditado que um guarda bêbado era o administrador e ter ficado ouvindo, com uma cara séria, a explicação dele. Pode até saber de história natural, mas não venha se meter em ciências sociais.

6 de julho

Embora a Zin-Palna esteja o tempo todo desanimada e pálida — será que está doente? —, ontem tivemos novamente excursão para Golóvkino. Ela poderia ter terminado de maneira muito triste, se não fosse a presença de espírito da Zin-Palna. Eu de propósito tinha dado uma passada na célula da fábrica e, mesmo não conseguindo encontrar o secretário, obtive um mandato, em nome da célula, endereçado ao Komsomol de Golóvkino, com um pedido de auxílio na questão da pesquisa sobre o cotidiano camponês.

Era domingo, e por isso tinha festa no vilarejo. Muitos mujiques já estavam bêbados desde a parte da manhã, e os membros do Komsomol, para nosso azar, tinham ido a uma reunião no Comitê Executivo Distrital, e isso fica a umas vinte e cinco verstas dali. E aí o que aconteceu foi o seguinte.

A Zin-Palna localizou o presidente e solicitou auxílio da parte dele. Ele mesmo não foi, mas enviou seu filho, um rapazote de uns quinze anos. Nós começamos a fazer a medição, estendemos a trena e fomos cercados por todos os lados: mulheres, moças, rapazes, criancinhas, todo mundo bisbilhotando. Decidi aproveitar a situação e, enquanto o resto do pessoal cuidava da medição, comecei a observar o cotidiano. Para isso, fui para perto das garotas e entabulei uma conversa com elas. Elas ficaram dando risadinhas, se escondendo uma atrás da outra, e eu fiquei tentando convencê-las a cantar alguma música. Elas falavam que não sabiam.

— E alguma de vocês já viu um espírito da floresta? — perguntei.

— Olha ele aí parado, o espírito — respondeu uma delas, apontando com o dedo para mim. De repente, um dos rapazes chegou para mim e disse:

— Não vá ficar em cima das nossas meninas. Foi para isso que você veio aqui, por acaso?

Aí eu saquei o mandato e mostrei para ele. Ele olhou e disse:

— Isso não tem a ver com a gente. Se você é do Sukomol,[25] vá atrás do Sukomol, mas não pode ficar amolando as meninas.

Fiz menção de entrar numa discussão com ele, mas vi que estava isolado, e uma movimentação estava acontecendo no meio do nosso pessoal.

A medição tinha avançado pelos fundos das casas, ao longo das hortas, e aí uns menininhos deles, do vilarejo, que tinham se amontoado em volta da trena, se enfiaram em uma das hortas, colheram umas vagens e puseram a culpa no nosso pessoal. Uma tia apareceu e começou a gritar. Foi direto na direção da Zin-Palna, ameaçando com os punhos e gritando para ela:

— Se você é a professora, tem que ficar de olho neles.

A Zin-Palna respondeu calmamente:

— Eu não posso responder pelas crianças de vocês, do vilarejo. As minhas estavam aqui comigo o tempo todo.

— Então eu vi errado, é isso?! Foi esse aí que arrancou as vagens.

E apontou para mim.

— Que mentira é essa, tia? — eu gritei, já ficando com raiva. — Quando foi que eu arranquei as suas vagens?

— Ele também ficou de conversinha com as meninas daqui — esgoelaram os rapazes.

---

[25] Denominação depreciativa do Komsomol, baseada na palavra *suka* ("cadela", "puta"). (N. do T.)

Diário de Kóstia Riábtsev

Aí a Zin-Palna deu um grito, com uma voz fulminante e grave, que eu nunca podia ter esperado dela:

— Como é que você pôde, Riábtsev, ficar de conversa com as moças?

Todo aquele berreiro silenciou de uma vez, e eu, sem dizer nada, saquei o mandato e entreguei para a Zin-Palna.

— Mas e daí? — a Zin-Palna perguntou.

— É que, se eu estou observando o cotidiano, tenho ou não tenho o direito de pedir que cantem uma música?

Nisso veio um mujique robusto, que tinha ficado o tempo todo calado e só olhando, e disse:

— É melhor vocês irem embora para bem longe daqui, não têm nada que fazer aqui.

E as meninas, lá de longe, ficavam gritando:

— Façam o favor, da porta para fora!

Um outro mujique, bêbado, se intrometeu:

— Eu conheço esses aí, vieram por causa do imposto. São a-gri-men-sores, que queimem no inferno!

— Fora daqui, ou vão levar paulada! — começaram a gritar de todo lado.

Aí a mulher de quem tinham afanado as vagens veio pulando na direção da Zin-Palna e tentou agarrá-la pela manga. Aí, sabe-se lá de onde, veio o Aliochka Tchíkin. Agarrou a mulher pelo braço e jogou-a para o lado.

— Mas o que é isso, estão pegando na gente! — berrou a mulher, e um rapaz compridão segurou o Aliochka pelo ombro.

— Parem! — a Zin-Palna deu outro grito, com aquela mesma voz, e o único dente amarelo dela brilhou, como uma presa. — Peço a vocês a palavra.

E novamente todos ficaram calados.

— Vocês não perguntaram nada direito — disse a Zin-Palna, com sua voz de professora — e já querem se meter em briga. Nós desejamos o bem de vocês. Queremos ser seus padrinhos da cidade, e para isso precisamos fazer um planto. (Ela disse bem assim: um planto.)

— E o que vai sair disso? — perguntaram em voz baixa lá atrás.

— Vai sair o seguinte — respondeu a Zin-Palna. — Um: vocês vão ter ajuda da cidade. Dois: vocês vão saber a quem recorrer. Três: nós vamos sempre vir aqui ajudar. Quatro: vamos mandar jornal para vocês. Cinco: vamos ajudar a arrumar empréstimo de sementes. Isso é que são "padrinhos".

— E por que não disse isso de uma vez, cidadã? — perguntou um mujique alto.

— E vocês por acaso perguntaram? — respondeu a Zin-Palna. — E depois, eu me dirigi ao presidente de vocês, mas aí ele torceu o nariz, não quis conversar...

— Ele é assim me-e-esmo: tudo "eu!" — apoiou o bêbado, com alegria. — Com ele, irmãozinho, é só: "Eu sou o Poder Sovi-é-ético".

— Pois então — disse a Zin-Palna. — Agora nós vamos embora, porque vocês de todo modo já atrapalharam o nosso trabalho. Até mais ver, por enquanto, visitem a nossa escola, vamos deixar o endereço. Voltamos numa próxima. Vamos, pessoal.

— E as vagens, como ficam? — perguntou a mulher.

— Va-a-a-ai chorar com a sua mãe, tia Afímia — respondeu o bêbado. — Quem quer saber das suas vagens... Mas não está vendo que esse pessoal é estu-d-dado? E você, é o quê? Tem que entender como são as coisas.

Os menininhos continuaram nos seguindo até bem longe no campo, e gritando:

— Patrinhos!... Patrãozinhos!

Quando chegamos na escola, a Zin-Palna disse:

— O que foi dito lá, pessoal... tem que ser cumprido.

— Vamos cumprir, vamos cumprir! — gritaram todos.

Diário de Kóstia Riábtsev

10 de julho

Agora estou convencido de que o lorde Dalton estava parcialmente certo quando inventou seu plano. É claro que você tem que descobrir as coisas por conta própria; se for pelos outros, de ouvir falar, acaba sendo muito diferente de como é na realidade.

Ontem foi o espetáculo na casa dos Grómov. Montaram *O pedido de casamento*. Depois do espetáculo dos Grómov, o pai chamou todo mundo para jantar, e durante o jantar todos beberam vinho, inclusive eu. Depois do jantar, todo mundo continuou ali por muito tempo, e depois a Maria me chamou para o corredor. Lá estava muito escuro, eu dei uma topada no batente e fiquei com um roxo, mas não disse nada: acho que foi porque a minha cabeça estava girando muito, por causa do vinho. Depois a Maria me arrastou para um quartinho ou despensa.

Quando acabou tudo, eu de repente senti um cheiro terrível, como de carne de cabra podre, e eu quase vomitei.

— Arre, mas que nojo! — eu disse para a Maria. — Mas o que é que fede tanto aqui?

— É que aqui ficam guardadas as peles do meu pai, não dê atenção — respondeu sussurrando a Maria. — E não fale tão alto.

Mas eu não consegui aguentar mais e fui para casa. No caminho, a minha cabeça girava, meu coração batia, fiquei com muito nojo, e o que eu mais queria era que a Silva nunca descobrisse. Mas como é que ela poderia descobrir? Ela quase nunca fala com o Iuchka e ultimamente fica mais com o Volodka Chmerts. Eu nem consigo entender o que ela viu nele. A pior coisa é que a Silva nem percebe que o Volodka se enrola com todas as meninas, uma depois da outra, e que agora foi a vez dela. Isso deve ser ofensivo para o amor-próprio feminino, ainda mais para a Silva. Porque a Silva é muito orgulhosa, talvez mais orgulhosa que todas as outras meninas.

13 de julho

Hoje fui como padrinho até Golóvkino e, por via das dúvidas, levei comigo o Vanka Petukhov — ele está de férias. No caminho, nós discutimos de novo a questão sexual. Contei para o Vanka daquele papel que eu surrupiei na DEJEM e perguntei a opinião dele a esse respeito.

— É claro que deve ter alguém fazendo algumas dessas obscenidades — disse o Vanka —, mas elas são herança do antigo regime. Agora não precisa de nenhuma dessas coisas antinaturais, tudo pode ser feito de maneira simples e natural.

Eu disse para ele que nem as palavras eu entendia direito (as que estavam no papel), mas que eu achava que o "simples" também era repugnante, especialmente depois.

— Não sei, isso significa que você não se acostumou — disse o Vanka. — E depois, é claro que também é importante com quem você se envolve.

— Bom, e se for alguém com o dobro da sua idade, por exemplo?

— Essas são mulheres obscenas — o Vanka disse —, e você nunca entende o que elas querem.

Fomos conversando e nem percebemos que estávamos chegando perto de Golóvkino. Lá, num pasto, tinha umas meninas camponesas passeando (isso foi no sábado, à noitinha). Elas estavam dançando de um jeito muito esquisito: uma segurava a outra, e aí saíam girando. E ao redor delas tinha uns rapazes, uns com uma sanfona, outros sem nada.

— Podemos assistir? — perguntou o Vanka.

— Vocês têm fumo? — responderam os rapazes.

— E como não?

Fumamos. Aí os rapazes disseram:

— Podem assistir à vontade.

Depois foram todos chegando perto de nós e ficaram olhando para nós, até fiquei meio com vergonha.

Diário de Kóstia Riábtsev

— O meu camarada aqui sabe contar histórias — disse o Vanka.

Eu já ia dando uma cotovelada no flanco dele, quando as meninas disseram para mim:

— Conte uma historinha interessante, camarada.

— É que eu não sei, é mentira dele.

O Vanka olhou para mim, bem sério, e disse:

— Nunca menti na vida.

Aí eu pensei e comecei:

— Bom, no mundo tem um país chamado Finlândia. Esse país tem muitos lagos e pedras, e depois ainda surgiram gigantes...

E continuei falando de acordo com o *Kalevala*. Olhei, e a maioria tinha se acomodado ao meu redor, e estavam ouvindo. É claro que vários dos nomes eu deixei de fora deliberadamente, como Väinämöinen, mas misturei na história as crendices populares — como aquela de que não pode matar rãs. Aí, assim que eu disse que, na tradição finlandesa, as rãs antes tinham sido pessoas, uma das moças ergueu as mãos e disse baixinho:

— Ai, meu deus! E nós aqui enterramos as rãs no formigueiro.

— Mas por quê? — perguntei.

— É para fazer feitiço! — os rapazes gritaram, dando risada. — Aksiutka, quem é que você queria enfeitiçar, hein? O Stiopka?

Depois nós dançamos e cantamos junto com eles (mesmo eu nunca tendo dançado na vida, me diverti com eles). Aí no caminho de volta o Vanka disse:

— Se a gente quisesse, daria para ter ficado e farreado com eles a noite toda. De qual delas você gostou?

Mas eu não queria falar disso: para o Vanka isso é tudo muito simples, como para os cachorros.

18 de julho

Hoje o meu papai me perguntou:

— Kóstia, é verdade que a diretora da sua escola, essa Zínotchka, está usando a pensão do Tchíkin?

— Mas como assim, ficou doido, é? — eu disse. E olhei para ele com os olhos bem abertos.

— E o que é aquilo, então? Ela está com o menininho, então o dinheiro também vai para ela.

— Mas que bobeira, papai! Nunca que a Zin-Palna faria uma coisa dessas. Isso seria como tirar de uma mendiga velha. E quanto seria esse dinheiro?

— Dizem que é na casa dos vinte e poucos.

— Para o inferno quem disse isso.

20 de julho

De acordo com a proposta do museu etnográfico, saímos ontem, ao amanhecer, em direção ao castro que eles nos indicaram, próximo ao vilarejo de Perkhúchkovo. Quando chegamos lá, os colaboradores do museu já estavam no local, escavando. Depois do caminho, descansamos um pouco, tomamos um lanche e também começamos a escavar. O tempo passou muito devagar, foi ficando cada vez mais quente, tanto que até tivemos que arrancar as camisetas. De repente, debaixo da pá do Iuchka, alguma coisa retiniu, e ele tirou da terra um disquinho preto. O colaborador responsável olhou e disse:

— É só um botão.

Já queriam desistir de escavar aquele cômoro, quando de repente começaram a aparecer uns ossos. Eu também tirei um osso, e o colaborador determinou que era uma tíbia de cavalo. Já tínhamos formado uma boa pilha de ossos, quando de repente chegaram uns cinco rapazes e perguntaram:

— Vocês têm autorização para escavar?

— É claro que temos — responderam os colaboradores.

Diário de Kóstia Riábtsev

Mostraram a autorização, mas os camponeses disseram:

— Nós não podemos permitir, porque vocês estão desenterrando tesouros, e essa terra faz parte de Perkhúchkovo. Vocês não têm direito de ficar cavando na nossa terra.

Ficaram um bom tempo discutindo e xingando, até que começaram a ameaçar, dizendo que reuniriam todo o vilarejo de Perkhúchkovo para nos expulsar. Aí um dos colaboradores disse:

— Vamos cavar juntos, aqui somos dezessete pessoas, cada um com uma pá, aí vocês vão receber uma pá também. Todo o ouro que for encontrado fica com vocês, todo o resto fica conosco. Mas se não quiserem, podem ir lá chamar todo o vilarejo de Perkhúchkovo.

Os rapazes fizeram uma deliberação, e pelo visto eles não queriam dividir com todo mundo. Pegaram as pás e começaram a cavar conosco. Só que eu percebi que eles estavam cavando mais para o lado, e não ali onde nós estávamos. Os colaboradores falaram para eles algumas vezes, mas eles continuaram fazendo do jeito deles. E do nosso lado cada vez mais ossos iam aparecendo.

— Que coisa estranha — disse um dos colaboradores — em nenhum cômoro tínhamos descoberto tantos ossos de animais.

No fim, os rapazes nem cavaram muito tempo: coisa de meia hora. Depois largaram as pás e foram embora. Um deles, quando estava saindo, perguntou:

— Mas para que vocês precisam desses ossos?

— Nós também temos interesse nos ossos — disserem os colaboradores. — Pelos ossos, podemos descobrir quando surgiu esse cômoro, e podemos descobrir muitas outras coisas.

— Então vocês tinham que ir naquele prado ali — disse o rapaz. — Aqui só tem cavalo enterrado, mas lá também tem vaca.

— Como assim, só cavalo? — perguntaram os colaboradores.

— É que uns dez anos atrás teve uma praga no gado — respondeu o rapaz. — E aí enterraram aqui e naquele prado. Só que lá tem mais.

Aí tivemos que passar para outro cômoro. Mas lá, por mais que a gente tenha cavado, encontrou só uma moeda imperial, de quinze copeques.

Os colaboradores disseram que aconteceu algum erro no plano do museu: marcaram os cômoros errados. Mas na minha opinião teria sido melhor se informar primeiro com os camponeses, e só depois começar a cavar.

22 de julho

A escola está ganhando vida de novo: estão aparecendo cada vez mais alunos.

Aliás, o Seriojka Blinov também veio. Tive uma discussão feia com ele.

— Decidi de uma vez por todas fazer uma revolução na escola — disse o Seriojka. — Todo mundo sabe que os nossos funscolares não estão à altura de suas atribuições. É necessário um espírito saudável, vivo, não essa coisa morta com que nos alimentam.

— Não sei — respondi —, acho que isso não seria leninista. É preciso estudar e entrar o quanto antes na faculdade.

— Pelo que eu ouvi — disse o Seriojka — você agora entrou para o grupo dos meninos exemplares, não é?

Aí eu fiquei com muita raiva, e nós trocamos xingamentos.

E aí meu papai veio de novo me amolar com a história da Zin-Palna.

— A mulher do sapateiro Tchíkin está falando para os vizinhos que não está recebendo a pensão integralmente.

— Na certa eles tiram uma porcentagem — eu disse.

Diário de Kóstia Riábtsev

— Não — disse meu papai. — Parece que uma parte vai para a sua diretora, para o sustento do Aliochka. A mulher do sapateiro está dizendo que ela mesma poderia vestir, calçar e alimentar o Aliochka, isso se recebesse a pensão integralmente.

— Mas isso é uma bobagem completa, papai! Já falei antes para você, e falo de novo, que a Zinaída Pávlovna não fica com um copeque.

— Pode até ser, então. Mas mesmo assim, tente fechar a boca dela. Ela está ameaçando levar isso aí ao tribunal.

Mas que tonta ignorante!

25 de julho

Foi como se uma bomba tivesse explodido na escola: o inspetor apareceu lá. Como estamos no fim de julho, mais da metade da escola estava ali. Justamente para hoje estava previsto um passeio geral na floresta que fica nos arredores da cidade, mas em vez disso tivemos uma assembleia geral com o inspetor.

O inspetor começou declarando a todos que haveria uma inspeção geral de toda a escola, e que representantes, tanto dos funscolares, como dos alunos, deveriam tomar parte nessa inspeção. Ficamos um bom tempo gritando, mas a maioria foi a favor de escolher o Seriojka Blinov, enquanto que dos funscolares por algum motivo escolheram a Ielnikitka.

Logo começou a correr um boato entre os alunos — já não sei dizer onde ele começou — de que uma denúncia contra a nossa escola tinha sido feita e de que essa denúncia afirmava que a escola tinha uma inclinação burguesa e que os funscolares não estavam à altura de suas atribuições. Eu fiquei muito indignado, mas alguns dos alunos começaram a cochichar entre si, e entre eles estava o irmão mais novo do Seriojka, o Grichka Blinov. Na mesma hora mandei alguém ir até os cochichadores: depois de cinco minutos, fiquei sabendo que, em caso de investigação, eles queriam manifestar várias injustiças dos funscolares, dizendo que os nossos funscolares se comportavam como pedagogos da velha escola. Eu comecei a defender em voz alta o oposto, mas a maioria dos alunos não aderiu nem a mim, nem a eles, ficaram neutros.

O Grichka Blinov bombou em ciências sociais, matemática e língua russa, e por isso repetiu a segunda série.

26 de julho

A comissão de inspeção se reúne na sala dos professores. É claro que não falam nada para nós, e o Seriojka Blinov se comporta como se tivesse se empanturrado de mingau de trigo. O partido do Grichka Blinov ganhou mais pessoas, enquanto o meu continuou com o mesmo tanto. Quando eu ia passando pelo auditório, dei uma espiada lá dentro e vi que a Silva e o Volodka Chmerts estavam sentados juntos. Fiquei com vontade de ir perguntar para eles se eles estavam do meu lado ou do lado do Grichka Blinov, mas depois preferi deixar os dois em paz. Depois, quando já tinha me afastado alguns passos, lembrei que, antes, em todas as situações complicadas, como aquela, a Silva sempre tinha sido minha camarada fiel e minha ajudante, e agora eu não tinha em quem me apoiar. Fiquei muito amargurado e ofendido, porque nunca tinha feito nada de errado com a Silva, e agora também não estava fazendo. Fiquei um bom tempo andando pelo pátio da escola, depois fui para casa, mas continuei me sentindo muito abalado.

O que foi que ela viu nele?

27 de julho

Estive com a Maria. Nojento, nojento.

28 de julho
Escrevi um poema, mas é muito bobo.

> *Lembro-me bem de tua conversa arguciosa,*
> *Nós dois, amigos nesta escola ruidosa...*
> *E se com outros começaste a conversar,*
> *Pleno contigo, mas sem ti fico sem ar.*

Será que o poema é bom ou ruim?

29 de julho
O inspetor convocou alguns dos alunos e interrogou a respeito da relação entre os alunos. Nos últimos dias, os funscolares têm andado muito agitados. O Nikpetoj chegou e começou a me perguntar, mas eu não consegui contar nada direito para ele, porque minha cabeça estava ocupada com outra coisa.

— É revoltante o inspetor agir dessa maneira — disse o Nikpetoj. — Antes de qualquer coisa, ele deveria convocar o conselho escolar.

Quase imediatamente depois dessa conversa eu fui convocado para falar com o inspetor. Lá, além do inspetor, estavam a Ielnikitka, terrivelmente pálida, e o Seriojka Blinov, olhando para baixo.

— Conte para nós, camarada Riábtsev — disse o inspetor —, o que você sabe das relações entre a diretora e os alunos.

— Posso lhe responder no conselho escolar, camarada — eu respondi.

— Eu tenho a autoridade necessária — disse o inspetor.

— Então o senhor pode exercê-la no conselho escolar — eu disse e fui embora.

Depois disso, eu fui atrás da Zoia, a Negra, e disse:

— Você está lembrada do que me disse na primavera?

— Lembro, sim — respondeu a Zoia, olhando para mim com os olhos bem abertos.

— Então eu posso confiar em você totalmente. Leia este poema aqui — ele não se refere a você — e me diga a sua opinião.

— Que não é sobre mim eu sei muito bem — rebateu a Zoia e começou a ler o poema em voz baixa. Levou muito tempo para terminar de ler, leu algumas vezes — pelo visto estava analisando cada palavra.

É claro que eu estava muito interessado na opinião dela, mas ela continuava em silêncio. Finalmente eu perguntei:

— Mas o que é que você quer, decorar o poema inteiro?

Foi aí que eu vi que ela estava chorando baixinho. E de repente ela falou depressa:

— Você não tinha o direito de me dar esse poema se ele é dedicado a outra...

Eu tomei a folha da mão dela e saí de mansinho. Mas para o inferno com essas garotas!

Aí na quadra de ginástica dei de cara com o Volodka Chmerts e a Silva. Eu deixei os dois passarem e depois disse na direção deles:

— É melhor um surrado que dois não surrados.

— Por que é que fica se metendo, Riábtsev? — respondeu o Volodka. — Eu não me meto com você.

— Então pronto — eu disse e continuei andando. Mas a Silva ficou parada, olhando para mim com ar surpreso.

30 de julho

A comissão de inspeção continua, e dizem que os funscolares enviaram um protesto para o centro, e dizem que estão ameaçando ostensivamente ir embora da escola. Eu conversei com alguns dos alunos, e nós decidimos tomar algumas medidas.

Comigo aconteceu o seguinte: fui até a casa dos Grómov

e de novo peguei a Maria sozinha. Quando ela quis me agarrar, e começou a dizer que eu era um porco, que eu tinha sumido, eu respondi para ela:

— Eu acho que tudo isso é perversão sexual.

— Mas por quê? — ela perguntou, esbugalhando os olhos.

— Vamos, eu vou ler uma coisa para você — eu disse, e nós fomos para o jardim.

Ali, eu tirei do bolso e li para ela em voz alta aquele papel que eu surrupiei da DEJEM. A Maria ficou toda vermelha e disse:

— Mas que baixaria é essa?

— O que a gente faz também é baixaria.

— Mas por quê? — disse a Maria, e mesmo com todo o pó de arroz deu para ver o nariz dela ficar vermelho. — Eu achei que você gostava.

— Não — eu disse, decidido. — Não quero de jeito nenhum virar um doente mental. Adeus!

— Você é um menininho tonto, nada mais.

— Então pronto.

— E você não tem o direito de me deixar. Agora os tempos são outros. Vou entrar com requerimento para você me pagar uma pensão.

Ela gritou mais alguma coisa, mas eu já tinha ido embora.

Mas para pedir pensão tinha que ter uma criança. Ela não vai me pegar no pulo...

31 de julho

Hoje foi um dia decisivo. Logo de manhã, já deixei algumas pessoas avisadas, e às quatro horas ocorreu a assembleia geral de toda a escola com o conselho escolar e a comissão de inspeção. Além da Ielnikitka, nenhum dos funscolares apareceu na assembleia.

Reuni ao meu redor todos os meninos fiéis e ocupei os primeiros bancos, bem na frente da mesa da presidência, e coloquei o Iuchka Grómov, o mais gritalhão, atrás da mesa da comissão de inspeção.

O primeiro a tomar a palavra foi o inspetor.

— Camaradas — ele disse —, estou aqui na presença de vocês como representante do instituto de inspeção, que é convocado em nome do centro para zelar pela vida das instituições de ensino e, em caso de necessidade, intervir no trabalho, com o objetivo de liquidar desmandos. Não posso dizer que na escola de vocês tenham sido observados desmandos evidentes, mas, em todo caso, é com pesar que devo constatar que a escola adquiriu uma inclinação indesejável... De um modo ou de outro, a comissão de revisão, formada sob minha presidência, tomou essa resolução.

— Eu não a assinei — gritou de repente a Ielnikitka, empalideceu e desabou no encosto da cadeira. Na mesma hora trouxeram amoníaco, deram para ela cheirar, e ela voltou a si.

— Pois bem, camaradas — prosseguiu o inspetor —, esta resolução afirma, primeiramente, que os funcionários escolares desta escola não estão inteiramente à altura de suas atribuições...

Aí eu dei o sinal.

— Fo-o-ora-a-a!... Absu-u-urdo-o-o!... Mentira-a-a-a!... — o meu pessoal começou a gritar por todos os lados.

— Fora!... — exclamou o Iuchka bem debaixo do ouvido do inspetor, tão alto que ele até estremeceu.

A presidente, a Staska Veliópolskaia, começou a apertar a sineta com toda a força, mas o silêncio não foi restabelecido até eu dar o segundo sinal, quando então o meu partido calou-se imediatamente.

Aí deu para ouvir, vinda dos bancos do fundo, a voz isolada do Grichka Blinov:

Diário de Kóstia Riábtsev

— ... descaramento, Riábtsev!

Eu levantei e disse:

— Peço que deixem de lado os ataques pessoais.

— Além disso, camaradas — continuou o inspetor —, a comissão de inspeção deliberou que fosse trazida à assembleia geral, evidentemente depois de esclarecer previamente os fatos, a seguinte questão: poderão permanecer na escola funcionários escolares insuficientemente abalizados?...

Mas aí eu dei de novo o sinal. Quando o barulho tinha amainado um pouco, o Seriojka Blinov levantou e disse:

— Venho me manifestar de maneira dupla: em primeiro lugar como camarada de vocês, e em segundo lugar como membro da comissão de inspeção, eleito por vocês mesmos.

— Então você é o quê, a águia bicéfala?[26] — eu gritei.

— De todo modo, não a serpente de uma só cabeça que se aquece em meu peito. (Não sei o que ele quis dizer com isso.) Camaradas, eu apoio a proposta da comissão de inspeção pelas seguintes razões: a autoadministração, em nossa escola, vai de mal a pior, não tem qualquer sentido, o ensino é feito de modo desordenado e descolado da vida real. A escola não está atrelada a nenhuma produção...

— E por que é que antes não disse nada, Blinov? — gritou a Ielnikitka com uma voz esganiçada. — Se você está entrando para a célula...

— Camaradas — disse o inspetor —, se vocês estiverem de acordo em ouvir de modo mais ou menos tranquilo, posso lhes comunicar o seguinte: a intenção aqui não é tirar uma decisão definitiva, já que isso depende do centro, mas somente discutir as questões abordadas e protocolar a opinião da escola.

[26] Referência ao brasão imperial russo. (N. do T.)

— Permitam-me — eu disse. — Temos aqui conosco o secretário da célula de fábrica na qual estamos inscritos, mas ele pode se manifestar depois, porque agora quem vai falar sou eu. Seriojka Blinov! Você passou a noite conosco em Sólnetchnoie, como a Ielena Nikítichna? Viu a madame branca? Saiu em nossa defesa quando os mujiques quiseram dar pauladas em nós? Seriojka Blinov! Você por acaso abriu mão das férias e ficou conosco o verão inteiro, como a Zin-Palna? Você por acaso assumiu a educação do Aliochka Tchíkin quando o pai dele morreu? Por acaso você, Seriojka, esclareceu todas as questões que nos atormentam, que fazem nossas cabeças quase arrebentarem e nossas mãos ficarem moles, como fez o Nikolai Petróvitch? Você está dizendo que nossa escola está descolada da vida real... Mas durante o verão, quando nós, com enorme perigo para a vida, fizemos pesquisas no vilarejo, recolhemos material de ciências naturais, ajudamos nas escavações dos cômoros, onde é que você estava? Deitado na grama de barriga para cima? Quer dizer que você, Seriojka, está à altura de suas atribuições, mas a Zinaída Pávlovna, não? É isso mesmo que você quer dizer?

Nesse momento eu não fiz nenhum sinal, mas mesmo assim começou um barulho terrível: uns a meu favor, outros, contra.

O secretário da célula pediu a palavra e disse:

— Não estou de acordo com o camarada inspetor, porque agiu de modo irracional, sem o conhecimento da célula. O fato de que na escola há uma facção, e não uma célula, não constitui ainda uma prova racional. Se o camarada tivesse se dirigido diretamente à célula, teríamos dito a ele que a escola, embora tenha seus defeitos, funciona normalmente, e seria bastante estranho se não fosse do conhecimento da célula que os professores não estão à altura de suas atribuições. Eu pelo menos estou ouvindo falar disso pela primeira vez aqui. Foi totalmente irracional da parte do camarada Blinov

Diário de Kóstia Riábtsev

não levar essa questão à célula. Com base nisso, percebo que o camarada Blinov simplesmente não estava sentido a estabilidade debaixo de seus pés.

— É que eu achei que eram questões puramente escolares — resmungou o Seriojka.

— Não, é uma questão até de importância social, camarada Blinov — respondeu o secretário —, e declaro a todos aqui que, se não fosse pelo camarada Riábtsev, que visivelmente compreende as obrigações da juventude vermelha melhor que muitos outros, essa questão poderia acabar de maneira irracional...

— Boa, Kostka! — o Iuchka Grómov começou a berrar, mas eu fiz um sinal para ele, e ele ficou quieto. Aí eu vi que a Zin-Palna tinha entrado.

— No que se refere à atrelagem com a produção, nós sabemos melhor que qualquer um, camarada inspetor — continuou o secretário. — Peço que compareça em nossa célula, nós contaremos. Já no que se refere à orfandade de Tchíkin, cuja educação foi assumida pela diretora, a célula me deu a incumbência de expressar publicamente nossa gratidão à diretora da escola, Zinaída Pávlovna, e no geral agradecer por seu abnegado trabalho social, realizado ao longo dos últimos vinte...

Aí começou uma ruidosa salva de palmas. Eu achei que o teto iria ruir. O secretário deu risada, acenou com a mão e foi em direção à saída. Eu gritei bem no ouvido dele (do contrário ele não teria ouvido, com todo o barulho):

— Aonde você vai, Ivanov?

E ele me respondeu, também gritando:

— Pelo que estou vendo, conseguem se acertar sem mim.

Olhei: onde é que estava o inspetor? Ele também tinha sumido. Aí a Ielnikitka veio a toda na minha direção; eu tentei sair, mas estava apertado; ela me alcançou e gritou:

— Mudei de opinião a seu respeito, Riábtsev.

Agora, eu quero é saber para que raios eu preciso da opinião dela! De repente, a Zoia, a Negra, agarrou a minha mão.

— Espere aí, Kóstia. Você tem que fazer as pazes com a Silva de uma vez. Leve em consideração que fui eu quem disse.

E atrás dela estava a Silva, olhando para mim. Ela disse:

— Pois então, Vladlen...

E eu peguei a mão dela.

5 de agosto

Por enquanto não tem muito o que fazer na escola, e por isso eu passo o tempo quase todo no campinho de futebol. Meu papai gastou uma fortuna para me comprar chuteiras, e por isso agora eu estou jogando no segundo time. Não aceitam ninguém sem chuteiras no segundo time. Jogo na meia-direita, mas às vezes faço a lateral direita. Tentei ficar de goleiro, mas o capitão me tirou, porque eu fico o tempo todo saindo do gol. Mas eu acho que, se é assim, para que serve o goleiro, se é para ficar o tempo todo parado no lugar, esperando fazerem gol nele? Porque a dois passos de distância não é nem que marcam, quase afundam você, não tem como defender. Fiquei muito ofendido, porque o gol é a posição de maior responsabilidade no jogo, e além disso nas competições o goleiro é sempre aplaudido, enquanto o meia ninguém nem percebe. Mas eu obedeci à decisão do capitão, porque um time de futebol é um coletivo, e nesse coletivo tem que haver a mais rigorosa disciplina, do contrário pode arruinar o jogo. Por exemplo, no nosso segundo time, o Iuchka Grómov joga de ponta-esquerda, e ele sempre prende a bola, e acaba sendo desarmado pelo beque, e às vezes até pelo meia. Já dissemos para o Iuchka que assim não dá e que, se todo mundo ficar prendendo a bola, não vai ter passe, e aí qualquer time que troque passes vai nos derrotar. Mas o Iuchka continuou do jeito dele. Ele garante que o famoso ponta-es-

Diário de Kóstia Riábtsev

205

querda Kukúchkin também prende sempre a bola e que essa é a maneira mais fácil de chegar ao gol adversário. No fim o capitão ameaçou o Iuchka, dizendo que, se ele continuasse prendendo a bola, seria transferido para o terceiro time e não poderia disputar as competições mais importantes. O Iuchka prometeu que não iria mais prender a bola, mas ontem teve treino com o terceiro time, e ele continuou prendendo. É verdade que dessa vez ele conseguiu três vezes passar pelos beques e marcar três gols, mas o capitão deu uma bronca nele. Aí o Iuchka começou a se justificar, dizendo que não entendia direito o impedimento e que, se ele fosse dar o passe perto do gol adversário, o juiz ia acabar sempre apitando; aí o capitão respondeu para ele: "Faça o passe com a perna traseira, aí não tem impedimento". Todos deram risada, mas no caminho de casa eu disse para o Iuchka: "Acho que no fim das contas você vai ser transferido para o terceiro time". O Iuchka disse que não estava nem aí; mas eu, se fosse transferido para o terceiro time, ia simplesmente parar de jogar futebol. Pelo menos nesse campinho.

6 de agosto

Agora a escola quase inteira já está de volta, e na assembleia geral a Zin-Palna propôs que os alunos venham todos os dias e façam as atividades regulares com os funscolares. Quem não quiser, pode não ir e aparecer só nas excursões e passeios. Só que quem decidir ir não pode faltar, tem que dar agora mesmo a palavra de que vai frequentar a escola. A imensa maioria concordou, porque as atividades não serão de acordo com o programa, mas sim organizadas em círculos: uns vão fazer rádio, quer dizer, vão montar um aparelho na escola (isso vai ser com o Almakfich); outros vão montar um espetáculo com o Nikpetoj; a Zin-Palna propôs fazer um seminário sobre o Púchkin. Ela também falou que o Púchkin foi um poeta tão grandioso, que não era nada mal decorar tudo dele. Aliás, o Volodka Chmerts perguntou por que motivo o Púchkin foi morto, e a Zin-Palna explicou que foi um tal d'Anthès, que ficava importunando a esposa dele, e aí o Púchkin foi obrigado a desafiá-lo para um duelo. O duelo acabou mal para o Púchkin. Mas eu, no lugar do Púchkin, não iria desafiar esse tal d'Anthès para duelo nenhum, ia simplesmente chamar de lado e arrebentar a cara dele; e se não parasse de importunar, daria logo de uma vez uma bicuda nele, naquele lugar, como no futebol: acho que aí ele iria parar. Esse d'Anthès, pelo visto, era um tremendo canalha, como o nosso Volodka Chmerts, que fica com todas as garotas, uma de cada vez, e que é espancado por todo mundo.

Começaram a circular diversos boatos inacreditáveis na nossa escola, e é claro que as que mais têm falado são as meninas. Elas ficam cochichando pelos cantos e fazendo cara de quem tem um segredo, mas no fim acabam sendo as maiores asneiras.

Por exemplo, começaram a contar que, no ano passado, em Moscou, aconteceu o seguinte caso. Uma moça de vestido rosa foi ao consultório do doutor Sneguiriov, disse que a mãe estava doente e pediu que o doutor fosse visitar a mãe. Deixou o endereço e foi embora. Assim que ela foi embora, o doutor lembrou que não tinha perguntado os detalhes da doença, para saber que remédios levar consigo. Aí o doutor chamou sua criada e ordenou que trouxesse a moça de volta. A criada disse que não tinha visto moça nenhuma. Aí o doutor chamou o porteiro que ficava na base da escada, mas o porteiro também disse que não tinha visto a moça. O doutor, fora de si e surpreso, foi até o endereço dado e realmente encontrou ali uma mulher doente. Ele começou a tratá-la, e a mulher perguntou como foi que ele tinha arrumado o endereço. Aí o doutor disse que a filha dela era quem tinha passado. A mulher começou a chorar e disse que a filha dela tinha morrido já fazia três dias e que o corpo dela ainda estava no

Diário de Kóstia Riábtsev

quarto ao lado, porque ela não tinha forças para enterrá-la. O doutor foi até o quarto ao lado e viu que, realmente, sobre a mesa estava deitada aquela mesma moça de vestido rosa que tinha ido vê-lo.

A julgar por esse relato, os defuntos podem sair passeando depois da morte. Quando me contaram isso, eu só cuspi.

7 *de agosto*

Aconteceu uma história desagradável: foi um atrito com a Zin-Palna. Acontece que eu, como todos os outros, fiz a promessa de frequentar regularmente a escola, mas hoje passei todo o período da escola no campinho de futebol e só fui aparecer quando todos os círculos já tinham acabado. Aí a Zin-Palna surgiu bem no meu caminho e disse que não esperava aquilo de mim. Eu perguntei:

— Não esperava o quê?

Ela respondeu:

— Violação da disciplina e perturbação das atividades dos círculos.

Eu disse que ainda estamos no verão e que é perfeitamente normal ficar mais tempo ao ar livre do que dentro do prédio, e que além disso é necessário praticar a maior quantidade possível de educação física.

Aí a Zin-Palna retrucou que aquilo tinha que ser feito de maneira organizada e que, já que eu tinha feito uma promessa, eu não podia quebrá-la. E além disso, na opinião dela, futebol não é educação física coisa nenhuma, mas um jogo muito prejudicial, que pode ser comparado com o ato de fumar ou beber. O futebol envolve tanto as pessoas, que depois não dá para arrancá-las dele, e eu seria um exemplo disso.

Em resposta, tentei afirmar que o futebol cultiva o sentimento coletivo e que desenvolve o organismo em todos os aspectos, mas a Zin-Palna na mesma hora disse que os resultados que ela estava vendo eram o extremo oposto disso, a saber: se eu não tinha aparecido nas atividades do meu coletivo por causa do futebol, que sentimentos coletivos o futebol poderia ter cultivado?

Enfim, foi muito desagradável, e vou ter que travar uma luta por causa do futebol.

Fiquei um tempo zanzando pela escola, e já estava para ir embora, quando de repente a Silva me chamou, e aí a gente foi para o auditório e começou a conversar. Eu contei para ela sobre o futebol e a Zin-Palna, e a Silva disse que, na opinião dela, a Zin-Palna estava certa e que os meninos se distraem demais com o futebol. Eu quis discutir, mas nesse momento apareceu na porta a Zoia, a Negra, que disse com um ar misterioso:

— Kóstia Riábtsev, preciso conversar com você.

Na mesma hora eu levantei e fui. Ela me levou para o pátio, a gente sentou ali, e ela disse:

— Eu queria contar uma história para você. Peço por favor que me desculpe por ter interrompido a conversa carinhosa de vocês, mas essa reclusão com a Silva pode provocar desconfiança não só entre os alunos, mas também entre os funscolares. E embora eu ame a Silva, nos últimos tempos o comportamento dela não tem me agradado.

Aí eu fiquei com raiva e disse:

— Se for para falar desse jeito, vá para o inferno. Não tenho e nem tive nenhuma conversa carinhosa com a Silva, e eu vejo a Silva como uma camarada. E que comportamento é esse, especificamente? Que desconfiança? Tudo isso é bobagem, e eu não sei por que você está com raiva da Silva.

— Acalme-se e sente aí — disse a Zoia. — Eu chamei você para contar uma história. Então ouça. Ontem meu irmão chegou do sul, e ele está com um corte no braço. Aí ele contou para mim e para a minha mãe o seguinte. É que o meu irmão é aviador. Ele servia em algum lugar lá no sul, acho que em Sukhum ou algo assim. E aí uma vez, em algum lugar ali nos arredores, a umas dez verstas de Sukhum, teve uma festa, e o meu irmão esteve nessa festa, e todos beberam vodca. Depois, quando acabou a festa, meu irmão foi para casa. E ele, sendo militar, carregava um revólver na cintura. Já era alta noite, e estava muito escuro. Meu irmão disse que as noites lá do sul são muito mais escuras que as nossas. Meu irmão caminhou, caminhou, e acabou se perdendo. Deve ter sido porque ele bebeu vodca. Muito bem. Ao redor dele estava escuro como breu. Aí meu irmão foi andando a esmo, para ver aonde chegava. Viu de repente umas luzinhas. Meu irmão imaginou que fosse um vilarejo tártaro. Ele foi atrás dessas luzes. Só que ele mal chegou no vilarejo, quando de repente alguém o deteve e perguntou: "Aonde você está indo?". Meu irmão disse que estava indo para Sukhum. Aí esse homem que o deteve disse que poderia levá-lo até a estrada de Sukhum. Meu irmão concordou e foi atrás dessa pessoa, mas por via das dúvidas foi segurando o revólver. Aí eles andaram, andaram, já tinham saído do vilarejo, e meu irmão começou a topar com umas pedras. "Aonde você está me levando?", perguntou meu irmão, já sacando o revólver. Aí de repente o outro sacou uma lanterna elétrica e apontou bem nos olhos do meu irmão. Só que depois da escuridão, com uma luz brilhante daquelas, você fecha os olhos sem querer. Meu irmão fechou os olhos, mas tentou apontar o revólver. Nessa hora, alguém deu um tapa na mão do meu irmão, por trás, e com o golpe o revólver saiu voando. Esse sujeito tinha uma lanterna em uma mão, e um revólver na outra. E atrás tinha mais um sujeito, também segurando um revólver, e os dois disseram para meu irmão ir com eles, sem discutir. Meu irmão teve que ir, o que ele podia fazer?

— Eu me atirava nele, dava uma cabeçada na barriga, derrubava e arrancava o revólver da mão dele — eu disse. — E usava o revólver para dar um tiro no outro sujeito.

— A-a-ah, claro, você que tentasse arrancar — respondeu a Zoia. — Nesse meio tempo o outro já dava um tiro nas suas costas. Bom, aí meu irmão foi atrás deles, na mais completa escuridão. Só o que ia à frente tinha uma lanterninha. E aí meu irmão viu que eles estavam caminhando por umas pedras de formato estranho. Chegaram até esse lugar, e aí os sujeitos tiraram uma pá de algum lugar e disseram para meu irmão: "Pode cavar". Meu irmão na hora pensou que eles iam obrigá-lo a cavar uma cova para si mesmo. Mas, como tinha dois revólveres apontados para ele, nem deu tempo de pensar, só deu tempo de cavar. Começou a cavar e viu que a terra estava fofa, cedia muito facilmente à pá. Muito depressa, cavou uma cova de meio archin,[27] e a pá começou a bater em algo duro. "Não consigo mais cavar", disse meu irmão, "tem uma coisa dura aqui embaixo". Aí, um desses sujeitos inclinou-se, fincou o punhal nessa coisa dura e arrancou algumas placas, uma após a outra: abriu-se uma cova escura. Esses sujeitos disseram então para o meu irmão: "Entre aí". Meu irmão perguntou: "Para quê?". "Se ficar perguntando, vamos atirar", responderam. Bom, não tinha o que fazer, meu irmão entrou.

— Eu não entrava de jeito nenhum — disse eu.

— E o que é que você teria feito?

— Não sei... Preferia me atirar neles, em vez de ser enterrado vivo...

— Bom, mas meu irmão entrou. No fim, era uma cova bem profunda, de uns três archines. E esses sujeitos ficavam iluminando lá de cima com a lanterna. Quando meu irmão desceu, eles disseram para ele: "Bom, passe o caixão para cá". "Que caixão?" "Dê uma olhada aí, tem um caixão." Meu irmão procurou, e eles desceram a lanterna, e de repen-

---

[27] Antiga medida russa, equivalente a 71 centímetros. (N. do T.)

Diário de Kóstia Riábtsev

te meu irmão viu: tinha mesmo um caixão, coberto com um tecido branco. Meu irmão segurou o caixão, fez menção de erguer, mas não conseguiu. Disse para o pessoal de cima: "É pesado demais, não consigo". "Então desenrole o tecido do caixão." Meu irmão conseguiu de algum jeito desenrolar o tecido, e o entregou para o pessoal de cima. "Agora abra o caixão." Meu irmão começou a tentar abrir; machucou todos os dedos, mas a tampa não abria. "Não consigo abrir", ele disse, "deve estar pregado ou parafusado". "Então pegue o punhal." E realmente jogaram o punhal para ele. Meu irmão pegou o punhal, enfiou numa frestinha e fez pressão — a tampa soltou. E ele viu: dentro do caixão, estava uma jovem muito bonita, toda enrolada naquele mesmo tecido em que estava o caixão. Lá de cima, perguntaram: "Tem uma mulher?". "Tem." "O que está vestindo?" "Está enrolada nesse mesmo tecido." "Tire o tecido." Não tinha o que fazer, ele teve que tirar, e ela estava enrolada com quase sessenta archines.

— E em metros, quanto dá isso?

— Se for para ficar de gozação, vou parar de contar. Pois então, meu irmão arrancou o tecido, entregou para o pessoal de cima. "Agora passe a mulher para cá", os sujeitos disseram. "Como?" "Pegue a mulher e passe aqui para cima." Meu irmão pegou o corpo morto, levantou-o a muito custo e, com esforço, entregou para eles. Lá em cima, eles agarraram, mas deve ter ficado preso em alguma coisa, ou eles acharam que meu irmão estava puxando de volta, ou eles quiseram ajeitar o corpo usando o punhal como se fosse um garfo; só que não deram no corpo, e sim no braço do meu irmão, com um gemido. Meu irmão gritou. "Por que está gritando?", perguntaram. "E como não? Vocês cortaram meu braço, quase até o ombro." Meu irmão nessa hora soltou o corpo, e ele desabou no chão. "Bom, tire os anéis dos dedos." Meu irmão deu um jeito de atar a ferida com o lenço, inclinou-se para arrancar os tais anéis, mas eles não saíam, e parecia que o corpo estava puxando a mão para o outro lado. "Não consigo arrancar", disse meu irmão. "Então corte os dedos com o punhal." "Não vou." "Por que não vai?" "Não vou", disse meu irmão, e aí perdeu os sentidos: desmaiou. Não se sabe por quanto tempo ficou desmaiado, mas finalmente recobrou os sentidos. Olhou, e viu acima dele um céu estrelado dentro de um quadradinho, e não conseguia entender de jeito nenhum onde estava. Ele ficou assim uns cinco minutos, quando de repente viu, nesse quadradinho, aparecer uma cabeça, com olhos brilhantes. Meu irmão ficou fora de si com o susto, começou a berrar! E a cabeça berrou ainda mais, e sumiu. Meu irmão perdeu os sentidos outra vez. Recobrou a consciência quando já estava em um quartinho, e um investigador estava sentado do lado dele. "O senhor é Trávnikov?", perguntou o investigador. "Sou eu." "Conte o que aconteceu com o senhor." Meu irmão contou. "Parece que tudo isso é verdade", disse o investigador, "e o senhor agora está na guarita dos guardas do cemitério dos tártaros. Só explique esse fato estranho: de que maneira isso foi parar em seu bolso?", e mostrou para meu irmão um dedo decepado com um anel. Meu irmão olhou e disse que não sabia. Depois meu irmão perguntou para o investigador qual era a explicação de tudo aquilo. O investigador respondeu que eram ladrões de túmulo e que eles, com a ajuda do meu irmão, tinham roubado o túmulo de uma princesa enterrada recentemente. E a cabeça que apareceu no túmulo também era de um ladrão, mas de um outro bando, e essa ladrão ficou tão assustado quando meu irmão gritou que, com o susto, saiu correndo sem olhar para onde ia, bateu a cabeça em um monumento que estava ali próximo e morreu.

— E os outros, foram encontrados?

— Encontraram por causa do tecido. Em Sukhum mesmo, no bazar, eles tentaram vender o tecido que o meu irmão arrancou da princesa. Enfim, eles foram pegos. E depois no interrogatório confessaram que tinham colocado o tal dedo no bolso do meu irmão para que o investigador pensasse que o meu irmão estava envolvido. Depois disso meu irmão foi solto, ganhou férias e veio para casa.

— Acabou?

— Acabou.

— E essa da menina morta, também foi você que espalhou?

— E o que você acha? Uma menina morta pode muito bem ir ver um médico.

— Eu já sabia. Foi você.

Eu levantei e comecei a andar, gritando:

— Silva, Si-i-ilva-a!

E a Zoia, a Negra, foi andando atrás de mim, resmungando:

— A Silva não está! A Silva não está!

E por mais que eu procurasse, não conseguia encontrar a Silva na escola. Devia ter ido para casa. E a Zoia continuou andando atrás de mim, me provocando:

— Ela não quis esperar você. Ela precisa muito de você, mesmo.

Aí foi como se uma luz acendesse na minha cabeça, e eu me dei conta de que a Zoia tinha me arrastado de propósito para longe da Silva, só não sei com que objetivo. Fiquei com raiva, dei uma "ração do Exército Vermelho" na orelha dela, ela começou a chorar, e eu fui embora para casa.

8 de agosto

Inesperadamente saiu o X, depois de um longo intervalo. Nele, escreveram uma balada enorme, que começa assim:

Falamos todos nós numa língua cifrada,
Nossa lema: depressa, nunca devagar...

Ficou difícil fazer poesia rimada
E descrever assim as noites de luar.
Ficariam próximo disso as descrições:
Carilânguida estava a noiteluar, quando
Roubaram as tancozinhas uns cidladrões,
Do condoméstico o vigiolho desprezando...

Ficou muito bom, mas quem foi que escreveu? Eu e o Kolka Páltussov na mesma hora combinamos de conversar um com o outro nessa língua cifrada. É rápido, é prático, e ninguém mais entende.

9 de agosto

Eu não gosto das meninas que são idiotas, e a maioria delas é. Mas se algum dos meninos merece esse título de idiota, esse alguém é o Iuchka Grómov. Ele espalhou para todo mundo de mim e da Maria. Não consigo entender por que ele foi dar com a língua nos dentes. Porque quem fala demais dá bom dia ao cavalo.

Aí hoje ele ainda aprontou o seguinte. De repente, entrou com tudo no laboratório de física (não tinha nenhum funscolar) e gritou para todo mundo ouvir:

— O Nikpetoj está caidinho pela Staska Veliópolskaia!

Aí todo mundo começou a perguntar como ele tinha ficado sabendo, especialmente as meninas voaram para cima dele, e o Iuchka contou que primeiro o Nikpetoj e a Staska estavam andando pelo pátio, e depois eles foram para trás de uma pilha de lenha, e o Nikpetoj segurou a mão da Staska e disse alguma coisa para ela com grande entusiasmo.

E o Iuchka teria ficado o tempo todo escondido do outro lado da pilha, escutando.

Se o Iuchka não tivesse espalhado antes sobre mim e sobre a Maria, eu talvez nem tivesse dado atenção nenhuma, mas agora ficou claro para mim que o Iuchka é um amante

Diário de Kóstia Riábtsev

dessas fofocas idiotas e que não dá para confidenciar nada para ele.

Hoje começou o seminário da Zin-Palna sobre o Púchkin. A Zin-Palna contou em detalhes a biografia do Púchkin, e depois disso quem resolveu aparecer foi o Volodka Chmerts. Ele de repente perguntou:

— E o que o Púchkin sentiu quando a esposa dele ficou embuchada?

Aí a Zin-Palna respondeu:

— Se o senhor tivesse feito essa pergunta por vontade de saber, Chmerts, eu até responderia, mas, como o senhor perguntou para fazer arruaça, então um de nós dois vai ter que sair do auditório: ou você, Chmerts, ou eu.

Aí o Volodka quis desmentir, dizendo que não estava fazendo arruaça nenhuma e que ele tinha lido, nas cartas do Púchkin, o Púchkin escrevendo para a esposa: "uma vez que você está embuchada...". Mas todos os alunos começaram a gritar:

— Fora daqui, Chmerts! Isso aqui não é o pátio, é o auditório.

E o Volodka foi forçado a se retirar com desonra.

10 de agosto

Hoje no campinho de futebol o Iuchka Grómov começou, sem mais nem menos, a tagarelar sobre o Nikpetoj e a Staska. Isso já era uma safadeza total, porque boa parte dos jogadores não são da nossa escola, e por isso eu disse para o Iuchka parar de falar besteira.

— E o que vai fazer comigo? — perguntou o Iuchka.

— Vou arrebentar a sua cara.

— Quero ver você tentar — disse o Iuchka.

Eu não tentei, mas conversei com o Kolka Páltussov, que estava jogando de ponta-esquerda pelo terceiro time, e nós decidimos quebrar o Iuchka. Foi assim: quando a bola estava com o ataque do terceiro time, o Kolka Páltussov ficou na marcação do Iuchka, e o Iuchka, como sempre, ficou prendendo a bola. Aí, com o pretexto de tirar a bola do Iuchka, eu me enfiei na frente dele, trancando a passagem, e nessa hora o Kolka veio voando por trás e deu uma bem na canela do Iuchka. O Iuchka ficou louco e começou a berrar com uma voz descontrolada:

— A-a-ai! Eu já sei: foi o Riábtsev que me calçou de propósito, esse miserável!

Mas todo mundo viu que não fui eu quem quebrou coisa nenhuma, tanto que ninguém deu atenção. Só que o capitão deu uma bronca no Kolka por causa do jogo violento. Aí o Iuchka não conseguia andar sozinho, já que a perna dele ficou toda arrebentada e inchada, e ele foi carregado de maca para casa pelo pessoal.

Depois, quando eu e o Kolka estávamos indo para casa, ele me disse:

— Concon.

É que, pelo combinado, nós não podemos pedir para explicar as expressões cifradas. Cada um tem que adivinhar por conta própria. Eu quebrei a cabeça, mas não consegui de jeito nenhum descobrir o que era esse "concon".

— Companheiro comunista? — perguntei.

— Não — respondeu o Kolka.

— Companheiro confiável?

— Que nada. Como é que você não entendeu? Contente conosco.

Aí eu decidi devolver para o Kolka e, enquanto nós íamos andando, fiquei pensando o caminho inteiro. Quando a gente foi se despedir, eu virei para ele e disse:

— Kopal, cafimandou.

— Quem mandou o quê? — perguntou o Kolka, distraído.

Diário de Kóstia Riábtsev

— Ninguém mandou nada. Eu disse: kopal, cafimandou. Estou me despedindo de você. Entendeu?

O Kolka pensou, pensou, e aí disparou:

— Kaléria Pávlovna cá ficou a mando de outro.

Aí eu comecei a gargalhar:

— Cá ficou? E de onde tirou esse outro? E ainda por cima enfiou no meio essa Kaléria Pávlovna. O que é que tem a ver essa Kaléria Pávlovna?

— Eu tenho uma tia com esse nome. Não brinque. Ela vende calças em um brechó. E também não é um nome próprio, esse cafimandou?

— Não, não é nome próprio. É uma palavra cifrada.

Vendo que o Kolka não conseguia adivinhar, eu mostrei a língua para ele e fiz que ia para casa. Mas o Kolka ficou muito curioso e insistiu para eu contar logo. Passei um bom tempo dizendo que não queria, mas depois fiquei cansado daquilo e falei direitinho para o Kolka ouvir:

— Kolka Páltussov, camarada fiel aos mandamentos do Outubro! Isso é o que significa "kopal, cafimandou"! Não estou mais concon.

E foi assim que eu venci o Kolka.

11 de agosto

Tem uma menina na escola que o pessoal chama de Bolota. Ela é muito gorda, e o pessoal fica sempre apertando a Bolota. Ela fica presa em um canto, e de lá ela pia como um peixe. Isso é só como as pessoas falam, "como um peixe", porque na realidade os peixes não piam.

Hoje nós tínhamos prendido a Bolota, quando de repente a Ielnikitka entrou voando, ninguém sabe de onde, e começou a berrar com a gente, dizendo que era aquilo uma indecência, que ela iria denunciar todos nós no conselho escolar, e na assembleia geral, e talvez até no Conselho dos Comissários do Povo. Aí eu perguntei para ela:

— Mas o que foi que nós fizemos, exatamente?

— Vocês sabem muito bem — gritou a Ielnikitka —, e não tem por que ficar com hipocrisia quando a coisa está clara como o dia.

E aí umas outras meninas veteranas entraram apressadas, e todas começaram a gritar ao mesmo tempo, dizendo que os meninos estavam muito atentados e que só ficavam em cima das meninas. Aí eu não aguentei e respondi que tudo aquilo era um monte de mentira deslavada, e que todo mundo sempre apertava a Bolota, e que nunca ninguém tinha visto nada de mais nisso. Eu ainda disse que, na minha opinião, a Ielnikitka tinha simplesmente ficado ruim da bola. Aí a Ielnikitka reuniu as meninas ao redor dela, como se fosse uma galinha choca, e declarou solenemente:

— Riábtsev novamente se revela em toda a sua grandeza. Eu pensei que ele tinha se corrigido, mas esse acesso de indecência revoltante é prova da direção que tomaram os pensamentos de Riábtsev.

E aí seguraram a Bolota pelos braços e levaram para algum lugar; acho que foram fazer uma reclamação.

Uns dez minutos depois, o Nikpetoj chegou, reuniu todos os meninos no auditório e começou a dar outro sermão sobre as questões sexuais. Depois ele puxou um livro e começou a ler o conto "Primeiro amor", do Turguêniev, que conta de um menino que fica gamado por uma adulta. Nós demos muitas risadas, mas depois eu perguntei para o Nikpetoj:

— Por que motivo o senhor leu isso para nós, Nikolai Petróvitch?

— Para mostrar a vocês como se refletiu o verdadeiro amor ideal em uma obra artística.

Aí eu decidi dar uma arejada nas coisas e perguntei:

— E por que o senhor acha que nós mesmos já não sabemos disso tudo, Nikolai Petróvitch?

Diário de Kóstia Riábtsev

O Nikpetoj hesitou:

— Veja bem, é que alguns funcionários escolares pensam que a maneira pela qual vocês enxergam o amor e a questão sexual está indo pelo caminho errado.

— E quais são as provas disso? — perguntei.

— Bem, por exemplo, as relações de vocês com a Liena Orlova (esse é o nome da Bolota). Os funcionários escolares acreditam que essas relações adquiriram uma tendência nociva.

— É claro que quem diz isso é a Ielena Nikítichna, não é? — perguntei.

— Aí é que está, não é só a Ielena Nikítichna, mas também a diretora, o Ficher, a Liudovika Kárlovna (ela dá aula de canto), todos pensam assim.

— Mas o que nós fizemos de tão especial? — eu disse, indignado. — Foi essa de ter apertado a Bolota? Não tem nada de mais nisso. Sempre fazem isso com ela, e nunca aconteceu nenhum incidente.

— Não, essa atitude de imprensar a Liena Orlova já tinha sido notada pelos funcionários escolares — disse o Nikpetoj. — A situação fica ainda pior pelo fato de que a própria Liena Orlova não tenta resistir a essa atitude. Você certamente sabe, Riábtsev, que no geral só é permitido fazer essas coisas com meninas que não tenham nada contra. Agora ficou decidido que isso tem que parar e, além disso, que é preciso estudar ética e moral marxista com vocês.

Quando o Nikpetoj estava saindo, fui atrás dele e perguntei:

— Mas o que você pensa a respeito da Liena Orlova, Nikolai Petróvitch? O que nós fizemos é realmente sério?

— Não acho que o que vocês fizeram seja particularmente sério, Riábtsev — respondeu o Nikpetoj —, mas acho que seria necessário evitar essa atitude com a Orlova. Acontece que a Ielena Nikítichna garante que você, Riábtsev, é capaz de depravar algumas das garotas, porque, segundo ela, no verão você teve um romance, autêntico, de verdade, com a irmã do Grómov.

— Mas como é que ela sabe? — perguntei, sentindo que estava ficando vermelho. (Fiquei muito sem jeito.)

— Então de fato aconteceu alguma coisa, Riábtsev? — perguntou o Nikpetoj, olhando muito sério para mim.

— Como assim, "de fato"? — perguntei. — Na minha opinião, isso não é da conta de ninguém. Por acaso o senhor, Nikolai Petróvitch, gostaria se, de repente, sem mais nem menos, começassem a espalhar boatos a seu respeito, afirmando que o senhor está apaixonado pela Staska Veliópolskaia, e outras coisas do tipo?...

— Como? Mas por acaso dizem isso? — perguntou depressa o Nikpetoj, e eu fiquei com a impressão de que ele se assustou.

— Pois veja só, o senhor também acha desagradável — eu disse. — É tudo boato, porque as pessoas se intrometem em diversas coisas que não são da conta delas. Na minha opinião, isso não é ética marxista coisa nenhuma, e também não é moral.

— Nisso você evidentemente tem razão, Riábtsev — disse Nikpetoj, embaraçado. — Os boatos são um vestígio do velho regime e do passado maldito. Eles indicam uma atitude totalmente pequeno-burguesa em relação às coisas. Eu por exemplo nunca escondi de você, Riábtsev, que gosto da Silfida Dubínina, mas gosto dela justamente como pessoa, de modo algum como moça. É essa mesma relação que eu tenho com a Veliópolskaia. Seria bastante estranho se eu começasse a ter romances na escola.

— A Silva não tem nada a ver com isso — respondi. — Ninguém nunca vai poder dizer que eu tenho alguma coisa com a Silva, além da mais pura camaradagem. E depois, eu e a Silva somos tão dedicados à revolução mundial, que as

Diário de Kóstia Riábtsev

relações pessoais passam para o segundo plano, para o terceiro plano, eu diria até para o décimo plano.

— Acredito plenamente — disse o Nikpetoj. — Ainda mais porque respeito tanto a Dubínina, que não posso admitir o pensamento de que possa ter havido uma transgressão dos limites por parte dela. De qualquer maneira, Riábtsev, você poderia me dizer, entre nós, como camaradas, quem está espalhando esse boato tolo sobre mim e a Veliópolskaia?

— Isso eu não vou dizer, Nikolai Petróvitch, porque o senhor vai na mesma hora querer bombar essa pessoa em ciências soci...

— Isso nunca — exclamou o Nikpetoj, e ficou até todo vermelho. — Eu nunca misturo assuntos pessoais com assuntos públicos. Aliás, para mim não é importante o nome da pessoa que espalhou o boato, mas acima de tudo a questão: é algum dos alunos ou algum dos adultos? Dos funcionários escolares, por exemplo?

— É um dos alunos — respondi.

— Bom, eu agradeço a você, Riábtsev — disse o Nikpetoj quando nós nos despedimos. — De qualquer maneira, eu asseguro que, no caso envolvendo a Orlova, defenderei os interesses de vocês, pois estou plenamente seguro de que essa história toda não vale um tostão furado.

— Bom: consen — disse eu, na despedida.

— E o que significa isso? — perguntou o Nikpetoj.

— Contente com o senhor. No lugar de "agradecido". Isso de dizer "agradecido" é coisa de gente religiosa.

— Ora, mas vocês começam cedo a estropiar a língua russa — disse o Nikpetoj, insatisfeito. — E hoje em dia estão estropiando mais do que o necessário.

— Eu não estou só estropiando, Nikolai Petróvitch, estou também criando.

— Bom, é uma criação inútil — disse o Nikpetoj, e nos despedimos.

12 de agosto

Hoje no Jardim de Verão montaram a ópera *Carmen*, e eu estive lá com a Silva. Antes eu tinha desprezo pelas óperas, porque quando eles ficam cantando em vez de falar fica muito antinatural, e nem dá para entender as palavras. Mas dessa vez alguma coisa me cativou. Essa sensação começou quando apagaram as luzes e acenderam a ribalta, e de repente eu tive a impressão de que o homem que fica agitando aquela varinha para a orquestra não é um homem coisa nenhuma, mas talvez uma espécie de feiticeiro. Depois começou a ópera. Dessa vez eu até entendi o conteúdo, mesmo ele sendo bastante bobagento; é que de qualquer maneira ele faz pensar. Mostraram ali um oficial que se apaixona por uma operária de fábrica. O nome desse oficial era Don José. Aí vem uma parte que eu não entendi muito bem, porque entra uma moça, chamada Micaela, e fica um tempão cantando alguma coisa. É sempre assim nas óperas: de repente, sem mais nem menos, alguém entra e começa a se esgoelar, e ainda por cima agitando os braços. Depois a Carmen também se apaixona por ele, e por algum motivo ele tem que levá-la para a delegacia. Ele já estava levando, mas aí ela dá um empurrão nele e dá no pé. Depois a Carmen dança numa espécie de taberna (aqui é que eu não entendo se ela é mesmo uma operária de fábrica ou se é só uma farrista). Depois chega um toureiro, que começa a falar sobre como ele luta com os touros. Gostei muito daquilo, e o toureiro era um rapaz muito bonito. Nem parecia real. Aí depois, de repente, sem mais nem menos, a Carmen fica gamada por ele (deve ser porque ele é muito mais bonito que o José) e promete alguma coisa para ele, só que eu não entendi direito o quê. Depois o toureiro sai, e de repente entra o José. Aí a Carmen mal começa a dançar, quando de repente aparece um chefe gordo querendo expulsar o José, porque ele mesmo está de olho na Carmen. O José puxa um sabre e por pouco não mata esse tal

Diário de Kóstia Riábtsev

chefe, mas aí uns espertalhões entram correndo, com lenços na cabeça em vez de chapéu, e eles salvam o chefe. Depois, o José se transforma em bandido.

No terceiro ato, os bandidos vão emboscar e assaltar o toureiro, porque ele ganhou um monte de dinheiro numa tourada. A Carmen e o José vão junto com esses bandidos. Depois os bandidos se escondem e deixam o José vigiando o toureiro. Aí por algum motivo brota de novo essa Micaela, mas o José manda a moça embora. A Silva disse que ela é noiva dele, mas eu não acredito, porque afinal de contas ele é apaixonado pela Carmen e até se juntou a esses bandidos por causa dela. Mas aí finalmente chega o toureiro, e José dá um tiro de espingarda nele, mas erra. Aí ele tenta acabar com o toureiro usando uma faca, mas esse também puxa uma faca, e eles começam um combate. Eles não sabem lutar com a faca, e por isso brigam de um jeito bem tosco, mas aí de repente entram correndo a Carmen e os outros bandidos, e eles apartam a briga. Essa hora eu não entendi direito, por que eles deixam o toureiro ir embora? Parece que é porque o dinheiro não estava com ele: ele ainda estava indo buscar o pagamento. A Silva disse que não é nada disso, e que eles nem queriam roubar nada, mas eu entendi assim, e cada um tem o direito de entender as óperas do seu jeito.

Depois, no quarto ato, começam as touradas. Não sei quantos touros tinha ali, mas deviam ser muitos, porque, além daquele toureiro, mais uns vinte outros toureiros aparecem para lutar com os touros, com lanças e vários tipos de paus. Nessa hora, todo mundo fica agitando os braços com tudo, porque querem ir ver as lutas. Quando todos saem, a Carmen entra correndo. Ela também quer muito ir ver, mas o José não deixa, porque ele tem ciúme do toureiro. Mas ela tenta se livrar dele com toda a força, para ir ao circo, e aí o José mata a Carmen com o punhal.

— É uma coisa terrível, o ciúme — disse a Silva depois

do espetáculo, quando estávamos indo para casa. — Sabe, eu tinha ciúme de você.

Eu até esbugalhei os olhos.

— Mas por acaso... — e parei no meio.

— "Por acaso" o quê? Eu entendi o que você quis dizer. Mas tenha em mente uma coisa, que eu sei por mim mesma: para ter ciúmes, de modo algum é preciso ter um outro sentimento... mais forte. É possível sentir ciúmes de pessoas totalmente inocentes. Eu, por exemplo, tinha ciúmes de você e do Nikpetoj, tinha ciúme até das coisas. Sabe do que eu mais tenho ciúme de você? Do seu diário. E se você quiser que eu não me sinta atormentada, deveria me dar o diário para ler.

Depois disso, ficamos andando um bom tempo em silêncio. É claro que eu não queria que a Silva se sentisse atormentada por causa do meu diário, mas, por outro lado, eu não posso dar o diário para ela ler. Seria o mesmo que conversar com ela sobre os maiores segredos, em que até sozinho você tem medo de pensar.

De repente, a Silva disse:

— Então você não... me respeita totalmente. Se respeitasse, não ficaria tanto tempo pensando se vai ou não vai me dar o diário para ler.

— Escute, Silva — respondi. — É que o diário é a coisa mais secreta que uma pessoa tem. Você quer que eu simplesmente vire a minha alma do avesso, mas na minha alma tem muita coisa que você não pode ficar sabendo.

Aí de repente a Silva parou com tudo e disse:

— Bom, então adeus.

— Mas você tem que continuar indo por aqui.

— Já que entre nós não há nada em comum, por que é que vamos continuar andando juntos? — disse a Silva. — Você vai pelo seu caminho, e eu vou pelo meu.

— Espere, Silva, como assim "não há nada em comum entre nós"? Isso é bobeira. Entre nós tem muita coisa em co-

Diário de Kóstia Riábtsev

mum. Mas não é possível que você queira que de repente eu fique nu na sua frente.

— Bom, se você for começar com baixaria, então eu nem quero mesmo ter nada em comum com você.

Fiquei até um pouco ofendido.

— Não falei baixaria nenhuma. Nem sei por que você entendeu isso como baixaria. E se você acha que eu não respeito você, escute isso aqui.

E aí eu recitei para ela o meu poema:

> *Lembro-me bem de tua conversa arguciosa,*
> *Nós dois, amigos nesta escola ruidosa...*
> *E se com outros começaste a conversar,*
> *Pleno contigo, mas sem ti fico sem ar.*

— E o que é que tem? — disse a Silva. — Essa poesia é muito ruim. Seria muito mais interessante o seu diário. Será possível que você me considera tão infantil, que chega a pensar que eu não posso levar isso a sério? Aliás, espere um pouco. E se eu der *o meu* diário para você ler, aí você me deixa ler o seu?

— E por acaso você tem um diário?

— Para você — a Silva frisou —, para você eu posso dizer: tenho.

— E você vai me deixar ler?

— Claro que vou. Porque eu considero você como meu amigo. Mas com a condição de você me deixar ler o seu.

— Posso pensar até amanhã? — perguntei.

— Aí, não! Esse tipo de coisa não pode ser deixada para amanhã. Eu achei que você era homem, mas no fim você é um menino.

Por um lado era muito doloroso para mim, mas, por outro, eu queria muito ler o diário da Silva. Eu disse:

— Só que você tem que me dar a sua palavra de que nunca vai contar para ninguém. Entendeu? E, além disso, até mesmo comigo não quero que você converse *sobre isso*. Como se você nunca nem tivesse lido.

— Dou minha palavra — disse a Silva solenemente. — E como prova de que não é só por curiosidade, vou trazer primeiro o meu diário para você amanhã.

13 de agosto

Como muitos dos nossos colegas foram ver *Carmen*, quiseram montar uma ópera na escola. Eu sugeri que fizessem a própria *Carmen*. Eu mesmo, por sinal, queria cantar no papel do toureiro (já tinha até tentado), e o Don José podia ser interpretado pelo Kolka Páltussov, porque ele tem um timbre muito bom e pode facilmente passar por tenor.

Mas a Liudovika Kárlovna disse que *Carmen*, e outras óperas adultas no geral, não servia e que nós não daríamos conta. Na mesma hora ela tirou da pasta uma ópera infantil, intitulada O *alvoroço dos cogumelos* e sugeriu que ela fosse montada. Na mesma hora ela tocou a ópera para nós. Já vi muita bobeira em cena, mas nunca tinha imaginado que pudessem escrever para o palco uma idiotice tão grande, e ainda por cima com música. Por exemplo, começa com a Rainha Nabo cantando:

Que maravilha,
O Rei Ervilha,
É só bravata
E ameaça,
Mas não faz mal,
É natural.

O que isso significa, eu não entendo, e acho que ninguém entende. Fiquei ouvindo, ouvindo, e puxei a minha própria:

Diário de Kóstia Riábtsev

Estou concon.
Estou consen.
Tom-tom,
Não fico sem.

A Liudovika Kárlovna me perguntou o que aquilo significava, aí em resposta eu disse que antes ela tinha que explicar esse tal *Alvoroço dos cogumelos*. Ainda mais que os nossos apadrinhados, os camponeses, provavelmente vão querer vir para ver a ópera, e podem até bater em nós por conta de uma ópera dessas, e seria bem feito. Aí a Liudovika Kárlovna disse que, em primeiro lugar, na opinião dela, *O alvoroço dos cogumelos* é uma ópera muito engraçada, e que, se eu não quisesse participar, era para eu não atrapalhar. Eu fui embora, e só os menores ficaram com ela, da primeira série. A Silva disse que esqueceu o diário em casa e que vai trazer amanhã.

14 de agosto
Acabei de ler o diário da Silva e acho que ela está escondendo alguma coisa de mim. O diário com certeza é muito interessante, mas não está completo. E não dá para descobrir onde está faltando coisa, porque a Silva não escreve por data, como eu, mas simplesmente escreve corrido.

Então eu também não vou entregar o diário inteiro, mas só o caderno com o primeiro trimestre.

Neste ponto, dentro do diário de Riábtsev, está anexado um pequeno caderno pautado com a inscrição: "Este caderno pertence à estudante da quarta série do segundo grau Silfida (Ievdokia) Dubínina". O caderno começa com o poema de Iessiénin "Não lamento, não clamo, não choro". Depois, há poemas de Tiútchev, Balmont, Búnin e "O louco" de Apúkhtin. Depois dos poemas, vem o texto.

Eu quero e devo experimentar tudo por conta própria.

A vida na literatura é uma coisa, mas na realidade é algo completamente diferente. É mais fácil quando você vive na imaginação, e não na vida real. Mas é preciso lutar contra isso.

— *O que é a nossa vida?*
— *Um romance.*
— *E quem é o autor?*
— *Um anônimo.*
Lemos com dificuldade,
Rimos, choramos, dormimos.

Dá para acreditar que isso foi escrito por Karamzin no século dezoito?... E no entanto isso é Karamzin. Primeiro ele escreveu epigramas, e depois escreveu a sua *História*.

Z. P. diz que eu tenho um estilo literário. Eu perguntei para ela para que eu precisaria dele na vida, e ela disse que esse estilo indica uma pessoa culta. E uma pessoa culta tem um horizonte mais amplo.

As minhas relações com a Stássia Veliópolskaia, assim como com a Lina G. anteriormente, se resumem ao fato de que eu sirvo de válvula de escape para os desabafos dela. Não acho isso bom, mas também não acho ruim. É assim, tanto faz. As desgraças da Stássia não me parecem muito amargas, e as lágrimas dela não são muito ardentes. A Lina tinha motivos muito mais sérios para se matar que a Stássia. E mesmo assim, mesmo assim... nos momentos mais críticos, quando eu olhava para mim mesma, tinha certeza de que o mais importante é cuidar do seu e de que a vida é muito mais terrível que esses infortúnios momentâneos. Compreendi já faz tempo que a vida é uma coisa terrível, deve ter sido uns cin-

Diário de Kóstia Riábtsev

co anos atrás, bem no início da minha vida consciente. E eu acho que todos os rapazes e moças da minha idade compreenderam o mesmo, ou, se não entenderam, sentiram, mas isso dá no mesmo. Mas além disso toda a nossa geração aprendeu também uma outra coisa. Ela aprendeu que, por mais terrível que a vida seja, é possível e necessário lutar com ela e superá-la. Ela então se tornará muito menos terrível e poderá até mostrar seu lado mais luminoso. Podemos supor que todos esses pensamentos não são meus, mas já é bom que eles tenham surgido em minha consciência e tenham se fortalecido em mim.

Isso confere força à vida e a possibilidade de lutar com ela. Eu, de qualquer maneira, nunca chegarei a aprontar o mesmo que a Lina e a Zoia. O que eles aprontaram já foi muito estúpido, mas graças ao fato de que não deu certo, ficou ainda mais estúpido. E a pior coisa do mundo é ver-se numa posição estúpida na frente de todos.

Quando estou sozinha, minha alma fica repleta de um sentimento meio estranho: é uma separação completa da terra, e é como se eu pairasse no vácuo. Isso acontece especialmente nas noites de luar.

Quem precisa de mim? Às vezes me parece que absolutamente ninguém precisa de mim. E aí você começa a procurar febrilmente, febrilmente, uma pessoa que precise de você. Por isso sou essa válvula de escape.

Sou instruída porque meu pai é tipógrafo. Desde a infância vivo com livros em casa, aprendi a ler com cinco anos. A existência determina a consciência.

Li tudo que escrevi e fiquei pensando. Para mim tudo depende do humor. Posso até chorar, e ninguém nunca vai ficar sabendo. Ou posso rir desbragadamente, por exemplo. Nesses casos, tento me conter com todas as forças, porque, se você ceder, acaba perdendo totalmente o controle sobre si mesmo.

Ontem a Stássia Veliópolskaia esteve na minha casa e contou mais do romance dela. Na minha opinião, ela faz muito mal em atormentá-lo assim. Ela não vai entrar em nenhuma faculdade de qualquer maneira, porque ela é semianalfabeta, e nem tem por que terminar a quinta série. Se ela se casasse, acabaria logo com isso.

Acabou de acontecer um escândalo entre meu pai e minha mãe. Meu pai chegou bêbado e começou a brigar com a minha mãe. Depois eles se atracaram. Minha mãe gritou para mim: "Dunka, me ajude!". E meu pai gritou: "Silfida, saia. Criança não tem que ficar por perto quando os adultos estão se regozijando!". Foi muito detestável; e, se meu pai não tivesse saído, eu não sei o que teria feito.

Terminei *Guerra e paz*. Fiquei com muita vontade de ser a Natacha Rostova, mas sinto que não conseguiria ser assim. A Natacha tem uma vida verdadeira e plena, mas ela não é nada mais que uma fêmea. A julgar por *Guerra e paz*, a tarefa da mulher é ser uma fêmea. Eu acho que a Natacha até chegava a ter algumas aspirações ideológicas, mas o Tolstói as ocultou, como proprietário de terras e conde (um representante do feudalismo).

Na minha opinião, o Kóstia R. é um pouco parecido com o Nikolai Rostov, só que não tão estúpido. E a Zoia Trávnikova é parecida com a princesa Maria Bolkónskaia, só que mais bonita. Mas, por outro lado, não gosto da beleza da Zoia. Ela tem uma beleza muito estranha. E depois, ela é desleixada com o cabelo. No geral, podem existir opiniões diversas sobre a beleza. Eu por exemplo não entendo o que certo homem viu na Stássia V. O nariz dela é arrebitado, falta um dente do lado direito, e além disso, quando ela anda, fica balançando os braços como um soldado. Mas esse certo homem está todo inflamado.

Compreendo muito bem que tudo isso que eu escrevi agora é bem pequeno-burguês, mas não consigo evitar.

Seria preciso punir-se o tempo por conta disso, aí daria para evitar. Se eu trabalhasse na fábrica, e não estudasse na escola de segundo grau, talvez fosse mais fácil, mas não é certeza, porque eu sei de muitos fatos da vida da fábrica à qual está ligada a nossa facção do Komsomol. Um desses fatos é o seguinte. Uma das meninas, de dezesseis anos, casou-se com um rapaz que trabalha lá mesmo, na fábrica. E todos começaram a azucrinar. Isso também é pequeno-burguês, na minha opinião. Uma vez que o governo permite o casamento aos dezesseis anos, que as pessoas se casem o quanto quiserem.

Mas eu não me casaria agora de jeito nenhum. (Embora eu tenha direito, porque já fiz dezesseis anos em junho.) Observei diversos casamentos e vi que na maioria dos casos eles são complicados, e tenho bem diante de mim o exemplo do meu pai e da minha mãe. Porque meu pai não bebia antes, mas agora que eles tiveram essa divergência de convicções ele começou a beber. Mas, por outro lado, eu devo experimentar tudo, tudo. Não vou me acalmar enquanto não tiver experimentado tudo.

Mas repito que, por outro lado, compreendo muito bem que é necessário conter-se e manter o domínio sobre si. Dentro de mim duas forças estão lutando, e eu não sei qual delas está vencendo. Eu até nomeio para mim mesma a força que me empurra para experiências diferentes: é a Dunka. E a que me detém é a Silfida. A Silfida é mais forte, mas a Dunka é uma miserável, uma menina nojenta, que não se contém ideologicamente.

Bom, agora sobre ideologia. A ideologia ajuda a viver, isso é certo. Só que você nem sempre sabe qual é a orientação correta. A dança, por exemplo. Eu até agora acho que não se deve dançar, mas aí de repente, quando fui à fábrica, ao clube, vi as pessoas lá dançando. E eu tinha ido resolver uma questão com o secretário da célula, o Ivanov, e perguntei para ele a respeito:

— Por acaso é permitido dançar?

E ele respondeu:

— Nunca ninguém proibiu.

— Bom, mas então por que antes falavam que a dança era pequeno-burguesa e que, como se expressou um dos nossos colegas de segundo grau, nela há apenas um atrito sexual de uns pelos outros?

— Mas todo mundo ficou erudito demais, agora — disse o Ivanov. — Nós não queremos que ninguém vire monge. Quem quer se divertir, que se divirta, só não cause prejuízo aos demais.

Mas vai entender! Pode ser muito difícil interpretar a ideologia. Só que todo o direcionamento da vida depende disso.

É mais fácil interpretar as coisas na literatura, que nos atos cotidianos. Cada obra literária pode ser lida diversas vezes, e depois você pode pensar sobre ela, enquanto que nos assuntos da vida é preciso sempre decidir depressa.

As situações difíceis ocorrem com mais frequência na escola, e aí é necessário orientar-se sempre por conta própria, porque nunca tem ninguém com quem se possa aconselhar-se. Especialmente quando ocorrem certos conflitos com os funcionários escolares ou motins. E motins são muito frequentes na nossa escola, tanto que, quando o inspetor veio, ele disse que aquilo não era uma escola, e sim uma reunião de facínoras. É claro que isso não é verdade. Desordens ocor-

Diário de Kóstia Riábtsev

rem com frequência, certamente, mas é que vivemos numa época revolucionária, e por isso deve ser assim mesmo.

A Zin-Palna está realizando um seminário sobre Púchkin, e é muito interessante estudar com ela. Agora ela está fazendo conosco uma análise do *Ievguêni Oniéguin*. Nessas coisas, a primeira coisa em que eu presto atenção é na ideologia. Oniéguin evidentemente está imbuído da ideologia feudal-natural-burguesa-senhorial (isso é muito longo, mas é difícil se expressar de outro modo, porque existe ali a questão da economia natural). Nisso não há nada de vergonhoso para Púchkin, porque, nos tempos de Púchkin, ainda não existia a ditadura do proletariado e o regime soviético. Havia então o tsarismo, e seu representante, Nikolai I, reprimia Púchkin; exilou-o, por exemplo, em Kichiniov, e depois o repatriou. Só não entendo uma coisa: Púchkin era árabe, e é surpreendente o fato de que ele, com seu sangue quente sulista, tenha podido escrever uma obra tão fria e impassível como *Ievguêni Oniéguin*. A Zin-Palna diz que, na época de Púchkin, as jovens se entusiasmavam pela figura de Tatiana. Isso para mim é totalmente incompreensível: como é que nessa perversa época feudal-burguesa a Tatiana podia ser o ideal? Eu suponho que então não havia mulheres assim, e que Púchkin inventou a Tatiana na cabeça dele, porque era um romântico. E também tenho dúvidas com relação ao Oniéguin. Mas para mim é mais difícil julgar, porque não conheço a psicologia masculina... Eu nunca desejaria ser a Tatiana, por motivo algum, e não serei assim jamais, porque é preciso entregar-se aos sentimentos, se eles são sinceros, e não suprimi-los. E no mais a Tatiana não é o meu ideal. Nela, não havia nada da luta revolucionária. E sem a luta revolucionária a vida é impossível. Mas, por outro lado, gosto em parte da Tatiana, porque ela conseguia governar os seus atos de acordo com sua vontade, e isso é muito significativo. Eu só consigo fazer isso externamente, porque dentro de mim existe uma luta o tempo todo. É claro que para a Tatiana era mais fácil, porque ela não era simultaneamente uma Oktiabrina ou uma Silfida, e ela só fazia o que era determinado pela moral natural-senhorial. (É o que diz o Nikolai Petróvitch.)

A maioria das meninas quer virar artista de cinema ou bailarina. Elas têm pouca consideração pelos estudos: só querem passar no exame, mesmo que não fique nada gravado na cabeça. É bem compreensível que a maioria das meninas seja tão iletrada como a Stássia V. Uma dessas meninas me disse (ela é da quinta série): "Quando eu terminar a escola, vou ser uma estrela do cinema e vou embora para a América. Esse é o meu projeto de vida". Uma minoria das meninas quer ir para a fábrica e integrar-se à classe operária, após a conclusão da escola.

A Zoia Trávnikova está me perseguindo. Aonde quer que eu vá na escola, ela também vai. O que ela quer de mim?

16 de agosto
Estive na fábrica, na assembleia da célula, e lá disseram que na nossa escola o trabalho social está pouco organizado. E que os culpados disso são os próprios alunos do segundo grau, e de modo algum os funscolares, como costumamos pensar. O Seriojka Blinov rebateu, dizendo que não podemos fazer nada, porque tudo na escola é feito sob o comando dos funscolares, e que até uma esfera como a da autoadministração é "um inválido, andando com muletas funscolares". Responderam ao Blinov, dizendo que nós mesmos também somos culpados disso, porque não somos suficientemente ativos, e que além disso existe toda uma gama de trabalhos sociais. O Seriojka disse que nós temos um jornal mural e os círculos. Aí apontaram para o fato de que o trabalho de pio-

Diário de Kóstia Riábtsev

neiros não está organizado e que os nossos pioneiros (todos das turmas mais novas) só fazem marchar com música na quadra e brincar. E que além do trabalho de pioneiros existem outros tipos de ação social. O Seriojka fez menção de objetar, mas aí disseram para ele que é muito fácil justificar a inação com palavras, e que é muito mais difícil justificar-se com ação. Resumindo, tomamos uma dura, e vamos ter que entrar na linha.

17 de agosto

Eu disse para a Silva que ela me deu um diário incompleto, e ela ficou em silêncio. Então é verdade. Eu também disse para ela que ia ficar mais um pouco com o diário, porque não tinha conseguido ler com a devida atenção. Depois, entreguei para ela os três cadernos que eu fiz durante o primeiro trimestre. Antes eu li todos eles e vi que não tinha nada ali que ela não pudesse ler. Estou curioso para ouvir o que ela vai dizer quando terminar de ler.

18 de agosto

O caso dos apertões na Bolota teve uma reviravolta desagradável. Pelo visto, várias funscolárias foram dedicadas a isso (quem me contou em segredo foi o Nikpetoj), e a Zin-Palna exigiu que fosse conduzido um julgamento público e aberto de todos os que se envolveram nisso. (Ou seja, a maioria dos meninos.) Mas a Ielnikitka declarou que, se não fosse o Riábtsev, os demais meninos não teriam se envolvido nisso, e que, se fosse para julgar alguém, teria que ser só eu. A Bolota fica o tempo todo vermelha e meio amuada, porque ela foi chamada várias vezes para conversar com os funscolares, mas a Silva disse que a Bolota está muito orgulhosa com todo esse barulho que estão fazendo por causa dela. Eu perguntei para o Nikpetoj o que vai ser, e ele respondeu que não espera nada além de uma censura pública. E além disso ele disse que ele mesmo vai me defender. E ainda me deu um conselho, o de escolher um dos meus camaradas para me defender.

Eu pensei um pouco e disse para a Silva que não sei quem escolher. Aí a Silva perguntou se eu teria alguma coisa contra ela mesma me defender.

— E como você vai me defender? — perguntei.

— Você vai ver lá, isso não é da sua conta — respondeu a Silva. — Você só tem que concordar.

Eu concordei.

19 de agosto

Deram uma entrada em mim, e por isso agora eu estou mancando. Estou indo para a escola mesmo assim. Quem fez isso foi o Iuchka Grómov, uma entrada totalmente ilegal, porque ele joga no mesmo segundo time e não tinha direito nenhum de dar aquele carrinho em mim. Assim que a minha perna melhorar eu vou mostrar para ele como é que se dá um carrinho. Ainda mais que eu estou com as chuteiras.

20 de agosto

Hoje na escola aconteceu um grande escândalo. Vou ter que escrever tudo na ordem, para que eu mesmo consiga entender direito.

Foi no auditório, no seminário sobre o Púchkin. A Zin-Palna já tinha pedido antes para a gente escrever um comentário sobre o *Ievguêni Oniéguin*. Nós todos escrevemos e entregamos uns três dias atrás. (E nesse seminário participam as duas turmas veteranas: a quarta e a quinta série.)

Aí de repente, hoje, quando todo mundo estava reunido, a Zin-Palna entrou apressada, sentou à mesa com um ar misterioso, abriu nossos cadernos e folhas em cima da mesa e ficou olhando para nós em silêncio. E nós ficamos olhando para ela. Assim ficamos por uns três minutos, e aí eu come-

Diário de Kóstia Riábtsev

cei a tossir. O Volodka Chmerts bufou. Então, de repente, a Zin-Palna disse:

— Se Aleksandr Serguêievitch Púchkin estivesse vivo, ele certamente morreria pela segunda vez se tivesse que ler um décimo que fosse dos disparates inacreditáveis que vocês rabiscaram aqui. Mal tenho palavras. Usando o linguajar que vocês tanto amam, o diabo é quem sabe o que é isso! Aliás, não. Estou enganada, acho que nem o diabo sabe.

Primeiro nós ficamos quietos, mas depois, quando ouvimos "nem o diabo sabe", começamos a gargalhar. E a Zin-Palna continuou:

— É verdade que nem todos foram mal. Há algumas redações relativamente bem-feitas, mas elas, como toda exceção, só servem para confirmar a regra. Vejam um pequeno exemplo de disparate.

Ela abriu um dos cadernos e começou a ler em voz alta:

— "Púchkin foi um marxista e romancista. Por conta disso, ele escreveu um romance inteiro, intitulado *Ievguêni Oniéguin*. Ali, ele tenta acentuar a luta de classes que havia naquele tempo. Mas mesmo assim Púchkin era um burguesinho e por isso não escreveu nada sobre o proletariado, mas só sobre a burguesia... Depois ele se casou e escreveu um conto de fadas para o primeiro grau, intitulado *O conto do tsar Saltan e seu empregado Baldá*.[28] Depois ele foi morto em um duelo e enterrado, mas o *Ievguêni Oniéguin* pode ser lido até hoje."

Nós já estávamos rindo como loucos fazia um tempo, mas a Zin-Palna continuou olhando para nós sem nenhum indício de riso e depois disse:

---

[28] O aluno mistura os títulos de dois poemas folclóricos de Púchkin: *O conto de tsar Saltan* (1831) e *O conto do pope e seu empregado Baldá* (1830). (N. do T.)

— "Do que estão rindo? Estão rindo de vocês mesmos!" Para sua informação, isso é da obra de Gógol, que vocês na certa leram com a mesma atenção com que leram Púchkin.

— Mas são todas assim, Zinaída Pávlovna? — perguntou do lugar dela a Silva.

— Já disse que há exceções — respondeu a Zin-Palna. — Mas isso não muda o quadro geral. Temos aqui mais um pobre resumo do *Oniéguin*, que merece ser lido do início ao fim.

Aí ela pegou uma das folhas e leu:

— "Ievguêni era filho de um fidalgo arroinado: ele foi até o seu cantinho e viu que seu tio estava deitado em cima da mesa. Ele começou a gostar do campo, mas aí perdeu o interesse depressa e ficou desfascinado. A Tatiana era uma dona de terras. Ela lia romances, batia nas criadas e usava espartilho. Ela ficou desfascinada pelo Oniéguin e mandou a aia escrever uma carta para ele. Essa aia mandou o neto com a carta até o vizinho. A Tatiana fica muito desfascinada pelo Oniéguin, ele ficava sempre na cabeceira, eles visitavam os pobres e ficavam sofrendo de tristeza. Mas aí o poeta Lienski tomou o partido da Tatiana. O Lienski contrariava tudo que o Oniéguin dizia, eles brigavam todo dia. Uma vez, o Oniéguin meteu uma bala de revólver nele e matou para valer. Depois disso a Tatiana casou com seu amigo general e começou a viver até que muito bem, todo dia ela se empanturrava em banquetes e ficava se mostrando. O marido dela era aleijado. O Ievguêni viu a Tatiana de novo e ficou muito desfascinado, ele vestiu o casaco nela, tirou o casaco. O Ievguêni chegou para ela e contou dos seus sentimentos, mas ela contou que era casada com o general e que queria ser fiel. Nisso o Ievguêni termina de contar sua história."

— Foi a Staska Veliópolskaia que escreveu isso — gritou de repente do seu lugar o Iuchka Grómov. — Eu mesmo vi que ela escreveu nessa folha.

Diário de Kóstia Riábtsev

Assim que ele gritou isso, a gargalhada parou. A Staska Veliópolskaia deu um pulo, bateu o pé, ficou toda vermelha, quis dizer alguma coisa, mas lágrimas brotaram nos olhos dela, e ela saiu correndo do auditório. Mas não acabou por aí.

— Pois está vendo, Grómov, o que dá ter essa língua descontrolada? — a Zin-Palna disse, depois de um breve silêncio. — Quem é que pediu para o senhor gritar para todo o auditório ouvir? O senhor não vai aumentar com isso o nível de instrução da Veliópolskaia, nem vai fazer com que ela estude mais. O máximo que vai conseguir fazer é que a Veliópolskaia deixe de vir à escola.

Mas aí a Silva me surpreendeu. Ela de repente deu um pulo e disse:

— Não, essas coisas têm necessariamente que ser discutidas publicamente, Zinaída Pávlovna. Se deixarmos tais fatos de lado e formos indiferentes, a própria escola de segundo grau é desnecessária. — Aí as meninas começaram a vaiar a Silva por todos os lados, mas a Silva continuou:

— O fato de que as meninas não gostam disso não vai me fazer parar. E dá para compreender muito bem por que elas não gostam. Se as pessoas têm mais interesses pelas escolas de teatro, elas que vão para lá. Tem muita gente que quer estudar e que fica de fora da escola. É preciso dar o lugar para elas.

Aí a maioria das meninas levantou e começou a berrar alguma coisa, mas não dava para entender exatamente o que era com todo aquele barulho. Algumas, com os olhos em chamas, foram até para cima da Silva, tanto que eu até mostrei o punho para uma delas pelas costas. Mas as meninas não se acalmavam. Aí de repente a Zin-Palna deu um murro na mesa e começou a bater o pé no chão:

— Parem de gritar! Lembrem-se de que isso é uma escola.

E ficou até vermelha de tão agitada. Mas eu percebi que ela gosta desses escândalos, mesmo ela fazendo de conta que fica irritada.

Quando todo mundo estava mais ou menos quieto, a Zin-Palna sugeriu que um presidente fosse eleito e um debate fosse realizado para decidir se o Iuchka Grómov estava certo ao apontar para a Staska Veliópolskaia ou não.

— Mas como isso é algo pessoal — disse a Zin-Palna — eu proponho que a questão seja colocada de maneira um pouco mais ampla, a saber: podemos admitir que na quinta série do segundo grau exista um grau tão baixo de instrução como esse que eu descobri nas redações sobre o tema do *Ievguêni Oniéguin*?

O Seriojka Blinov, que até então estava em silêncio, disse de onde estava:

— Nós viemos aqui para estudar, não para fazer debates.

— Bom, devo admitir, Blinov — respondeu a Zin-Palna —, que você me deixa surpresa. Você, que é um defensor da discussão aprofundada de todas as questões, agora se manifesta contra o debate. Aliás, se a maioria for da mesma opinião, eu abro mão da minha proposta, estou pronta para falar mais uma vez a vocês sobre Púchkin e sua obra. Se vocês se dignarem a recordar, no ano passado foram dedicados dois meses a Púchkin. A questão a respeito da Veliópolskaia terá que ser discutida pelo conselho escolar e pela assembleia geral da escola.

— Não — disse a Silva. — O que disse o Blinov não vale necessariamente para todos nós. Eu por exemplo considero que a questão da Veliópolskaia deve ser discutida imediatamente, e que até devemos tirar uma resolução indicando as medidas a serem tomadas pela escola. — Fizeram uma votação, e no fim metade era a favor do debate, enquanto a outra metade era contra. Aí o Seriojka Blinov levantou e disse:

Diário de Kóstia Riábtsev
241

— Vou me retirar. Foi empregada aqui uma medida que é comumente empregada por nossos funcionários escolares. Antes da votação, a Zinaída Pávlovna ameaçou levar ao conselho escolar e à assembleia geral. É natural que a proposta dela tenha obtido uma determinada quantidade de votos, e o debate, apesar da oposição interna de alguns presentes, vai ocorrer de qualquer modo. Tal tipo de ameaça pode ser chamado de violência e de pressão moral; não desejo participar desse debate, que foi concebido de maneira violenta.

— Não se pode negar que há certa lógica no que o senhor diz, Blinov — respondeu a Zin-Palna —, mas o senhor há de concordar que fenômenos como o da redação da Veliópolskaia e o da travessura do Grómov não podem passar batidos, tanto pelos alunos, como pelos funcionários escolares. O que queria que fosse feito? Eu estou propondo uma medida que pode dar uma orientação no futuro, uma medida que me parece razoável e que foi aceita por parte dos que aqui estão reunidos. O senhor diz que veio estudar, e não fazer debates. Recorrer ao conselho escolar e à assembleia geral o senhor chama de violência. Alguém poderia pensar que o senhor Blinov está querendo abafar a questão, e que, por algum motivo, não deseja a sua resolução.

— Ele que vá embora logo daqui — eu gritei de onde estava. — Ficar escutando essa discussão é a coisa mais chata, e não vai nos trazer nada de bom. Vamos logo fazer o debate ou a aula, mas essa bobeira tem que acabar logo.

— Isso mesmo, é verdade! — o pessoal gritou. — É uma coisa ou outra!

Algumas das meninas saíram junto com o Blinov, mas a maioria ficou, e decidimos abrir o debate. Eu fui escolhido como presidente.

A Zinaída Pávlovna foi sentar em uma carteira, e eu fui para o lugar dela. O primeiro a tomar a palavra foi o Iuchka Grómov.

— Não enxergo nada de mais no meu comportamento — disse ele. — O que é que tem se eu falei da Staska? Ela que não tivesse escrito uma redação daquelas!

— E você não fique berrando quando não foi chamado. Não vem ao caso. Sente aí, Grómov, você ainda vai ser convocado — eu disse.

Aí o Iuchka começou a querer xingar, dizendo que eu não estava fazendo direito o papel de presidente e que eu não tinha direito de fazer aquela observação, mas aí gritaram com ele, e ele sentou. Depois a Silva tomou a palavra:

— Eu sinto — ela disse — que indispus parte das meninas contra mim com o que disse anteriormente, mas não era possível de outro modo. Eu lhes desejo o bem, de modo algum desejo-lhes o mal. Dentro de alguns meses, a quinta série vai entrar na faculdade, enfim, vai entrar na vida real. E o que é que vão levar daqui para lá, para a faculdade? Afinal, isso que a Zinaída Pávlovna nos leu hoje não se pode chamar sequer de falta de cultura. É simplesmente uma ignorância brutal. O pior é que a Veliópolskaia não tenha achado necessário pedir conselhos para algum dos funcionários escolares ou para algum dos alunos, um que conhecesse a matéria melhor que ela. Ela fez simplesmente "nas coxas", como dizem os nossos meninos, pegou e fez: vai que cola! Minha proposta concreta é que a nossa quinta série dê mais atenção a si mesma, antes da formatura, e que assim liquide sua falta de instrução.

Depois discursou o Volodka Chmerts. Assim que ele levantou, eu senti que ele ia aprontar alguma arruaça.

— A Zinaída Pávlovna disse — falou o Volodka — que o Púchkin morreria pela segunda vez se tivesse que ler as nossas redações. Pois eu acho o seguinte: ele que morresse, porque ele era de origem burguesa, e nós, como diz a canção, "somos a jovem guarda dos operários e camponeses".

— Não vem ao caso, camarada Chmerts — eu disse. —

Diário de Kóstia Riábtsev

Faça o possível para manter-se no tema e não começar com bobeiras. Caso contrário, vou ter que privá-lo da palavra.

— Tudo bem, vou me manter no assunto — disse o Volodka. — Pois então, na minha opinião, o Grómov tinha razão em dizer o nome da autora da redação sobre o *Oniéguin* porque, mesmo a Veliópolskaia passando horas e horas conversando com funscolares, até mesmo a sós, isso não significa que ela seja lá muito educada...

— O orador está privado da palavra — disse eu. — Só faltava essa, Volodka, você começar a espalhar boatos por aqui.

O Chmerts deu uma risadinha nojenta e foi se sentar no lugar dele. E eu disse enquanto ele ia:

— Se for para ficar fazendo arruaça, Chmerts, vou ter que pedir para o senhor se retirar dessa assembleia.

— Por que está assim todo polido, Riábtsev? — respondeu o Volodka Chmerts. — Deve estar de olho no conselho escolar.

Fiquei com raiva.

— Por essas alusões à pessoa do presidente, peço que o senhor Chmerts se retire da assembleia.

— Eu não sou *pusilânime* de sair da assembleia sem mais nem menos.

— Que história é essa de "pusilânime"?! Fora daqui!

— Tudo bem, eu saio. Mas eu tirei "pusilânime" das cartas do Púchkin. Eu aconselho você a ler, Riábtsev. Para liquidar sua falta de instrução.[29]

E foi embora. Na minha opinião, ele armou tudo aquilo de propósito, para provar na frente de todo mundo que eu não li as cartas do Púchkin.

---

[29] No original, o termo empregado por Volodka Chmerts é *podurucha*, palavra rara na língua russa. Um dos poucos registros do vocábulo é de fato em uma carta de Púchkin. (N. do T.)

Depois disso, uma das meninas veteranas tomou a palavra e começou a falar contra a Silva. Além disso, ela falou que a culpa pela falta de instrução não era dos alunos, e sim dos funscolares (com o que eu concordo em parte), e que essas pessoas iletradas não deveriam ter sido passadas de ano. Ela falou de um jeito bem tranquilo, e provavelmente o debate teria acabado sem mais incidentes, se não tivesse acontecido o seguinte.

Com passos rápidos, o Nikpetoj entrou no auditório, olhou ao redor, viu que a Zin-Palna estava sentada em uma carteira, sentou ao lado dela e começou a cochichar alguma coisa, de uma maneira muito inflamada. A Zin-Palna balançava a cabeça, fazendo que não, e respondia de um jeito também inflamado. No fim das contas, todo ficaram quietos e começaram a olhar com ar de interrogação para os dois.

Aí de repente o Nikpetoj ergueu a voz e disse, agitado:

— E que tipo de método pedagógico é esse: difamar uma moça adulta na frente de todos, fazendo-a chorar e ficar histérica?

A Zin-Palna respondeu com calma, mas também em voz alta:

— Não faz sentido conversar sobre isso aqui, Nikolai Petróvitch; vamos conversar na sala dos professores.

— Não, isso é totalmente errado — disse o Nikpetoj, fazendo menção de continuar, mas aí eu tomei coragem e disse:

— Nikolai Petróvitch, eu respeito muito o senhor, mas apesar disso não lhe concedi a palavra, e por isso peço que vá até o corredor se tem intenção de manter conversas paralelas. Aqui estamos realizando um debate.

— Ah, aqui tem um debate, peço perdão, eu não sabia — respondeu o Nikpetoj, saindo do auditório, e atrás dele foi a Zin-Palna.

Assim que eles saíram, todo mundo levantou do lugar, e, por mais que eu batesse com o punho na mesa, não consegui restabelecer a ordem. As meninas se juntaram em um canto e começaram a cochichar, e a Silva chegou para mim e disse:

— Na minha opinião, estamos todos caminhando rapidamente em direção a um comportamento pequeno-burguês. Como podemos evitar isso?

— E onde você enxerga esse comportamento pequeno-burguês?

— Veja bem: isso por acaso é um debate? E além disso, eu me flagrei agora mesmo pensando uma coisa nojenta. Quando o Nikpetoj entrou, eu tinha quase certeza de que seria ele...

— Mas eu também.

— Pois então. Isso é coisa de pequeno-burguês. Vamos sair daqui.

Na sala dos funscolares estava acontecendo uma discussão acalorada: todos os funscolares estavam reunidos, e a voz que mais se destacava era a do Nikpetoj. Pelos alunos mais novos, fiquei sabendo que a Staska Veliópolskaia tinha tido um ataque histérico e tinha ido embora para casa.

O pessoal ficou estranhamente calmo. Decidi que a melhor coisa a fazer era ir para o campinho de futebol. Foi o que eu fiz.

24 de agosto

Na escola não para de crescer o rumor de que aconteceu um racha total entre os funscolares e de que o Nikpetoj pretende ir embora da escola. E parece que todos os outros funscolares estão do lado da Zin-Palna, e o Nikpetoj está sozinho. Entre os alunos, muitos estão do lado do Nikpetoj, e quase todas as meninas.

Está tudo meio estranho e confuso: eu por exemplo não sei o que fazer e em que lado ficar. A Silva está totalmente do lado da Zin-Palna, porque, na opinião dela, independentemente dos sentimentos que nutrisse pela Staska, o Nikpetoj deveria ter apoiado o que era justo e reconhecido abertamente que a Staska não tinha razão em escrever uma redação daquelas, e que no mais a Staska nem deveria estar na quinta série.

Eu concordo com isso mas, por outro lado, em primeiro lugar, gosto muito do Nikpetoj, e em segundo lugar, por princípios, fico sempre do lado da minoria. E agora, mesmo a maioria dos alunos estando do lado do Nikpetoj, a maioria dos funscolares está contra, e eles certamente vão vencê-lo, porque os funscolares sempre vencem quando estão em maioria.

Para mim a questão se resume ao seguinte: Silva ou Nikpetoj? A Silva diz que, se eu ficar do lado do Nikpetoj, significa que eu sou uma pessoa sem princípios.

É uma questão que eu não consigo resolver de uma vez, preciso pensar. Por isso eu decidi me abster de aderir a qualquer um dos partidos por enquanto, até encontrar a resposta verdadeira para essa questão.

26 de agosto

Uma vez que em breve começará o novo ano letivo, fui junto com a Silva conversar com o secretário da célula, Ivanov, para descobrir quando nós seremos verdadeiros membros do Komsomol, e não só candidatos. Ivanov nos disse que é possível colocar essa questão na célula e até que nós provavelmente seremos confirmados, e mais ainda. Ele também afirmou que, na opinião dele, nós dois podemos ser militantes, se quisermos, porque temos as características necessárias. Gostei muito disso. Depois o Ivanov começou a desenvolver o raciocínio, dizendo que a questão não era o título nem o rótulo de membro do Komsomol, mas sim de fato ser um membro. E que para isso era preciso elevar o trabalho na escola ao nível necessário. Eu disse que, na minha opi-

Diário de Kóstia Riábtsev   247

nião, quem deveria elevar o trabalho era o ex-secretário da célula, o Seriojka Blinov.

— Bom, com isso eu já não concordo — disse o Ivanov. — Em primeiro lugar, o Blinov é um tremendo baderneiro. E, em segundo lugar, se todos os membros do Komsomol forem jogar tudo em cima do secretário, então qualquer secretário, mesmo um pau para toda obra, vai se matar de trabalhar, já que os outros vão ficar de papo para o ar. É irracional jogar tudo em cima do secretário. Ainda mais que o Estado dá a vocês a possibilidade de ingressar nas fileiras das pessoas cultas, e vocês devem justificar essa confiança agora mesmo e mostrar que estão de fato na vanguarda. E para isso é imprescindível trabalhar com todas as forças, e não apontar para o secretário.

— Eu queria perguntar o seguinte, camarada Ivanov — disse a Silva. — Você acaba de mencionar as pessoas cultas e disse que o Estado nos dá a possibilidade de ingressar em suas fileiras. Pois bem, eis a questão. Nossas moças mais desenvolvidas querem ir para a fábrica após a conclusão da escola. Será que não seria melhor se fossem direto para a fábrica, sem terminar a escola?

— Mas para que elas iriam para a fábrica? — perguntou o Ivanov. — O que elas fariam na fábrica?

— Trabalhar, é claro — respondeu a Silva. — Enfim, iriam aderir à classe.

— Co-o-omo? — perguntou Ivanov, surpreso.

— Aderir à classe. Virar proletárias.

— Mas isso é muito difícil, trabalhar na fábrica depois do segundo grau. E além disso as pessoas começam na fábrica quando são adolescentes.

— Dificuldades podem ser superadas.

— Sim, não se pode discutir. E, claro, talvez fosse até bom essas dondocas pegarem no pesado — falou o Ivanov, em tom pensativo. — Mas a questão é: seria racional? Digo, no seguinte sentido: seria um uso racional de energia? Porque bem ou mal uma quantidade enorme de dinheiro do povo foi gasta com todos vocês. E foi gasta para que vocês trouxessem algum proveito com seus conhecimentos especializados. E aí de repente vocês jogam fora toda essa bagagem no meio do caminho e começam a reaprender tudo, para serem operárias de fábrica. Ou seja, é preciso aplicar uma energia adicional em vocês, supérflua, no preparo para a fábrica. E o Estado não tem essa energia para gastar. Além disso, temos uma massa de desempregados, e muitos desses desempregados são qualificados. E nós, em vez de encontrar um trabalho para esses desempregados, vamos desperdiçar tempo, dinheiro, enfim, energia para ensinar vocês tudo de novo, mandando ao diabo tudo que já foi investido em vocês antes. Não, camaradas! Assim não é possível! Precisamos de médicos, professores, engenheiros, e além disso técnicos de qualificação média. De onde é que nós vamos tirar essas pessoas, se não for do segundo grau ou das escolas de sete anos? Por isso é preciso esperar com essa coisa da fábrica.

— Quer dizer que o acesso à fábrica está vedado a todos nós? — perguntou a Silva com uma voz desanimada.

— O acesso não está vedado — respondeu Ivanov. — Com certo grau de perseverança é possível entrar, evidentemente. Se não for na nossa, em outra. Mas vocês devem se colocar uma questão sincera: seria racional? Vocês são pessoas de consciência, e não dois pobres-diabos. E, uma vez que vocês têm consciência e podem imaginar a situação complicada do Estado soviético, não devem aumentar essa complicação, mas tentar liquidá-la de todas as maneiras.

Aí eu perguntei como o Ivanov enxergava o nosso trabalho na escola e o que devemos fazer para elevar esse trabalho ao máximo.

— Não existe trabalho nenhum na escola de vocês — respondeu o Ivanov; e eu fiquei muito ofendido. — Pelo me-

Diário de Kóstia Riábtsev 249

nos, não dá para ver nenhum resultado. E para emplacar o trabalho, tem que parar de conversa e passar à ação.

Aí eu perguntei o que eu e a Silva, por exemplo, poderíamos fazer.

— Os pioneiros de vocês estão organizados? — disse o Ivanov.

— Como assim, organizados? Eles fazem o juramento solene, depois marcham, usam gravata, participam das manifestações, depois...

— Aí é que está, usam gravata. Agora em todas as escolas estão sendo organizados postos avançados de pioneiros, com o pessoal que não está sobrecarregado nos grupos. Os postos avançados devem conduzir a escola à participação na vida social e política do país, ajustar a autoadministração, ajudar os professores até mesmo com o ensino e ainda auxiliar na educação política, física e antirreligiosa dos alunos. Bom, as tarefas são incontáveis. E vocês poderiam organizar esse posto avançado na sua escola.

Depois disso nós fomos embora.

27 de agosto

Fui julgado por conta do caso com a Bolota.

Foi tudo muito solene. Como juiz, foi escolhido o Seriojka Blinov. Ele tentou recusar, mas no fim das contas acabou concordando, de um jeito bem indolente. Na acusação, ficaram duas pessoas: o Almakfich e a Ninka Frádkina. Os defensores também eram dois: o Nikpetoj e a Silva.

Colocaram um banco separado para mim, e para a Bolota também. Depois escolheram doze jurados: seis meninos e seis meninas. Quando eu vi que entre os jurados estavam o Volodka Chmerts e o Iuchka Grómov e também alguns amigos deles, percebi que ia me dar mal.

O Seriojka Blinov abriu o julgamento. Ele disse:

— Estamos aqui para julgar a acusação, contra Kóstia Riábtsev, de ter organizado um rebuliço totalmente inadmissível na escola, e cuja vítima foi Ielena Orlova. Kóstia Riábtsev, você se considera culpado?

— De quê? — perguntei. — Eu admito que fiz bagunça, mas não enxergo crime algum. Todos apertaram.

— Quem são todos?

— Todos os meninos.

— E você foi o cabeça disso e o iniciador?

— Não fui nada disso.

— Quem foi o iniciador, na sua opinião?

— Ninguém. Simplesmente fomos lá e apertamos. É uma espécie de jogo.

— Mas nos jogos existem cabeças: por exemplo, o capitão de um time de futebol.

— O futebol é um jogo organizado, enquanto esse é desorganizado.

— Muito bem. Por enquanto basta. Liena Orlova, você se considera a vítima?

A Bolota ficou em silêncio.

— E então, Orlova? — perguntou o Seriojka com um tom oficial. — Todos estão esperando você falar.

— Ele me apertou — piou a Bolota, com uma voz que mal se podia ouvir.

Todos deram risada. O Seriojka começou a tocar a sineta.

— O público deve se comportar de maneira decente, do contrário terei que esvaziar o tribunal. Então, Orlova, você se considera vítima?

— Não é nada disso! — berrou o Kolka Páltussov do público. — Ela só reconheceu que foi apertada.

— Páltussov, outra manifestação sua e você será expulso do tribunal. Mas então, Orlova, você gostou daquilo?

Diário de Kóstia Riábtsev

— Não gostei — piou a Bolota.

— Então por que você não recorreu ao funsco... ao funcionário escolar de plantão?

— Fiquei com medo.

— Com medo do quê?

— A-ah, com medo... — piou a Bolota — de me baterem.

Todos deram risada de novo. O Seriojka disse:

— Isso é um absurdo, Orlova. Você por acaso já viu na nossa escola os meninos baterem nas meninas?

— Várias vezes — respondeu a Bolota.

— Permitam-me perguntar — a Zin-Palna intrometeu-se, do público. — Orlova, me diga, e por que essas brigas não são levadas ao conhecimento dos funcionários escolares e por que ninguém sabe delas?

— É que é um jogo — respondeu a Bolota. — E às vezes as meninas batem nos meninos.

— Bom, por ora basta, Orlova — disse o Seriojka Blinov. — Agora as testemunhas. O tribunal chama a depor a seguinte testemunha: a cidadã Kaúrova, que no dia em questão era a funs... a funcionária escolar de plantão. Ielena Nikítichna, o que a senhora pode dizer a esse respeito?

— Posso dizer que o Riábtsev — disse a Ielnikitka —, como um menino sem qualquer moral, era sem sombra de dúvida o chefe dessa corja que atacou a Orlova. Isso que tanto ele, como a Orlova chamam de jogo não é de modo algum um jogo, mas uma indecência. Isso na escola é inadmissível. Se não fosse o Riábtsev, ainda poderíamos pensar que foi uma travessura inocente de crianças. Mas existem outros fatos a respeito do Riábtsev.

— Mas não vamos falar de outros fatos — disse o Seriojka. — Quem mais deseja dar seu depoimento?

— Eu — disse o Kolka Páltussov.

— E o que você pode dizer? Fale depressa.

Aí de repente a Silva disse:

— Eu protesto: o juiz está apressando as testemunhas.

— Tudo bem — respondeu o Seriojka. — Ninguém precisa ficar enrolando. Fale, Páltussov.

— Pois então — começou o Kolka. — Eu também participei disso e não entendo por que só o Riábtsev está sendo julgado. Foi uma bagunça comum, e se for julgar alguém, vamos ter que julgar a escola inteira várias vezes ao dia. Os próprios funscolares deveriam tentar lembrar se eles mesmos não bagunçavam quando eram pequenos ou mesmo no segundo grau...

— Diga "funcionários escolares", Páltussov — corrigiu o Seriojka.

— Que seja, os funcionários escolares, tanto faz. Até na literatura escrevem sobre esse tipo de bagunça. Só que antes eles tinham um poder muito grande, e por causa desse tipo de algazarra os professores da escola antiga espancavam e surravam os alunos, mas agora não podem, e por isso inventaram esse tribunal...

— Ninguém inventou o tribunal — interrompeu o Seriojka, com voz severa. — O tribunal é uma forma organizada da sociedade soviética. Muito bem, já basta. Passo a palavra para a acusação. Aleksandr Maksímovitch, por favor...

E de repente o Almakfich declarou, inesperadamente:

— Eu abro mão da palavra, pois o caso já está bem claro.

Todos olharam para ele, perplexos. Depois disso, discursou a Ninka Frádkina, a segunda integrante da acusação.

— Eu exijo — ela disse — que Kóstia Riábtsev seja punido impreterivelmente, e da maneira mais severa possível: com a expulsão da escola, por exemplo. Porque ele não consegue conter as mãos e não pode passar por uma garota sem dar uma nas costas...

Diário de Kóstia Riábtsev

— Mas essa daí na semana passada me puxou pelo cabelo — eu disse.

— O réu terá o direito de falar mais adiante, mas agora peço que se cale — o Seriojka disse.

— Eu puxei uma vez, mas você fez várias vezes comigo — disse a Ninka. — Depois, ele organiza mesmo esses apertões na Liena Orlova, toda hora. Eles todos dizem que gostam de ouvir como ela pia. Bom, então se eles gostarem de como eu berro ou de como eu bato na cara deles com meu sapato, também vão me apertar? Vai ser uma pouca-vergonha se eles começarem a apertar todas as garotas desse jeito. Por isso eu exijo uma punição exemplar para o Riábtsev, e, se ele não for expulso da escola, que pelo menos receba umas cem tarefas de matemática para resolver dentro de uma semana.

— Não se pode punir com estudo — disse o Seriojka. — Agora quem fala é a defesa. Acho que você é a primeira, Dubínina.

— Eu posso falar — a Silva disse e deu um pulo do lugar onde estava.

Eu olhei para ela e não reconheci: os olhos queimavam, o cabelo estava enrolado e desgrenhado.

— Se for para expulsar o Riábtsev — ela disse —, teremos que expulsar todos os outros meninos. Ficariam só as garotas. Porque tanto a Frádkina, que acusou o Riábtsev, como todas as demais compreendem perfeitamente que não é só o Riábtsev o culpado, mas todos os meninos. Nos corredores e na quadra, é um rebuliço constante, e não é possível dizer quem bate em quem e quem faz bagunça com quem. Mas aqui estamos indo contra a ideologia do Poder Soviético, que introduziu a educação mista para emancipar a mulher e estabelecer a igualdade entre os sexos. É possível, evidentemente, que o Riábtsev use mais da força que os outros, mas isso não significa que devemos romper a ordem revolucionária que foi instituída e separar as meninas dos meninos. Por que é que ninguém nunca vem para cima de mim com galanteios ou com tabefes? Porque eu não desejo isso e nunca permito. As outras podem fazer o mesmo. Em vez de condenar o Riábtsev, proponho que sejam sentenciadas todas as garotas que adoram bagunça, mas depois sugerem expulsar os outros...

— Agora fala Nikolai Petróvitch — disse o Seriojka.

— Talvez não me reste nada mais a dizer depois da Dubínina — disse o Nikpetoj. — Mas de qualquer maneira posso acrescentar algumas coisas. Em cada ser humano, há dois princípios que lutam entre si: o bem e o mal. Em diferentes épocas, as pessoas encarnaram essa luta em opostos: deus e o diabo, a luz e a sombra e assim por diante. Até na literatura isso se refletiu. Por exemplo, temos o drama de Shakespeare, *Henrique IV*. Ali, o autor descreve como o príncipe Henrique trava conhecimento com o bêbado e libertino Falstaff, ataca os transeuntes junto com ele, faz farras e tudo mais. Mas então Henrique torna-se rei, e Falstaff vai correndo vê-lo, pensando que agora Henrique vai recompensá-lo e que vão começar novamente a farrear sem qualquer comedimento, mas é aí que Falstaff se engana: Henrique mal se lembra de Falstaff, a lembrança dele é como se fosse um sonho ruim, um pesadelo... Aqui precisamos entender as coisas também dessa maneira. Em cada ser humano estão tanto o Henrique, como o Falstaff. Às vezes, talvez, especialmente na juventude, o Falstaff toma o controle, mas basta que a pessoa sinta responsabilidade perante os outros, e o Henrique prevalece, e então o lado falstaffiano será uma lembrança ruim, um pesadelo... Agora vocês querem julgar os atos de Riábtsev, nos quais — e concorda aqui com a Dubínina — não há nada de mais: uma bagunça escolar ordinária. Mas suponhamos que seja o lado falstaffiano de Riábtsev, que sumirá como fumaça. Com uma condenação, empurraremos o Riáb-

Diário de Kóstia Riábtsev   255

tsev para o oposto, para a continuidade do lado falstaffiano... Mas em Riábtsev há mais de príncipe Henrique, do que
de Falstaff. Ou seja, o que estou querendo dizer é: há mais
bem nele do que mal...

Aí o Almakfich levantou com tudo de onde estava.

— Permitam-me falar algo! — ele gritou. — Eu, como
parte da acusação, tenho direito de responder à defesa. O Nikolai Petróvitch falou aqui do bem e do mal, e disse que em
Riábtsev há mais bem do que mal. Eu insisto e garanto que,
quantitativamente, a atitude de Riábtsev *está além do bem e
do mal, e que qualitativamente prova a abundância de nossa época*. Encerro por aqui.

Ninguém entendeu o que ele quis dizer com isso. (E o
Nikpetoj ama o Shakespeare, vejam só onde ele conseguiu
enfiá-lo!)

— A palavra final é sua, réu — disse o Seriojka Blinov.

— Não vou me justificar — eu disse. — Não sou culpado, e todos sabem disso. Por isso, se eu me justificar, significa que estou defendendo esta comédia. O que eu quero dizer
é o seguinte. O Nikolai Petróvitch e depois o Aleksandr Maksímovitch falaram aqui a respeito do bem e do mal. Pelas aulas de instrução política, sabemos que não existe bem ou mal,
tudo depende das relações econômicas, e que o bem e o mal
são idealismo. Eu por exemplo acredito que em mim não
existe nem bem, nem mal: quando estou satisfeito, sou bom,
quando estou com fome, sou mal. E se alguém me importunar, eu posso dar um cascudo. É só isso.

Os jurados saíram e deliberaram exatamente cinco minutos. Quando eles saíram, meu coração ficou apertado: e se
de repente eles me condenassem a ser expulso da escola? Mas
o Volodka Chmerts leu:

— ... dar uma reprimenda no Riábtsev acerca de seu
comportamento e parar com os apertões, e dar uma repri-

menda na Orlova e nas outras meninas, para que não permitam ser apalpadas e apertadas.

Tudo saiu com a Silva pensou.

28 de agosto

Saiu um novo jornal mural, sem número e sem assinatura, com o título "A favor de Nikpetoj". Como eu até agora não decidi a que partido aderir, eu não só não participei nesse jornal, como nem mesmo sei quem publicou. A Silva também não sabe.

Lá tem o seguinte artigo:

MEDICINA: A LUTA CONTRA A COCEIRA NA LÍNGUA

O professor Iv. Iv. Imbecílov encontrou um meio de curar a coceira na língua, que recentemente se alastrou ao ponto de tornar-se uma ameaça de epidemia. O respeitado astro do mundo da medicina, que por sinal recebeu outro dia um Prêmio Nobel do tamanho de dois pepinos salgados, dedicou a menor parte de sua vida à luta contra a referida doença.

I. I. Imbecílov localizou o bacilo da coceira na língua, que é transmitida pela mordida da serpentonta, em casos de ociose aguda.

Nosso conceituado cientista, de maneira totalmente abnegada, inoculou o citado bacilo em si mesmo, e por isso começou a tagarelar, falando até mil palavras por minuto, das quais 120% eram compostas do tipo mais detestável de fofoca e asneira. No entanto, graças à heroica firmeza de seu caráter, ele descobriu um meio de lutar contra a doença.

Esse meio, que consiste em excertos de Kautsky[30] e ou-

---

[30] Karl Kautsky (1854-1938), filósofo e teórico marxista austríaco. (N. do T.)

Diário de Kóstia Riábtsev

tros autores que escreveram sobre a ética marxista, foi chamado por Iv. Iv. Imbecílov de *antimexeriquina*.

Recomenda-se que seja administrada no período entre as aulas, e também antes de dormir.

Além da *antimexeriquina*, o camarada Imbecílov estipulou a disciplina específica que é necessária para a cura da terrível doença. O paciente que estiver em tratamento, para obter resultados favoráveis (redução da produção de bacilos para 25 mexericos por minuto), deve discutir os seguintes temas:

1) A comparação entre o incêndio de Moscou em 1812 com o incêndio das regras funscolares, que tem ocorrido em nossa escola;

2) As semelhanças e diferenças entre o barco a motor, a sobrecasaca, o prego e a missa das almas;

3) O problema de acender cigarros em carecas lustrosas (provar matematicamente).

Em conversa com nosso repórter, o cidadão Imbecílov declarou ter sido o primeiro a dar atenção ao bacilo da coceira na língua em escala mundial (quando a nota de Curzon ultrapassou o tamanho permitido no *Times* de domingo). Depois que a epidemia atingiu a URSS, o professor mudou-se para a Rússia a fim de fazer pesquisas especiais, e aqui deparou-se com a nossa escola. Em alguns dias, o professor começará a examinar os doentes de coceira na língua de nossa escola.

Algumas toneladas de solvente foram preparadas para lubrificação das línguas dos doentes.

Todos acharam aquilo muito bom, e eu concordo totalmente, mas, a cada dia que passa, fico mais atormentado com a luta interna que está sendo travada dentro de mim. Que partido tomar: a favor de Nikpetoj ou contra ele? Têm corrido boatos de que o Nikpetoj vai embora, e que isso é definitivo e irrevogável. Sem ele a escola vai ficar vazia.

Contei para a Silva das minhas dúvidas. Ela disse que para ela também é difícil, mas que os princípios ficam acima de tudo. E além disso a Silva disse que já é sabido há muito tempo que o indivíduo não desempenha papel nenhum na história. Isso lá é verdade...

29 de agosto
Eu finalmente me decidi, e fui falar diretamente com o Nikpetoj.

— Nikolai Petróvitch — perguntei. — Quando o pessoal e o coletivo entram em conflito, a qual deles se deve dar preferência?

— Ao coletivo — respondeu o Nikpetoj.

— Pois então. Por isso... Não pude aderir ao partido que está a seu favor. Foi muito difícil para mim, mas fui forçado a aderir ao partido contrário.

— Não precisa de partido nenhum — disse o Nikpetoj, e fiquei com a impressão de que ele tinha dificuldade para falar. — Sei que... não tenho razão. Vou embora da escola. Durante algum tempo, eu coloquei o pessoal acima do coletivo.

Por pouco eu não chorei. A conversa terminou assim.

30 de agosto
Eu e a Silva somos do Komsomol. Todas as instâncias nos confirmaram. Recebemos a incumbência de organizar na escola um posto avançado dos pioneiros. É a nossa primeira missão no partido.

Hoje foi divulgado que está definida a saída de N. P. Ójigov da escola. Vou ter que visitá-lo na casa dele.

1° de setembro
Entrei para o conselho escolar representando o posto avançado. Os pioneiros me jogaram para o ar. Por algum motivo, os alunos mais novos me adoram.

Diário de Kóstia Riábtsev

Viva o nosso posto avançado!

5 de setembro de 1924

Acabei de reler todos os cadernos do diário referentes ao último ano. Tem muita coisa interessante, mas também tem muita bobeira, e eu mesmo tenho vergonha de ler umas partes. No futuro, vou tentar escrever os acontecimentos realmente sérios e importantes, para não desperdiçar papel à toa. Ainda mais que tenho pela frente um assunto tão sério e decisivo como a organização e instauração do posto avançado de jovens pioneiros.

O Nikpetoj foi embora e, pelos boatos, vai trabalhar na fábrica, no setor cultural, então eu não vou ter com quem conversar se surgir alguma dificuldade. Mas eu percebi que agora é mais sério e compreendo a responsabilidade que eu assumi. De qualquer modo, tentarei justificar a confiança do comitê distrital. Nesse assunto, a coisa mais importante é esclarecer os objetivos e tarefas do posto avançado, e então logo ficará claro o caminho pelo qual será possível alcançar esses objetivos.

Surgiram algumas divergências com a Silva a respeito do posto avançado, mas isso não é nada. Eu acho que a essência do posto avançado já fica clara pelo próprio nome. O Nikpetoj me explicou que esse conceito vem do alemão, e é uma fortificação avançada, um posto de vanguarda. Uma fortificação avançada de quem? Do partido e do Komsomol, é claro. Consequentemente, na escola de primeiro grau, em que não há nenhum membro do Komsomol, ou poucos membros, o posto avançado deve desempenhar o papel de célula do Komsomol ou do partido, ou seja, direcionar e influenciar todo o trabalho escolar, em essência. E seguir adiante. E são tarefas mais importantes do que cuidar dos alunos, fazer com que andem de nariz limpo ou com dentes escovados, ou que façam a lição de casa. Para isso tem os comitês estudantis, os comitês sanitários e outras associações escolares. Já o posto avançado é a direção ideológica, e, além disso, é preciso tomar a coisa nas mãos e exercer plena influência sobre os alunos desorganizados.

Mas o posto avançado também é bom porque permite exercer influência sobre os funscolares. As notas, por exemplo. Até agora alguns dos funscolares colocam "satisfatório", "insatisfatório", "plenamente satisfatório", e a Liudovika Kárlovna, em segredo, continua a dar um, dois ou cinco.[31] No geral a Liukarka é uma pessoa inofensiva; ela é muito gorda e bondosa; e tanto faz que nota ela dá para canto, porque canto não é matéria obrigatória. Mas o que importa são os princípios. Se as notas foram abolidas, ninguém tem direito de dar, mesmo se for em segredo. E "satisfatório" e "insatisfatório" é nota, do mesmo jeito.

Que bom que depois de amanhã começam as aulas na escola; as coisas vão entrar nos eixos.

8 de setembro

As aulas começaram. Eu e a Silva fizemos uma lista de todos os pioneiros, tanto do primeiro, como do segundo grau. No fim, contamos 48 pessoas de diferentes grupos. A primeira assembleia do posto avançado está marcada para o próximo domingo. Depois de pedir o conselho do comitê estudantil, eu e a Silva decidimos denominar de posto avançado todo o conjunto de pioneiros da escola e escolher entre eles um Conselho do posto avançado. E não como na escola 17 (que fica perto da nossa): lá o posto avançado é *eleito* pela assembleia de todos os pioneiros. Na nossa opinião, isso é incorreto. Vamos fazer do nosso jeito.

---

[31] No sistema escolar russo as notas vão de um a cinco. (N. do T.)

Diário de Kóstia Riábtsev

9 de setembro

Mal começaram as aulas, e algumas garotas já se apressaram em demonstrar o tipo de caráter que têm. Em particular a Zoia, a Negra. Eu já mostrei a minha indiferença por ela inúmeras vezes, mas ela não consegue sossegar. Além disso, está na hora de parar de perder tempo com bobagens. Mas ela está impossível. Hoje ela veio me importunar com o poeta Iessiénin. Ela gosta muito do "Moscou das tavernas" e também daquele poema em que o Iessiénin escreve: "Numa noite esverdeada, na janela, com a manga da camisa hei de me enforcar...".

Expressei a minha opinião da seguinte maneira:

— Iessiénin é o típico poeta camponês que foi parar na cidade e não conseguiu colocar em prática suas tendências pequeno-burguesas. Por isso, não deveria ter influência sobre nós, já que somos pela ditadura do proletariado. E os poemas dele são decadentes. A esse respeito o Nikpetoj nos falou que Iessiénin está mais para um poeta da boemia e do lumpemproletariado, mas eu não concordo com isso. Talvez se você considerar que a boemia é uma tendência pequeno-burguesa, aí sim.

Depois disso, a Zoia, a Negra disse, de repente:

— Eu também escrevo poesia. Você teria interesse em ouvir?

Eu disse para ela que não tenho muito interesse em poesia, mas que gostaria de ouvir. Aí ela declamou o seguinte para mim:

> Eu mais uma vez a ti retornei,
> Sou tua por completo novamente,
> E o amor do passado reneguei,
> Tornei-me tua escrava obediente...
> Não sei por quê, um cacho prateado,

Como cobra, aferrou-se à minha trança...
Que o outro tenha sido mais amado —
Jamais trarei tal coisa na lembrança.
De todo modo, o amor daquele outro,
Bem como o meu amor, está ausente...
Se ontem pedia a deus por um encontro,
Agora sou tua escrava obediente...

Tomei a folha dela e comecei a escarafunchar o poema. A coisa que mais interessava ali era a parte ideológica.

— Primeiramente, a escravidão foi abolida — disse eu.

— E nem mesmo esses sentimentos de ternura poderão trazê-la de volta. E se você se sente assim, isso não é nada mais que um resquício do passado, que você tem que arrancar pela raiz. Em segundo lugar, nesse poema dá para notar a seguinte bobagem: um cacho prateado que se aferrou à sua trança. Isso significa que você ficou grisalha? E onde é que está esse seu cacho grisalho? Se você tivesse comparado as suas tranças com graxa, até seria mais parecido...

— Sim, isso é um exagero poético, uma hipérbole — interrompeu a Zoia, a Negra.

— Bom, mas isso não é justificativa, é preciso saber a medida das coisas, mesmo no exagero — eu respondi, com ar de importância. — Do contrário, vai saber o que alguém pode escrever; por exemplo, que no seu peito há um oceano agitado, e que você navega de barco nele... Depois, será que é possível amar um ontem, amanhã amar outro, e depois de novo amar o primeiro?

— É possível — a Zoia me respondeu, sem olhar para mim.

— Isso é delírio de meninas, na minha opinião. E ainda é cedo para você escrever esse tipo de coisa...

— E para você, não é cedo?

Diário de Kóstia Riábtsev

— Mas eu não escrevo.

— Mentira — falou a Zoia, a Negra, inflamada. — Você escreveu para a Sílfida Dubínina, e ainda leu para mim, não está lembrado? Pois eu me lembro muito bem...

— Mas que asneira é essa? — eu disse com ar indiferente. — Em primeiro lugar, aquilo ali não tinha nada a ver com amor; e depois, o que a Silva tem com isso?

— Pare de mentir, pare de mentir, pare de mentir — disparou a Zoia. — Não consegue nem olhar nos meus olhos, porque está mentindo. Eu até decorei o poema: "Lembro-me bem de tua conversa arguciosa, nós dois, amigos nesta escola ruidosa". Como é que não tem a ver com amor? Ah, ficou vermelho, ficou vermelho!

— Mas como assim, amor? Se estou falando de amizade? Você tem que interpretar no sentido mais prático. E depois, agora nós estamos discutindo o seu poema, não o meu. Se você for me amolar com o meu poema, que vá para o inferno.

— Por favor, peço perdão, Kóstia — disse a Zoia. — Não vou mais falar disso. Mas enfim, qual é sua opinião sobre esse poema, afinal?

— Que opinião? Bom, por exemplo, você aqui fala de pedir a deus. Que tem deus a ver com isso? Eu achei que isso já tinha sumido de você fazia tempo. Eu entenderia se no poema tivesse propaganda antirreligiosa, mas aqui é exatamente o contrário. Quem poderia tirar proveito de um poema desses?

— Mas os poemas não são feitos para que se tire proveito deles, de jeito nenhum.

— Pois veja só! Então para quê?

— Bom, para expressar sua disposição de espírito, seus sentimentos e coisas do tipo.

— Isso eu não entendo. Escreva um poema conclamando as crianças a virarem pioneiras. Aí vai ter um proveito e vai ter satisfação. Mas no seu poema não tem nem ideologia, que é o mais importante, nem proveito. Resumindo, ele não vem ao caso.

Aí a Zoia arregalou os olhos e começou a olhar para mim sem dizer uma única palavra. Ficou até parecendo um pimentão, com cara de boba. Primeiro eu esperei para ver o que aconteceria, mas depois fiquei com raiva e disse:

— Mas por que esse olho esbugalhado?

Ela continuou quieta. Aí eu cuspi de lado e fui embora.

10 de setembro

Apareceu um novo funscolar de ciências sociais para substituir o Nikpetoj: é o Serguei Serguêievitch. Nós ficamos um tempão pensando em um apelido para ele. Serser ficou meio ruim. Ele usa uns óculos imensos, como rodas. O Iuchka Grómov chegou na escola depois de todo mundo. Ele viu o Serguei Serguêievitch e disse:

— Mas que oclões, hein? É uma bicicleta, por acaso?!

Aí decidiram que ele seria chamado de Bicicleta.

Por enquanto só sabemos que ele fala de um jeito muito curto e conciso.

11 de setembro

Tivemos a primeira aula de sociais com o Bicicleta.

— Vocês escreviam ensaios? — perguntou, antes de qualquer coisa.

Dissemos que fazíamos comunicações, mas não ensaios.

— Bom, vamos passar a escrever ensaios.

Ele pegou um papel com os temas e começou a passar aos interessados. Como eu me interesso muito pela revolução alemã, peguei o tema: "As origens da revolução alemã e os motivos de seu fracasso".

Como material de consulta, o Bicicleta recomendou o

romance *O 9 de novembro*, de Kellermann,[32] e os jornais de 1918 a 1923.

Outro tema foi "O regime da servidão na Rússia". Os materiais indicados foram *Os velhos tempos de Pochekhónie*, de Schedrin, o Turguêniev e a *História* de Kliutchévski.

Hoje comecei a ler o Kellermann. É muita bobagem, não dá para entender.

12 de setembro

Pouco a pouco começo a entender melhor o pessoal do posto avançado; a maioria deles estuda no primeiro grau.

Por enquanto, o que mais me interessou foi o Oktiabr Strutchkov, um rapazinho pequeno, de uns dez anos. Ele é muito vivaz e desembaraçado, mas o principal é que ele me obedece em tudo; e isso é muito importante, já que ele tem grande influência sobre os demais. Entre as meninas, a mais ativa é a Makhuzia Mukhametdinova, uma tártara. O pai do Oktiabka é operário, já a Makhuzia disse que o pai dela é "daqueles". O pessoal alegou que ele vende carne de cavalo, mas que antes parece que possuía um restaurante em uma estação de trem. Mas a Makhuzia não parece de jeito nenhum ter uma origem social burguesa. É possível que ela seja a que melhor entende de educação política no posto avançado. Por enquanto eu confio nela, mas no trabalho é necessário ter muito cuidado com a origem social do pessoal.

13 de setembro

Eu continuo achando que tenho mais razão do que a Silva, e que vale a pena levar tudo o que aconteceu ao conhecimento do comitê distrital.

---

[32] Bernhard Kellerman (1879-1951), poeta e romancista alemão. Seu romance *O 9 de novembro* foi publicado em 1920. (N. do T.)

A questão foi a seguinte. Hoje reunimos o posto avançado na escola (trinta e oito pessoas apareceram) e decidimos fazer um passeio fora da cidade. Fomos ao parque Ivánovski. Lá, a gente se divertiu e correu a valer, já que o tempo estava muito bom.

Depois chegamos até a orla de uma espécie de jardim e montamos acampamento para fazer uma boia (cada um trouxe o seu de casa, mas decidimos colocar tudo junto).

Esse jardim era um grande pomar, colado ao próprio parque. Pelo visto antes tinha uma cerca ali, mas depois ela foi destruída, e o jardim foi protegido só por um fio de arame farpado.

Primeiro acendemos a fogueira, recolhemos folhas secas, depois fizemos menção de sentar junto à fogueira, cansados e satisfeitos que estávamos. Mas aí o Oktiabka disse:

— Seria bom traçar uma maçãzinha agora, hein, pessoal?

— E onde é que você vai arranjar essa maçãzinha? — perguntou a Makhuzia.

— Elas estão bem ali — respondeu o Oktiabka. — Estão pedindo para ser pegas.

— Sim, mas e o arame farpado? — o pessoal objetou.

— Que se dane o arame farpado — disse o Oktiabka, tomou impulso e, de um só pulo, passou por cima do arame.

— Oktiabr, volte aqui agora mesmo — a Silva começou a gritar.

A contragosto, o Oktiabka obedeceu e, já sentado junto à fogueira, resmungou consigo mesmo:

— Eu podia até arrancar esse arame, se eu quisesse.

— Você não tem o direito revolucionário — observou a Silva, com severidade. — Isso era antes, quando os jardins pertenciam a particulares, e o proletariado podia empreender a expropriação dos exploradores. Mas agora, quando todos os jardins são estatais...

Diário de Kóstia Riábtsev

— Não são estatais coisa nenhuma — interrompeu o Oktiabka —, são particulares até demais. Até conheço o arrendatário: o nome dele é Moissei Markelytch. Ele pode até ter uma espingarda, mas não vai ousar atirar em crianças, ainda mais pioneiros. E durante o dia o cachorro dele fica amarrado. Conheço até o cachorro, o nome dele é Sechama. Ele é grandalhão e amarelo.

— Como é que você sabe tudo isso? — o pessoal ficou curioso.

— É que a nossa fábrica fica aqui perto, conheço tudo muito bem. Se pedir direitinho para o tio Moissei, ele até dá. Só que roubar é mais interessante.

— Nem ouse dizer isso — falou a Silva. — Se você tem alguma relação com esse comerciante, isso é assunto particular seu: pode ir e pedir. Mas fazer invasões não é coisa de pioneiros.

— Mas ninguém vai ficar sabendo — disse o Oktiabka.

— Não importa se alguém vai ficar sabendo ou não... — ia começando a Silva, mas eu a interrompi:

— Sabe de uma coisa, Silva? Você ficou muito parecida com a Ielnikitka. Por algum motivo você enfiou na cabeça que sabe o que pode e o que não pode fazer. E no fim você acha que muita coisa não pode e pouca coisa pode. Mas na minha opinião não tem problema nenhum, não é nem mesmo roubo se o pessoal pegar uma maçã para cada um do pomar de um *kulak*.[33]

— Pessoal! Bandidinhos! — exclamou o Oktiabka, todo entusiasmado, esfregando as mãos. — Isso é demais!... Então pode, Riábtsev?

— Calma, temos que votar — eu respondi. — Veja bem, temos opiniões contrárias...

---

[33] O termo *kulak* se refere a camponeses enriquecidos, considerados "inimigos de classe" pelos sovietes. (N. do T.)

— Serei sempre contra — disse a Silva em voz baixa. — Que indecência é essa? Que honra isso pode trazer para o nosso posto avançado? Eu não entendo você de jeito nenhum, Vladlen. Tem que pensar de maneira ideológica.

— Eu estou pensando de maneira ideológica — respondi. — Não tem bobeira nenhuma aqui. Você deve estar pensando que é porque eu também quero uma maçã. Não é nada disso. Pode colocar até dez aqui na minha frente, que eu não vou tocar em nenhuma.

— Eu posso colher uma agora e colocar aqui, Riábtsev. Hein? — sugeriu o Oktiabka, dando saltinhos. — Aí você prova para ela.

— Não precisa me provar nada — disse a Silva, insatisfeita. — É melhor antes o próprio Riábtsev me provar que isso não vai contra a ideologia revolucionária.

— Com prazer — eu respondi, porque a Silva de repente tinha começado, sem mais nem menos, a minar a minha autoridade. — Agora temos a ditadura do proletariado. Entendeu? Politicamente, essa ditadura significa uma época de transição para o Estado comunista. Um comerciante é um inimigo desse Estado, e nós somos parte do proletariado. Entendeu? Por isso, ideologicamente, é inteiramente correto se nós tomarmos de um comerciante, para nosso proveito, trinta e oito maçãs.

— Viva! — parte das crianças gritaram, encabeçadas pelo Oktiabka. — Faça uma votação, Riábtsev, antes que a coisa esfrie.

— Não, esperem, pessoal — a Silva tentou agir do lado oposto. — Não é assim! Isso é um desvio evidente. Se todo mundo pensar assim... a ordem revolucionária será arruinada...

Ela ainda gritou alguma coisa, mas eu nem quis ouvir e coloquei a questão em votação. A maioria foi a favor, e uma parte das meninas se absteve. A Silva ficou muito ofendida e parou de falar comigo, o que me fez ficar com ainda mais raiva. Mas que direito tem ela de minar a minha autoridade na frente do pessoal? Ainda mais que ela está totalmente errada do ponto de vista ideológico. É até uma sujeira da parte dela, não é nada camaradesco... Quem podia fazer uma coisa dessas era a Ielnikitka, não uma das mais próximas companheiras de trabalho.

Nisso o Oktiabka já tinha começado a dar todas as ordens.

— Eu conheço todas as manhas aqui — disse ele, empolgado. — Para ninguém ser pego, vocês bandidinhos têm que lembrar que é necessário ir todo mundo de uma vez. Se alguém ficar para trás, pode arruinar todos os outros. A melhor coisa é agir seguindo o assobio. No primeiro assobio, passar por cima do arame. No segundo, não importa onde você estiver, tem que tocar de volta para o parque.

— Tragam para nós também — pediram então algumas das meninas que se abstiveram.

— Na hora de votar não estavam nem aí — disse o Oktiabka —, mas na hora da maçã, aí querem comer! Vocês mesmas que peguem, camaradas! Nada de malandragem!

No fim, vinte e seis meninos e cinco meninas decidiram participar da invasão. A Makhuzia não foi, porque estava com dor na perna.

Eles se espalharam por um fosso coberto de mato, bem junto ao arame. Eu mesmo senti meu coração tremer por conta daquela aventura que se aproximava, mas não quis ir junto, para depois a Silva não ficar fofocando, dizendo que eu dei o exemplo. Ouviu-se o assobio, e no arbusto que nos separava da macieira surgiram as manchinhas vermelhas das gravatas.

— Eu ainda entenderia se tudo isso fosse feito às claras — disse a Silva em tom de desdém, sem se dirigir a ninguém.

— Mas isso aqui é um furto puro e simples, desses que levam as pessoas para a cadeia.

"Ah, então é isso", eu pensei, mas não respondi. Mas eu nem tive tempo de fazer nada, porque ouvimos um tiro vindo do pomar, e depois um grito desesperado.

Saímos correndo, todos ao mesmo tempo. Meu coração pareceu desabar, uma vez que eu sabia muito bem que a responsabilidade por toda aquela história recairia sobre mim.

Dois ou três rapazinhos com caras desconcertadas saltaram para fora do pomar e voltaram, arrastando-se por debaixo do arame.

— O que foi? — eu perguntei para eles.

— Tem um tio lá... atirando... — foi tudo que eles conseguiram responder.

Sem perder um minuto, dei ordem para o corneteiro tocar a chamada de urgência. Na mesma hora, a corneta emitiu um som estridente. Quando ao meu redor já estava reunido um número suficiente de crianças desconcertadas, eu avancei intrepidamente pelas moitas. O tamborileiro mandou uma marcha.

Quando passamos pelas moitas, logo percebi que, na clareira, estava um velho com uma espingarda nas mãos. O velho estava debaixo da imensa e frondosa macieira, olhando para cima e gritando.

Eu detive as crianças e me aproximei do velho.

— Se você tem alguma consciência, não tem que ficar se escondendo! — gritava o velho, sem prestar atenção em mim. — Mas o que é que é isso? É uma vergonha e um absurdo! Que crianças são essas de hoje em dia! Um horror, essas crianças!

— Em quem o senhor está atirando, cidadão? — perguntei de maneira bastante ríspida.

Diário de Kóstia Riábtsev

— Na época do tsarismo não tinha crianças assim como as de hoje — dizia o velho, ainda sem prestar atenção em mim. — Eu pegava o educador delas e aplicava cinquenta bem dadas nele, aqui debaixo da macieira.

— Eu sou o educador delas — eu disse, em tom de desafio. — O que o pessoal fez?

— Ah, o senhor é o educador delas! — o velho se dirigiu a mim. — Mu-uito prazer. Na minha humilde opinião, o senhor mesmo está precisando ser educado. Bom, mas isso não é assunto meu. De qualquer maneira, fale para os seus pupilos pelo menos não destruírem os galhos quando forem tirar as maçãs: isso lá é exemplo, quebrar os galhos?! A macieira gosta de carinho, do toque cuidadoso das mãos. Mas isso aí o que é? Invadiram e começaram a quebrar os galhos com grosseria...

— E em quem o senhor estava atirando? — eu o interrompi, impaciente.

— Estava atirando para o ar, senhor, para assustar os ladrões, senhor — respondeu o velho, com malícia. — O senhor pensou que eu estava mirando nos seus pupilos, meu rapaz? De maneira nenhuma, senhor, foi para o ar. Como advertência. Agora julgue o senhor mesmo. Esse jardim está arrendado. E eu passo para o Estado uma parte gi-gan-tes-ca das receitas, graças aos mais diversos impostos. Quer dizer que eu devo proteger não só o meu rendimento, mas também os do Estado, não é mesmo, meu rapaz?! E se os frutos de uma educação como a sua, meu senhor, forem brotar aqui pelas redondezas, será que dá para deixar isso sem uma advertência? Julgue o senhor mesmo!

O velho ergueu a espingarda e deu um tiro inesperado para o ar. Algumas das crianças, assustadas, grudaram em mim. Fiquei com a impressão de que o velho estava um pouco bêbado.

— Quem foi que gritou, nesse caso? — eu perguntei.

— Foi o Kurmychka que gritou — meteu-se na conversa o Oktiabka, aparecendo do meu lado. — Ele ficou preso no arame, aí pensou que estava sendo mordido pelo cachorro.

— E quem é que o senhor está espreitando aí? — perguntei ao velho.

— Um dos seus... pupilos, senhor — respondeu o velho.

— Fizeram o favor de trepar na macieira, mas agora não conseguem descer, senhor. Talvez agora que o professor chegou eles desçam.

— Quem está aí? É para descer! — eu berrei.

— Não tem ninguém lá, Riábtsev — disse o Oktiabka ao meu lado, em voz baixa, mas convicta. — Pode contar para ver.

Eu alinhei o pessoal, fiz uma chamada e de fato todos estavam lá.

— Os meus estão todos aqui — eu disse para o velho.

— Então na certa foi só impressão do senhor.

— É uma gralha, tio Moissei Markelytch — se intrometeu o Oktiabka. — Eu vi: é uma gralha.

O velho ficou um bom tempo olhando para o Oktiabka com ar desconfiado, apoiou a espingarda na macieira, depois alcançou uma caixinha, fungou tabaco dela e disse:

— Essa gralha está usando calças e fala com uma voz humana. Mas enfim, permita-me perguntar, cidadão educador: com que base o senhor e o seu... grupo entram no jardim dos outros, um jardim cercado? Isso por acaso entra no seu programa... de ensino, meu senhor?

— Era uma brincadeira — respondi. — O pessoal estava brincando e não percebeu o arame. Bom, mas vamos corrigir isso agora mesmo. Moleques! Meninas! Ao meu redo--o-or!...

— Esperem um pouquinho, meninos — disse de repente a Silva; eu nem percebi que ela tinha ficado o tempo todo do meu lado. — Não, cidadão arrendatário, não era uma

Diário de Kóstia Riábtsev
273

brincadeira. Isso foi um ato ideológico totalmente diferente: decidimos por maioria de votos que, sendo o senhor um comerciante, tínhamos o direito de expropriar, para proveito nosso, trinta e oito de suas maçãs e...

— A-há, muito bem, muito bem — alegrou-se o velho.

— É o que estou dizendo: podemos dizer que é um imposto extraordinário, não é? Pois bem, podem pegar, podem pegar, vocês é que mandam. Tudo está nas mãos de vocês, senhores camaradas. Deveriam ter falado. Queiram pegar, queiram pegar; é uma pena, só sobraram os tipos de outono... Deveriam ter vindo antes: as de verão são mais doces, meus senhores... Só não levem a mal: se na próxima vez fizerem o favor de vir, vou ter que soltar o cachorro, para manter a ordem... Os rendimentos aqui não são só meus, são também do Estado, meus senhores, porque os impostos são gi-gan-tes-cos...

— Por que está se intrometendo, Dubínina? — eu disse, desgostoso. — Vamos, pessoal. Ordiná-ário, marche!

O velho nos seguiu por um tempo, perguntando para o pessoal de trás: "Você são pioneiros de qual fábrica?". Mas o pessoal continuou concentrado, em silêncio; depois, o velho ficou para trás.

Quando fomos para o parque, cheguei para a Silva e disse para ela baixinho:

— Você desacreditou o posto avançado.

A Silva arregalou os olhos.

— O que você está dizendo?... Ficou louco ou o quê? Eu desacreditei o posto avançado?... Você não vai dizer também que fui eu que mandei o pessoal roubar maçãs?

— Claro que não vou dizer isso. Mas eu queria perguntar o seguinte: quem pediu para você revelar o nosso intento diante de um inimigo de classe?

Ela ficou quieta. O pessoal continuou andando, em silêncio e meio abatido. Subitamente, o Oktiabka ergueu a blusa, tirou de dentro dela uma maçã e tacou na direção das moitas. Aí o Kurmychka jogou uma maçã num pinheiro próximo. Na mesma hora, as maçãs começaram a voar na direção da floresta e das valetas. O tambor rufava, resignado.

— Isso é tudo por sua causa — eu disse baixinho para a Silva.

Quando nós tínhamos avançado mais uma versta, decidimos sentar um pouco e descansar.

— E essas maçãs, hein? — de repente gritou convicto o Oktiabka, quebrando o silêncio geral. — Provei uma: estava azeda, pior que um limão.

O pessoal deu uma risada alegre e amistosa.

14 de setembro

A história das maçãs deve ter chegado aos ouvidos de alguém, porque fui chamado ao comitê distrital. Será que foi a Silva?

Como a gente se decepciona com as garotas às vezes... Mas ela ainda é a melhor de todas.

16 de setembro

Não era nada daquilo. Fui chamado ao comitê distrital para falar a respeito das recomendações aos postos avançados. Isso significa que a Silva não falou nada.

19 de setembro

Hoje, quando o Bicicleta perguntou se algum de nós tinha feito o ensaio, a Zoia, a Negra disse:

— Eu posso tentar ler o meu.

— Qual é o tema? — perguntou o Bicicleta.

— A mulher na sociedade capitalista e na sociedade socialista.

— Pode mandar ver — disse o Bicicleta.

Ele falava tudo de maneira entrecortada, e a gente precisava prestar muita atenção em cada palavra para entender

Diário de Kóstia Riábtsev

direito. Nós ainda não sabemos qual é a dele; de qualquer maneira, já ficou claro que ele não é parecido com nenhum dos funscolares, e com o Nikpetoj muito menos. Da vida pessoal dele, só se sabe que ele veio recentemente de Leningrado.

A Zoia ficou bastante tempo lendo do caderno. Foi bastante chato ficar ouvindo, e eu fiquei pensando em como fazer a minha leitura sem provocar tanto tédio. Depois eu acabei me interessando.

A leitura do ensaio foi mais ou menos assim:

— Antes, nos tempos primitivos, a vida da mulher era muito ruim, porque ela se encontrava sob a exploração do homem, sendo mais fraca. Com o passar do tempo, isso mudou, mas muito pouco: assim como antes, a mulher está presa aos cuidados domésticos, à economia do lar, à casa, aos filhos, e isso precisa ser mudado. Além disso, na sociedade capitalista, a mulher tornou-se mercadoria (prostituição), o que por si só já nos leva de volta à época da escravidão. As mudanças só podem acontecer numa sociedade socialista. Em vez dos cuidados domésticos, serão instituídos refeitórios públicos, as crianças serão educadas em creches, orfanatos etc., de maneira que a mulher será emancipada e terá a possibilidade de se dedicar a qualquer trabalho, em particular o trabalho social. Nisso, a Zoia deu uma série de exemplos de como as mulheres tentaram se emancipar. Parece que na Dinamarca foi organizada uma comuna especial para mulheres, que é citada na obra de Lily Braun.[34] E agora o Poder Soviético vem fazendo várias tentativas nesse sentido: estão sendo organizados refeitórios públicos, creches, orfanatos. Por enquanto, ainda não é suficiente, mas é preciso ter a esperança de que, com o passar do tempo, quando for superada a crise econômica, essas instituições darão conta de todos.

---

[34] Amalie von Kretschmann (1865-1916), escritora e política, uma das líderes do movimento feminista na Alemanha. (N. do T.)

Tudo isso é sabido, e eu só estou escrevendo para esclarecer para mim mesmo o que veio depois.

Quando terminaram as discussões a respeito do ensaio (só falam que são discussões, porque na realidade não teve discussão nenhuma: as demais meninas falaram e repetiram a mesma coisa que a Zoia, e *quase* com as mesmas palavras), resumindo, quando terminou a aula, todos quiseram sair para correr no pátio. Na saída quase sempre fica um aperto, e alguns até de propósito tentam aumentar a aglomeração. Pois bem, na passagem fiquei por acaso imprensado do lado da Ninka Frádkina e da Zoia, a Negra. Como sempre, o pessoal estava fazendo um barulhão, mas mesmo assim eu ouvi, com meus próprios ouvidos, a Ninka Frádkina perguntar para a Zoia:

— Mas você acredita mesmo em tudo isso?

— Em quê?

— Ah, nesses refeitórios públicos e que lá as pessoas vão se alimentar melhor do que em casa?

— Eu sou idiota, por acaso? — a Zoia deu um sorriso e começou a bufar: — *Pf-pf-pf-pfff!* — porque estava sendo comprimida.

Na mesma hora eu fui empurrado para longe e, seguindo o fluxo, fui correndo até a quadra, por isso não escutei mais nada. Mas eu ouvi essa conversinha com meus próprios ouvidos, aposto minha cabeça.

É claro que eu vou dar um jeito de desmascarar a Zoia, mas agora fico até surpreso de escrever sobre isso. Acontece que ela diz e até se dispõe a defender *uma coisa* (porque no ensaio você tem que defender), mas na cabeça dela ela pensa *outra coisa*, completamente diferente.

É até difícil dar um nome para isso: não dá para dizer que é bobagem de intelectual, mas também não parece coisa de pequeno-burguês.

O que é isso, afinal?

Diário de Kóstia Riábtsev

20 de setembro

Hoje estourou um grande escândalo comigo e com a Mar-Ivanna, do primeiro grau. Uns dias atrás — coisa de uma semana — eu já tinha brigado com ela porque ela faz os alunos dizerem "degrau", e não "grau", como se deve dizer. Ela então gritou para mim: "Isso lá é um termômetro?! E eu peço que não se intrometa nas minhas ordens". Mas a conversa de hoje acabou sendo muito mais séria, e é claro que a coisa não acabou por aí.

Ela apareceu na escola na hora das nossas aulas, me chamou de dentro do laboratório e perguntou:

— Cidadão Riábtsev, faça a gentileza de me responder com sinceridade uma pergunta. Mas por favor, sem rodeios. É verdade que o senhor organizou uma invasão a um pomar de maçãs com os alunos do primeiro grau?

— Em primeiro lugar, de maneira alguma foi uma invasão, como a senhora está dizendo — respondi —, mas simplesmente o pessoal colhendo algumas maçãs de um comerciante; e em segundo lugar, a senhora não tem direito de vir me importunar. Eu não sou seu aluno da primeira série. Vá para o inferno!

— A-há, eu já sabia — tagarelou a Mar-Ivanna, toda agitada de raiva. — O senhor pode tentar esconder com essas suas palavrinhas inocentes, mas de qualquer maneira teve uma invasão! Fico muito, muito contente, extremamente contente! Estou contente porque possivelmente esse caso vai permitir à nossa escola respirar livremente e livrar-se de uma peste como o senhor.

— Não sei quem de nós dois é a peste — eu respondi, perdendo a paciência. — E de que maneira a senhora vai se livrar de mim, isso eu também não entendo!

— Não vou dar atenção aos seus xingamentos — a Mar--Ivanna sibilou, toda vermelha. — Eu sei bem que o senhor não só não tem medo dos seus professores, como até consegue de algum jeito confundir a cabeça deles. Mas eu sei como apanhá-lo, meu senhor!

Aí ela pôs a mão no quadril, olhou para mim de alto a baixo e ficou surpreendentemente parecida com uma gralha. E declarou:

— Eu o acuso de *organizar arruaça de maneira premeditada e sistemática*. E eu sei *para quem* me queixar de você.

Com essas palavras ela saiu fora. Eu cuspi na direção dela, mas minha alma ficou inquieta: estava totalmente claro que ela tinha em mente o comitê distrital. Mas, por outro lado, fiquei tranquilo pelo fato de que, em essência, estou certo: de qualquer modo, posso apresentar a cadeia lógica de pensamento que me levou à história das maçãs.

22 de setembro

Você sente um peso muito grande na alma quando está esperando por uma coisa desagradável. Não dá para conversar com a Silva porque ela defende o ponto de vista oposto, e nós não estamos nos falando. Não tem mais Nikpetoj. Só me resta um esforço redobrado nos estudos.

O único respiro que eu tenho é quando faço ginástica e corro com os pioneiros. O pessoal dá uma espécie de refresco, e quando estou com eles fico achando que tenho razão em tudo.

24 de setembro

Senti muita raiva nos últimos dias e por isso decidi desmascarar a Zoia Trávnikova.

Na aula de sociais, depois do ensaio da Ninka Frádkina sobre o tema do ano de 1905, quando o Bicicleta perguntou se alguém queria se manifestar, eu tomei a palavra e disse:

— Talvez a minha fala não tenha relação com o ano de 1905, mas é necessário esclarecer essa questão. Eu me refiro

Diário de Kóstia Riábtsev

ao ensaio lido no outro dia pela Trávnikova a respeito da mulher na sociedade capitalista e na sociedade socialista. Na presença de todos, gostaria de fazer a seguinte pergunta a ela. Ela afirmou que, na sociedade socialista, a mulher será emancipada porque serão instituídos diversos refeitórios e creches. Eu gostaria de perguntar para a Trávnikova: ela acredita em tudo isso, ou seja, na futura realização do socialismo?

— É claro que eu acredito — respondeu do lugar dela a Zoia, a Negra, de um jeito meio indolente.

— Acredita? Muito bem. Me permitem mais uma pergunta, camaradas? Bom, você reconhece que os refeitórios públicos são mais corretos que a alimentação doméstica?

— Reconheço — confirmou novamente a Zoia.

— Reconhece? Muito bem. Bom, agora falando sinceramente, se fizessem você escolher entre se alimentar no refeitório ou em casa, o que você escolheria?

— E você, por que se alimenta em casa, Riábtsev? — se meteu de repente a Ninka Frádkina.

— Não acertou — respondi, com prazer. — Não como em casa, como justamente em um refeitório. (É verdade: eu e meu papai pegamos o almoço no refeitório e esquentamos no fogareiro, porque a nossa diarista cozinha muito mal.)

— Mas o que é que o Riábtsev quer arrancar de mim? — ergueu-se de repente a Zoia, a Negra, indignada. — Fale para ele dizer logo, Serguei Serguêievitch.

— Essa conversa é inoportuna — cortou o Bicicleta. — Temos que fazer a discussão sobre o ano de 1905.

Fiquei quieto, mas consegui o que queria. Assim que deu o sinal, a Zoia, a Negra saltou de um lado, e do outro, a Ninka Frádkina, e as duas vieram para cima de mim. Como elas duas gritavam ao mesmo tempo, era difícil entender o que diziam. Mas a turma toda se interessou por aquilo. Fiz com a mão sinal de que queria falar, o barulho diminuiu um pouco, e eu disse:

— Tenho informações para afirmar que a Trávnikova diz uma coisa, mas pensa outra. Por exemplo, ela pensa que os refeitórios públicos nunca poderão substituir a cozinha doméstica.

— Mentira! — gritou a Zoia, mas ela foi interrompida pela Ninka Frádkina.

— E o que você acha? — ela gritou. — Se todo mundo for almoçar no refeitório, todo mundo vai ter gastrite. E eu por exemplo não vou deixar meus filhos numa creche de jeito nenhum, porque lá vão matar meus filhos...

— Vejam só, era isso mesmo que eu queria ouvir — eu me animei. — A Frádkina pelo menos é honesta e reconhece. Mas a Zoia fica encobrindo. Porque até agora você acredita em deus, não é, Zoia? Admita, admita!

A Zoia ficou muito amuada e vermelha e começou a bufar. Enquanto isso, os alunos que estavam ao redor se dividiram em dois grupos e começaram a debater de maneira acalorada: uns eram a favor dos refeitórios públicos, outros a favor da cozinha doméstica; uns eram a favor da educação doméstica, outros a favor da educação pública.

"Porque é economia!", deu para ouvir vindo de um lado. "A mãe, a mulher vai se livrar do trabalho, seu tonto!" "Que bobageira! Sabe deus o que dão para comer nesses refeitórios! A entrada é água com repolho, o prato principal é repolho com água!" "Ninguém é obrigado a ir!" "E essa de fogareiro? O fogareiro sozinho quanto já não custa?!" "Refeitório, refeitório, refeitório!" "Cozinha, cozinha, cozinha!"

— Mas entenda uma coisa — veio uma voz resoluta do outro lado. — Nunca poderemos construir o socialismo em um só país se não começarmos imediatamente a construir... É tolice! E você sabe o que fazem nesses orfanatos?

— O que fazem?

— Não é segredo para ninguém...

As meninas eram as que mais berravam. A Frádkina e a

Diário de Kóstia Riábtsev

Trávnikova se meteram em uma outra discussão e se afastaram de mim. Aí eu olhei ao redor e vi: o Bicicleta estava de pé, atrás de mim, sorrindo.

— Mas que diabo de desorganização, Serguei Serguêievitch — eu disse.

— Não tem problema — respondeu o Bicicleta. — Os ânimos estão exaltados. Isso é importante. Temos que aproveitar! Vamos fazer um debate!

— Cidadãos! — gritei. — Teremos um debate especial, parem!

— No início eu não entendi você, Riábtsev — disse o Bicicleta, saindo da sala —, mas agora vejo que você tinha razão. Você tocou aí em algum ponto necessário. Bom menino!

— O senhor é do partido, Serguei Serguêievitch? — perguntei.

— Sim.

Aí eu fiquei muito feliz com o elogio dele e senti um alívio no coração. Eu não permitiria de jeito nenhum que um funscolar qualquer me tratasse com aquela familiaridade toda. Mas entre comunistas não pode haver outro tipo de tratamento.

25 de setembro
Eu afinal não me aguentei e fui por conta própria ao comitê distrital. E no fim era a coisa mais certa a fazer desde o início.

— O que você quer, Riábtsev? — perguntou o Ivanov.

— Por acaso não reclamarem de mim para você?

— Sabe, vem gente reclamar aqui... cinquenta vezes por dia... Mas elas vêm todas no lugar errado. O que aconteceu com você?

Contei a história das maçãs.

— Bom, e agora, o que você acha: você estava certo ou errado?

— Acho que estava certo.

— Você é um rapaz perigoso, Riábtsev — disse o Ivanov, depois de um breve silêncio. — Foi bom você ter vindo por conta própria. Essa história... ah, como é desagradável. Em primeiro lugar, foi anarcoindividualismo da sua parte. E, em segundo lugar, a Dubínina sem dúvida tinha razão. Para pressionar comerciantes, existem diversos órgãos especiais. E se todo rapazinho com disposição anarquista começar a atacá-los, esses comerciantes, desesperados, podem pegar em armas. Isso tanto faz, nós acabamos com isso em dois tempos, mas agora estamos num momento pacífico, de construção. Por que empurrar o país de novo para a anarquia? Portanto, a Dubínina está certa: vocês tinham que afastar o pessoal da tentação, não incentivar... a roubar maçãs.

— Mas escute, Ivanov — eu disse, em desespero. — Isso significa que, em relação aos meninos, nós temos que ser como... os funscolares?... Ou, como eu li, essas preceptoras que havia antes nos institutos, e não educar as crianças para serem revolucionários e lutadores de classe, inimigos mortais de todo elemento parasitário? Minha consciência não se conforma com isso.

— Bom, se você continuar sem se conformar, vamos tirar do trabalho com os pioneiros — respondeu Ivanov, de maneira bastante indiferente. — É claro que a ação de vocês sobre os meninos têm que tomar novos caminhos. Mas não o caminho do banditismo e da arruaça.

— Mas você acha que aquilo... foi... arruaça?

— Vamos pensar que foi só um erro da sua parte e que não vai se repetir. E tenha também em mente que é necessário evitar conflitos com os professores: o posto avançado tem que ajudar o trabalho dos professores, de modo algum atrapalhar. No fim das contas, tanto para você, como para os pioneiros, no presente momento o mais importante é o ensino. Isso quer dizer que a escola deve funcionar como um motor:

Diário de Kóstia Riábtsev

de modo preciso, certo e sem interrupções. E qualquer desavença com os professores vai destruir esse trabalho. É isso. Volte para a sua casa e pense nisso.

— Espere um pouco, Ivanov — eu disse, sentindo no coração que algo estava errado. — Quer dizer que não é para lutar nunca com os professores. Mas e se o funscolar manifestar... desvios, como agir então?

— Tem que lutar por meios legais: com discursos, com um jornal falado... Mas o mais importante é sempre pensar antes de atacar; você é um rapaz sabido, apesar de tudo, e pode decidir sozinho, em cada situação particular, se tem ou não tem razão. Bom, peço desculpas, estou sem tempo... Qualquer coisa, me procure. Mas por favor, sem invasões.

Não ficou muito claro para mim, e eu sinto certo embaraço porque não quero conversar com a Silva sobre isso, mas tiro duas conclusões da minha visita ao comitê distrital:

1) Que a Mar-Ivanna não ousou ir fazer intriga a meu respeito no comitê distrital, e isso só confirma a minha opinião de que todos os funscolares, talvez com a exceção do Serguei Serguêitch, têm medo das organizações partidárias;

2) Que, quando você espera alguma contrariedade, a melhor coisa é ir direto ao encontro dela, e não esperar que ela estoure em cima de você contra a sua vontade.

29 de setembro

Entre os nossos pioneiros tem um rapazinho, o Vaska Kurmychkin, que todo mundo chamam de "Mychkin" ou até de "Mychka".[35] Hoje ele me trouxe uma poesia que se chama "O gelo cedeu", e pediu para eu ler esse poema na frente dele. Eu li; a poesia, na minha opinião, é excelente. Eu perguntei:

---

[35] Em russo, *mychka* significa "rato", "camundongo". (N. do T.)

— Mychka, isso é seu?

Ele hesitou, ficou vermelho, depois disse:

— É meu.

Eu não falei para ele de cara, mas, na minha opinião, ele está se transformando em um verdadeiro poeta proletário, não um Iessiénin qualquer. O poema é o seguinte:

Tanto bate até que fura
(*Dedicado ao nosso posto de alfabetização para adultos*)

> Com esforço ela escreve sobre a seda,
> E então conclui: "Tanto bate até que fura...".
> Enquanto isso, pela praça se aventura
> Uma dama da moda vestindo seda.
> Nem imagina essa moça maquiada
> Que a outra, livre das tarefas do lar,
> Possa ousar essa tratante ameaçar,
> E não com a caneta, mas com a espada.

Por esse poema, dá para perceber que o Kurmychkin tem uma verdadeiro senso de classe, se ele conseguiu expressar em versos tamanho ódio pelas damas da moda. É assim que ele pinta o quadro, da simples camponesa analfabeta sentada, escrevendo com esforço suas primeiras letras, enquanto pela janela ela enxerga, andando pela praça, essa madame maquiada.

Justamente quando eu ia andando com o poema na mão, a Zoia, a Negra apareceu bem na minha frente. Na mesma hora eu pedi para ela parar e disse:

— Você tem que escrever um poema como esse, se quiser fazer alguma coisa de útil.

A Zoia ficou interessada na mesma hora:

— Qual poema, qual poema?

Diário de Kóstia Riábtsev

Ela ficou um tempão lendo, tanto que eu até comecei a perder a paciência.

— E quem foi que escreveu? — ela finalmente perguntou.

— Um dos pioneiros, ele tem uns onze anos.

— Bom... — esticou a Zoia. — Acho difícil que ele tenha escrito sozinho.

— Como assim, não foi ele sozinho? Por que é que ele iria mentir?

— Ele deve ter simplesmente... copiado de algum lugar.

— Isso já era esperado: se é alguma coisa proletária, você na mesma hora começa a desconfiar.

— Não tem nada a ver com ser proletário... Por que você veio implicar comigo? É só que, na minha opinião, um menino de onze anos não poderia escrever um poema desses, eu sei bem... E é melhor você não implicar comigo, Kóstia... Do contrário vou me vingar de você.

— O que vem de baixo não me atinge — eu respondi, com desdém. — E com relação ao poema, eu vou provar não só para você, mas para todo mundo.

Depois disso eu encontrei a Silva e, em caráter inteiramente oficial, propus a ela que começássemos a publicar um jornal mural: *Nosso Posto Avançado*. Ela concordou. Decidimos colocar o poema do Kurmychkin já no primeiro número, como militância. Nossa conversa foi só prática, mas depois dela senti meu peito mais leve.

4 de outubro

Hoje saiu o primeiro número do *Nosso Posto Avançado*, gerando enormes consequências, que obviamente ainda não acabaram.

Além do poema do Kurmychkin, também colocamos na edição: 1) um editorial sobre as tarefas do posto avançado, escrito pela Silva; 2) um conto do Oktiabka sobre a amizade do pioneiro com seu cachorro; 3) "É preciso emendar-se" (a respeito do pessoal que fica plantado na escada na hora do intervalo); e a coisa mais importante, que foi uma caricatura da Mar-Ivanna, a diretora do primeiro grau. Por causa dessa caricatura começou toda uma história. Continuo achando que não tem nada de mais na caricatura: ela está só desenhada montada numa vassoura e voando de uma chaminé, e embaixo tem um rapazinho perguntando:

— Aonde a senhora está indo, Mária Ivánovna?

— Pretendo ir voando para me reunir com as forças impuras e pedir conselhos de como acabar com o posto avançado.

Foi só isso. Mas alguém deve ter dito para ela, porque, sem mais nem menos, ela apareceu na escola durante as nossas aulas (do segundo grau) e foi direto falar com a Zin-Palna.

Depois que ela foi embora, a Zin-Palna me chamou e disse:

— É evidente que eu não tenho direito de me intrometer na atuação do posto avançado, mas, pelo que fiquei sabendo, o posto avançado deve ajudar o trabalho escolar, de modo algum atrapalhá-lo.

— Eu acho que o posto avançado não está atrapalhando o trabalho — respondi.

— Bom, isso é só o que você acha, Riábtsev. Hoje fiquei sabendo pela primeira vez dessa invasão das maçãs, mas não vamos falar dela. Esse assunto é mais importante. Veja bem, a Mária Ivánovna acabou de me informar que, se no período da tarde o seu jornal ainda estiver afixado, ela vai embora da escola. O que o senhor tem a dizer sobre isso?

— Por mim, ela que vá embora.

— Suponhamos que ela vá. Só que junto com ela vão a Anna Ilínitchna e o Piotr Pávlovitch; aí vai acontecer uma interrupção compulsória das aulas do primeiro grau.

— Tem um monte de professor desempregado no mercado de trabalho!

Diário de Kóstia Riábtsev

— O senhor não tem direito nenhum de jogar fora as pessoas desse jeito — de repente a Zin-Palna ficou furiosa. — Se para você os professores são ruins, isso não é da sua conta... Mas não ouse colocar pedras no caminho do primeiro grau!

— É claro que eu não ouso — respondi, com humildade. — E não estou colocando pedra nenhuma; o jornal mural é um meio legal de luta. Se não gostaram de alguma coisa, que publiquem seu próprio jornalzinho ou que escrevam uma réplica nesse mesmo *Posto Avançado*.

— Mas como você não entende, Riábtsev, que essas são pessoas de outra geração? — disse a Zin-Palna, já mais calma. — O que serve para nós para eles não serve de jeito nenhum. A Mária Ivánovna acabou de me dizer: "Isso para mim é o mesmo que difamarem meu nome na rua...". E eu entendo o lado dela.

— Mas tem uma coisa que eu não entendo, Zinaída Pávlovna — respondi. — Quantas vezes a senhora, o Nikolai Petróvitch, até o Aleksandr Maksímovitch foram criticados nos jornais murais, e nada aconteceu? Aí colocamos uma caricatura totalmente inocente dessa madame, e uma caricatura justa (já que ela ataca o tempo todo o posto avançado), e na mesma hora ela fica ofendida e escandalizada, e ainda ameaça ir embora da escola. Se não estão acostumados com a abordagem dos jornais murais, nós também não estamos acostumados com essa abordagem.

— Por favor, desenhem quantas caricaturas quiserem de nós. Mas deixem o primeiro grau em paz... Bom, Riábtsev, para não ficarmos perdendo tempo com conversas, faça o seguinte para mim: tire o jornal antes do período da tarde.

— Eu respeito muito a senhora, Zinaída Pávlovna, mas não posso tirar o jornal: para mim os princípios ficam acima de tudo.

Depois disso fui embora. Mas a coisa não acabou por

aí. Perto do fim da quinta aula, quando os alunos do primeiro grau já começam a chegar na escola, o Oktiabka de repente entrou correndo no laboratório e disse:

— Riábtsev, arrancaram o nosso jornalzinho!

— Quem?

— O Frantsúzov. (É um dos nossos pioneiros, um rapazinho bem caladão.)

— Mas como ele ousou?

— Não sei; eu dei uma cacetada nele, e ele nem tentou se defender.

Isso o Oktiabka me disse já no caminho, porque nós fomos correndo para o pátio. Realmente, o jornal tinha sido arrancado e rasgado em pedacinhos, e o Frantsúzov estava parado ali perto.

— Como é que você ousou arrancar o jornalzinho? — perguntei para ele, depois de chegar correndo.

— É que eu não quero continuar no posto avançado de jeito nenhum — respondeu o Frantsúzov, soluçando.

— Então dê o fora dos pioneiros, também!

— Eu também não quero continuar nos pioneiros.

— Você deve ser um elemento burguês... O seu pai é o quê? — perguntei abruptamente.

— Um fun... cio... nário — o Frantsúzov abriu o berreiro.

— E por que é que você arrancou o jornalzinho?

— A Mar... Ivanna... é boazinha... não é má coisa nenhuma...

— Isso não é motivo para arrancar um jornal mural.

Fiquei com muita vontade de dar uma "ração do Exército Vermelho" na orelha desse tal Frantsúzov, mas nesse momento muitos alunos já tinham se amontoado ao nosso redor, a maioria do primeiro grau, que esperavam com interesse para ver no que aquilo iria dar.

— Quer dizer que ninguém ensinou você a fazer isso, você mesmo inventou de fazer? — perguntei.

Diário de Kóstia Riábtsev

— Ninguém... me... ensinou...

Na mesma hora convoquei uma assembleia extraordinária do posto avançado, e decidimos excluir o Frantsúzov, e levar isso ao conhecimento da turma e do grupo dele.

Durante a assembleia, a Silva ficou quieta o tempo todo, então eu não sei qual é a opinião dela.

9 *de outubro*
Acabou de acontecer na escola uma assembleia do posto avançado, na qual averiguamos que mais cinco pioneiros saíram do posto avançado. Os motivos deles são diversos. Um disse que os pais são contra, outro disse que toma tempo demais, e uma menina afirmou que a professora não permite. Quando tentamos descobrir que professora era essa, a menina teimou em ficar calada. É claro que é a Mar-Ivanna. Vamos ter que travar uma batalha definitiva contra ela.

Todos gostaram do poema do Kurmychkin, e até a Zin-Palna se interessou.

11 *de outubro*
Hoje novamente o pessoal demonstrou senso de classe.

Em função do bom tempo, e com a concordância do comitê estudantil e do conselho escolar do primeiro grau, ficou decidido que seria feito um passeio nos arredores da cidade, de maneira que eu não fui para casa, mas fiquei para o período da tarde. Ao saber que eu iria juntamente com o posto avançado, a Mar-Ivanna decidiu não ir ao passeio, e, dos funscolares do primeiro grau, quem se juntou a nós foi o Piotr Pávlovitch, um tio barbudo de óculos azuis.

Partimos por volta das duas horas, e o posto avançado foi à frente, com o toque do tambor; o pessoal desorganizado também tentou entrar no passo. No parque Ivánovski, o pessoal correu e brincou consideravelmente, tanto que alguns até ficaram cansados e voltaram para casa em debandada. É claro que os pioneiros, ativos que são, ficaram mais cansados que todos, e até eu e o meu pessoal ficamos cansados. A Silva e as meninas do posto avançado, ao contrário, continuaram em frente. Comigo ficaram só umas dez pessoas.

Nós fomos caminhando de maneira totalmente pacífica, sem encostar em ninguém: ficamos só conversando de futebol. Percebi que os menores adoram futebol, mas são proibidos de jogar. Por isso, sem nem me importar, fiquei observando que, enquanto eles andavam, ficavam chutando uma bolinha. Eu sei por experiência própria o que é ser proibido de jogar futebol. Pois então, esses "futebolistas" se distraíram e acabaram ficando para trás, uns cem passos, e eu continuei andando e conversando com dois meninos, sem suspeitar de nada. De repente ouvi uma espécie de grito. Virei para trás e vi um rebuliço entre os meninos. Primeiro nós três ficamos lá, esperando que eles viessem na nossa direção, mas depois vimos que não estavam vindo; aí nós fomos até eles e vimos a seguinte cena.

Os meninos estavam na calçada, formando um semicírculo, e no meio desse semicírculo estava o Oktiabka, e, de frente para ele, um pirulão, um compridão desconhecido, que aparentava uns treze anos, mas bem alto. Esse pirulão estava usando um casaquinho de colarinho com uma gravata verde, e por isso a aparência dele era bastante incomum para nós.

No exato momento em que nós estávamos chegando, o pequeno Oktiabr saiu voando para cima desse rapaz, querendo dar uma na fuça dele, mas o outro conseguiu se esquivar com bastante facilidade e golpeou o Oktiabka no flanco. Nisso veio a briga.

Na mesma hora eu entrei no semicírculo e perguntei, em tom severo:

— O que significa isso?

Aí os meninos começaram, todos ao mesmo tempo, a

Diário de Kóstia Riábtsev

me explicar que, quando eles iam avançando e chutando a bolinha, esse pirulão veio vindo atrás deles e ficou o tempo todo falando que eles estavam passando a bola errado. No início eles não deram atenção para ele, depois de repente ele começou a encher a paciência deles, dizendo que eles estavam mais para camponeses e que não eram nada parecidos com os escoteiros ingleses. Mesmo assim os meninos não quiseram conversa e não deram atenção ao que ele falou. Aí de repente ele começou a se enfiar na troca de passes. O Oktiabka ficou com raiva e deu uma nele. Mas ele não se abalou nem um pouco, ficou só rindo e dizendo que era evidente que, se todos fossem para cima dele, seria difícil dar conta de todos, mas que, se fosse um por vez, ele acabaria com todos.

— E antes? — perguntou o Oktiabka.

— E depois? — devolveu o rapaz, rindo.

Bom, aí alguém berrou: "Antes e depois, sempre empapuça, vou dar uma na sua fuça". E todo mundo já sabe que, se alguém fala esse ditado, é obrigatório começar uma briga. E a briga começou mesmo.

Durante o tempo todo em que os meninos ficaram me contando essa história, o tal pirulão ficou lá parado, com as mangas arregaçadas, esperando. Quando os meninos se calaram e olharam para ele, ele de repente disse:

— É claro que esse maior pode dar conta de mim, mas é melhor vocês chamarem também aquele tio de barba! Só saiba de uma coisa — isso ele já disse para mim —, é melhor você nem encostar em mim, senão eu pego a faca.

E realmente ele puxou uma faquinha do bolso.

Na mesma hora eu fui para cima dele, tomei a faquinha, joguei no chão e dei algumas na cabeça dele para ele não amolar. Aí eu e o pessoal seguimos em frente.

— Eu sei quem ele é — falou o Kurmychkin, agitado. — É o Grigóriev, filho do salsicheiro Grigóriev.

— Pois logo se vê que é um burguesinho — confirmou o Oktiabka, meio nervoso, ainda todo trêmulo. — Estava até usando colarinho.

— O nariz dele está sangrando — alguém disse, depois de olhar para trás.

— Você acabou com ele, Riábtsev, especialmente essa última que você deu — disseram os meninos, muito agitados.

— Bom, agora ele sabe que não é para amolar — eu respondi.

É muito admirável como o pessoal tem desenvolvido esse instinto de classe. Só agora eu lembrei que o Grigóriev tem mesmo uma grande barraca de embutidos na feira.

13 de outubro

Estou sem contato nenhum com as meninas da minha turma, por diversos motivos.

14 de outubro

Estou indo muito mal nos estudos: não passei em nenhum exame no mês inteiro.

15 de outubro

Parece que é de propósito, mas o tempo todo acontecem diversas coisas que só dão ainda mais raiva. É claro que o primeiro lugar é ocupado pela Zoia, a Negra.

Hoje eu encontrei com ela no corredor — não tinha mais ninguém ao redor. De repente, ela me disse:

— Agora eu decifrei você de uma vez por todas.

— Não estou nem aí — respondi e fiz menção de seguir em frente.

— Não, espere — disse a Zoia. — Eu sei uma coisa sobre você e, antes de tornar isso público, quero tentar influenciar você.

Diário de Kóstia Riábtsev

Achei aquilo engraçado e parei: como uma idiota qualquer poderia me influenciar?

— Cedo ou tarde, as suas aventuras vão ser descobertas — continuou a Zoia, enquanto isso. — Isso de você ensinar os meninos a roubar maçãs, mas também todo o resto. Eu realmente fui apaixonada por você antes, mas existe uma lei da natureza que determina que, se você deixa de amar alguém, você passa a odiar ainda mais essa pessoa.

— Pare com as suas bobagens — eu interrompi, com raiva. — Nem quero mais ouvir. Quando é que você vai parar de desagregar a escola, Trávnikova? Fica apaixonada, deixa de amar, fica gamada, fica caidinha, ai, meus sentimentos, ai, estou queimando, ai, estou morrendo!... Mas o que é isso, vá logo para o inferno!... É claro que eu sei que você é de origem burguesa e que para você é difícil virar comunista, até impossível, mas mesmo assim use o pouquinho que sobrou da sua cabeça e entenda que tivemos a revolução e que toda essa poeira tem que ser posta em um museu.

— Quem desagrega é você, não eu! — gritou a Zoia. — Você acha o quê? Que ninguém ficou sabendo que você e os seus bandidos deram uma sova no Micha Grigóriev no meio da rua? Agora eu entendi de uma vez por todas que você é um bandido e um canalha incorrigível!... Mas eu ainda vou conseguir me vingar de você!

— Que Micha, o quê? — perguntei, sem entender de cara do que ela estava falando. — Por acaso é aquele burguesinho?... E o que é que tem? Ele mereceu.

— Foi digno de cavaleiros, mesmo, atacando dez contra um — disse a Zoia, com malícia. — Que beleza, nem tem o que dizer.

Fiquei furioso e com vontade de aplicar uma "entrega da cooperativa" na orelha dela, mas aí no corredor apareceram umas pessoas. Só que aí a Trávnikova ergueu a voz, como uma matraca, e berrou de propósito, na frente das pessoas:

— Você devia pelo menos cuidar para que os seus pioneiros não fiquem copiando o poema dos outros! Porque é uma vergonha afixar um poema que não é seu!

— E quem foi que copiou? — eu perguntei. — Hein, me diga, quem copiou?

— Foi o Kurmychkin que copiou, ele que copiou! Eu mesma vi o jornal mural de onde ele copiou! Pois é, toma essa! Esse jornal está no posto de alfabetização para adultos do hospital.

Na mesma hora decidi conferir, procurei o Kurmychkin, que já tinha chegado, e perguntei:

— Mychka, é verdade que você copiou o poema?

Primeiro ele tentou negar, mas depois admitiu. Arranquei dele a promessa de que não iria mais fazer isso. O Kurmychkin deu sua palavra de honra, de pioneiro. Depois disso, achei a Silfida Dubínina e falei para ela também, para que ela não fizesse papel de idiota. A Silva pensou um pouco, depois disse:

— Mas, por outro lado, se o Kurmychkin não tivesse trazido esse poema, você não teria pensado em publicar o jornal mural.

E é verdade. É impressionante como a Silva às vezes consegue achar alguma coisa boa até nas coisas ruins; mas ela mesma não entende as coisas mais simples. Agora está especialmente difícil, por eu e ela estarmos em tensão.

22 de outubro

É até um desgosto ver como os pequenos são fechados às vezes. Por exemplo, a Makhuzia Mukhametdinova. Ela andou faltando na escola, e consequentemente não foi às assembleias do posto avançado por duas semanas. Hoje, quando eu tentei arrancar dela o motivo, não consegui arrancar nada.

— Por acaso ficou doente?

— Nã-ão.

— Viajou?

— Nã-ão.

— Os pais não deixaram sair?

— Nã-ão.

A partir disso, concluí que eu, como monitor do posto avançado, preciso examinar a situação familiar e financeira dos pioneiros que entram para o posto avançado. E manter contato com os pais.

24 de outubro

Hoje o Oktiabr me informou, em segredo e em tom enigmático:

— Você sabe o que o Gaska Búbin me contou, Vladlenytch?

— O quê?

— Parece que o pai dele é enfermeiro, e aí ele e um outro enfermeiro dão vodca para um esqueleto beber.

— Mas que esqueleto é esse?

— A Katka.

Eu chamei o Búbin e ordenei que ele contasse tudo. Como o Búbin é gago, é difícil entender o que ele fala. No geral, consegui entender só que o pai dele tem mesmo um esqueleto e que o pai dele bebe vodca.

Primeiro eu não quis me intrometer nesse assunto, mas depois considerei que, se isso acontece diante dos olhos de um pioneiro que entrou para o nosso posto avançado, tenho a obrigação de me intrometer. Decidimos fazer o seguinte. Quando o outro enfermeiro, que é camarada do hospital, for visitar o pai do Búbin, o Gaska vai chamar o Oktiabr (moram na mesma vila), e aí o Oktiabka num instante vai correndo me buscar. O próprio Gaska Búbin não pode sair de casa — o pai não deixa.

25 de outubro

Um grande aborrecimento. A Zin-Palna me chamou hoje na sala dos professores e perguntou:

— Riábtsev, faz tempo que o senhor começou a praticar essa justiça com as próprias mãos?

Eu logo adivinhei do que ela estava falando.

— Isso deve ser a respeito do burguesinho Grigóriev, é isso, Zinaída Pávlovna?

— Mas por que raios foram bater nele? O senhor está pensando o quê? Que isso é luta de classes, por acaso?

— Se for para debochar de mim, eu vou embora.

— Não, não estou sendo irônica, estou perguntando a sério: você enxerga nessa briga a luta de classes?

— É claro que pode existir ali um pedacinho de instinto de classe. Mas o mais importante é que foi ele que começou a atazanar os meninos.

— Bom, quer saber, querido pedagogo?... Basta. Perdi a paciência. Já que, pelo visto, o senhor não leva em consideração a célula — (Estamos inscritos na célula da fábrica, mas o Ivanov passou de lá para o comitê distrital.) —, tenho que ir ao comitê distrital. Porque, no fim das contas, é preciso esclarecer: de que direitos goza, que tarefas lhe foram dadas e como se enxerga na qualidade de guia dos meninos do primeiro grau.

— Pois eu mesmo posso lhe explicar, Zinaída Pávlovna, e a senhora não tem por que ir ao comitê distrital. O posto avançado é uma união de pioneiros com o objetivo de organizar a influência que deve ser exercida pelos pioneiros sobre os alunos da escola.

— E vocês são o quê?

— Eu e a Dubínina, sendo os mais velhos, recebemos a ordem de orientar corretamente o trabalho dos pioneiros.

— E por acaso faz parte das tarefas do posto avançado a aniquilação da burguesia?

Diário de Kóstia Riábtsev

— Não, é claro que não faz, mas...

— Para mim já basta. Está claro que o senhor abusou de seus poderes.

— Mas foi ele mesmo que veio para cima, Zinaída Pávlovna.

— Escute, Riábtsev. Se fosse o senhor, precisamente o senhor, que tivesse se metido em uma briga com alguém na rua, eu talvez me ativesse a colocar uma observação nas suas referências, dizendo que a sua grosseria está passando dos limites, mas aqui foram envolvidos os alunos menores. Aí uma responsabilidade colossal recai não somente sobre o senhor, mas também sobre mim. O senhor há de concordar: primeiro essa... invasão das maçãs, depois o espancamento do Grigóriev...

— Mas posso saber de onde a senhora tirou a informação a respeito do Grigóriev?

— Não. Isso é assunto meu. Não penso porém que seja possível esconder alguma coisa em um coletivo como a escola.

Fui embora. Se ela decidir ir ao comitê distrital, aí...

26 de outubro

Até o dia de hoje, eu vinha agindo com certa precaução em relação ao Bicicleta; ele é muito caladão e meio que fechado. Mas hoje mudei de opinião em relação a ele. Depois do laboratório de sociais, ele de repente me chamou para conversar e disse:

— A diretora não vai procurar o comitê distrital.

Fiquei surpreso:

— Como assim? Por quê? E como o senhor sabe?

— Ontem, na reunião dos professores, aconteceu uma conversa sobre você. Acusaram você de arruaça. Eles queriam obter o seu afastamento do posto avançado. Eu fui contra. Ficamos muito tempo debatendo, depois decidimos evitar por enquanto. Mas você também tem que evitar, hein?

— Evitar o quê, Serguei Serguêitch?

— Esses... atos desorganizados. Toda vez você tem que se fazer a pergunta: é razoável? Se for, então pode agir. Se não for, evite. Percebe, eles não entendem que você não age para fazer travessura, mas pelos seus princípios.

— Mas... como é que o senhor adivinhou que era pelos meus princípios, Serguei Serguêitch?

— Eu entendo. Eu mesmo era assim.

E não consegui arrancar mais nada dele. É completamente diferente do Nikpetoj. Ele costumava incentivar, incentivar... O Bicicleta não dá para entender direito, mas em compensação depois de conversar com ele parece que dá mais coragem. Agora acho que eu tinha medo de chegar perto dele principalmente por causa dos óculos. É estúpido, mas é fato.

27 de outubro

Mesmo assim fui chamado ao comitê distrital:

— Por que os seus pioneiros estão saindo do posto avançado?

Expliquei.

— Mas isso é conversinha fiada — disse o Ivanov. — Os monitores dos grupos chegam aqui e reclamam de você: estão saindo não só do posto avançado, como também do grupo. Vamos ter que tirar você do trabalho com os pioneiros. Vai ficar só a Dubínina.

— Mas os meninos não vão ouvi-la, ela tem influência só sobre as meninas.

— Ela vai dar um jeito. Então, é o seguinte, Riábtsev. Você vai ter duas semanas de prazo. Se o trabalho não entrar nos trilhos, vamos tirar você. Adeus.

Diário de Kóstia Riábtsev

Eu saí como se tivesse apanhado. Quando ele disse "tirar", fiquei assustado.

30 de outubro

Mal tive tempo de chegar do cinema (fui ver *Dorothy Vernon*, com a Mary Pickford), e o Oktiabka já veio correndo atrás de mim:

— Venha depressa, Vladlenytch: chegou o convidado do Búbin.

Eu me vesti às pressas, e nós fomos. No caminho, fiquei pensando em como me comportar. Lá no fundo, de certa forma eu até lamentava ter me intrometido nesse assunto, mas era tarde para recuar. Por outro lado, eu temia que daquilo pudesse surgir alguma outra história. Como resultado, eu concluí que, se eu me policiasse, não sairia nada de ruim, e é indispensável manter o contato com os pais.

No fim, descobri que o Búbin morava na periferia, numa pequena casa de madeira com três janelas. O próprio Gássia estava nos esperando junto ao portão.

— Bem na hora — ele disse baixinho quando nós fomos chegando perto. — Eles estão alegres agora. Você tem que entrar direto, Riábtsev, como se fosse um conhecido.

Na minúscula antessala, eu e o Oktiabka tiramos os sobretudos e entramos. Diante de nossos olhos, surgiu um quadro bastante estranho. À mesa, estavam sentados dois homens que, olhando um para o outro, davam risada. Um deles tinha preso nos compridos bigodes um pedaço de ovo duro.

— Olá, cidadãos — disse eu, entrando.

— Ah, olá, olá — respondeu o bigodudo. — E quem seria o senhor?

— Esse é o meu chefe, papai — disse apressadamente o Gássia Búbin.

— Chefe, não: camarada mais velho — eu corrigi.

— Ah, dos pioneiros, então — compreendeu o bigodudo pai do Búbin. — Pois então sentem-se.

— Eles são pioneiros, e nós... bêbados costumeiros — riu o outro. — Precisa entornar para a Katka por essa ocasião.

— Entorne, entorne, um copinho che-e-eio! — cantarolou de repente o Búbin e parou. — Espere aí. Não é ninguém importante. Quer dizer que o senhor, camarada... ensina o meu filho? É uma coisa boa. Ele construiu aqui em casa um cantinho vermelho. E daí? Eu não vou impedir. Não vou me opo-o-o-or! Ele diz, "não beba, papai", ele diz. E como não beber, quando o *spiritus vini* está sempre à mão? Não só bebemos, como ainda damos para a Katka beber, Mitritch! Entorne para a Katka. E sirva. Deixe essa filha da mãe beber.

O Mitritch levantou da cadeira, cambaleou e se enfiou no canto. Só nesse momento eu percebi que naquele canto estava o esqueleto. O Mitritch levou o copo aos dentes risonhos do esqueleto, tilintou neles o copo e... mandou a vodca para dentro dele.

— E sua mãe, onde está? — berrou o Búbin. — Gaska, onde está sua mãe?

— Está na casa dos vizinhos, papai.

— E por isso eu bebo — me explicou o Búbin, em tom fanfarrão. — Quando eu bebo, vivo mais com a Katka, do que com a minha esposa.

— Ah! Filho da mãe! — gargalhou Mitritch. — Não vai beber, meu senh... cidadão? — ele se dirigiu a mim.

— Não, não vou — respondi. — E aconselho que vocês também não bebam. O que é isso, afinal: ficar bebendo na frente das crianças? Coisa boa não sai daí. Eu vim aqui me aconselhar com o senhor — eu me dirigi ao Búbin — a respeito do Gássia e da educação dele, mas nem dá para conversar com o senhor. No fim, para o senhor um esqueleto é mais importante que seu filho.

Diário de Kóstia Riábtsev

— Ei, camarada — Búbin sacudiu a cabeça. — O que você está fazendo? — Isso ele disse já para o Gássia, que nessa hora tentava cuidadosamente tirar dos bigodes do pai o pedaço de ovo. — Hein, está tirando o ovo? Cuidando do bêbado. Meu filho não é um filho, é um tesouro. Construiu um cantinho vermelho. E vamos beber por isso... O esqueleto não é mais importante para mim que o meu filho!... Fez mal em dizer isso. O esqueleto foi o que sobrou do velho mundo...

— Vamos manter do velho mundo os cigarros Ira — berrou de repente o Mitritch. — Hein? Onde mais, que não no Mosselprom?![36]

— O senhor vai entender, por ser sensível — inclinou-se o Búbin na minha direção, tentando explicar alguma coisa. — O senhor... consegue entender? Tem uns outros aí que acostumam as crianças com a bebida. Mas eu não faço isso. E por que não fa-aço? Pois eu sei: a vodca é um veneno. Foi o deputado Tchelychov na Duma Nacional quem já pr-roferiu isso. E o que eu posso fazer? Minha mulher foge, meu filho tem medo, aí... eu adaptei... a Katka para fazer isso.

Com essas palavras, Búbin levantou, foi até o esqueleto, tilintou o copo nos dentes dele — e bebeu.

— E é Katka porque... é um esqueleto do sexo feminino — ele disse, tomando fôlego. — Era uma mulher. Pois venha visitar, no dia 24 de novembro vamos comemorar o dia do santo dela.

---

[36] Acrônimo de *Moskóvskoie gubiérnskoie obiedeniénie predpriáti po pererabótkie prodúktov selskokhoziáistvennoi promíchlennosti* (União das empresas de processamento de produtos da indústria agrícola da província de Moscou), espécie de consórcio de fábricas da indústria alimentícia, que existiu entre 1922 e 1937. A frase citada por Mitritch era o slogan da empresa. (N. do T.)

Eu não tinha mais o que fazer ali, por isso me despedi e saí para o terraço junto com o Oktiabka. O Gássia saiu atrás de nós.

— E você não tem medo do esqueleto? — perguntei para ele.

— Não... já estou acostumado — respondeu o Gássia. — Bom, ele bebe... O que fazer? — ele de repente deu de ombros, de um jeito meio adulto. — Eu não gosto de quando ele bebe. Eu gosto de quando ele conversa. Ele conversa comigo sobre tudo.

— Sim — eu disse. — Agora não tem como ajudar.

— Mas tem salvadores — disse de repente o Oktiabka, convicto. — Eles salvam os bêbados. Você pode levá-lo para lá quando ele ficar sóbrio, Vladlenytch.

— Mas se ele é enfermeiro, ele mesmo deveria saber — eu objetei.

— Por conta própria ele não vai, mas você ele vai obedecer — disse o Gássia.

— Se é assim, tudo bem.

O Gássia acariciou cuidadosamente a minha manga.

31 de outubro

Acabou de acabar um debate sobre a questão da mulher, e eu cheguei em casa com uma disposição combativa. O Serguei Serguêitch nos deu plena autonomia, mas ele mesmo ficou sentado no canto, só com os óculos brilhando. Ele só se manifestou uma vez: antes de mim. Ele disse:

— A maior parte do que nós ouvimos até agora foram vários discursos "baseados nas Escrituras", como dizem os padres. Citaram Marx, Bebel, Lily Braun. Será que ninguém deseja falar com base em um fato concreto?

Na mesma hora eu tomei a palavra:

— No geral, as objeções dos adversários da educação coletiva, da alimentação pública e, enfim, da emancipação da mulher resumem-se ao fato de que agora todas essas instituições públicas estão pouco organizadas; e o que é que se tem feito agora na célula familiar? Ninguém presta atenção nisso. Só falam que, se você se alimentar no refeitório, vai ter gastrite no estômago, mas se for em casa não vai ter. Que bom que é assim na casa da Trávnikova. Mas a maioria das famílias que eu conheço são organizadas de um jeito que as crianças, desde a infância, ganham uma infecção no cérebro, não uma gastrite do estômago. Vamos tomar como exemplo a minha investigação de ontem da família de um dos pioneiros. O pai fica se embebedando com um esqueleto, a Katka. A mãe fugiu. Esse rapaz não tem gastrite, evidentemente, porque ele nem come nada, mesmo. E as outras famílias? Vivem batendo nas crianças. E por quê? Porque não existe controle nenhum. Precisamos acabar com essa indecência, e ela só vai acabar quando ocorrer a introdução da educação pública e da alimentação pública.

Resumidamente, foi isso que eu disse. Na minha opinião, a vitória ficou comigo, porque ninguém objetou. Agora eu entendo bem o Serguei Serguêitch: quando você toma nas mãos um fato concreto, os carunchos dos livros saem voando como pó (essa expressão é dele).

Mas é interessante: a maioria do pessoal da nossa turma está me evitando, isso sem falar das meninas, claro.

1º de novembro
Hoje o pessoal veio me importunar por causa da Makhuzia Mukhametdinova: de novo ela tem faltado à escola. Vários boatos têm circulado a esse respeito. Preciso passar na casa dela sem falta. Assim que eu terminar meu ensaio, vou correr lá.

3 de novembro

Quando alguém ofende você, e você sabe quem é, é uma coisa: dá para se defender. Agora, quando batem por trás, e você não sabe quem é, você fica atormentado e com desgosto por esse ato vil, mas suas mãos ficam atadas.

Hoje saiu o X, e nele apareceu o seguinte texto:

QUEM É ELE?
(Uma charada)

> Ele tentou entrar para os pioneiros,
> E servir de exemplo para os meninos,
> Mas aí... criou o posto dos bandoleiros...
> Quem é ele? Um canalha ou um cretino?

É claro que é sobre mim. Pouco a pouco, as coisas foram me levando a um ponto em que eu fiquei totalmente sozinho, sem contar alguns dos meninos do posto avançado, que de qualquer maneira são pequenos, não posso falar tudo para eles.

Primeiro a Silva rompeu comigo. Depois a Zin-Palna mudou de atitude em relação a mim. Depois alguns dos pioneiros saíram. Finalmente, no comitê distrital prometeram me destituir. Nem menciono a Mar-Ivanna e a Zoia Trávnikova e outras pequeno-burguesas do tipo; para mim tanto faz como elas me tratam. A única coisa que aparentemente a Zoia, a Negra conseguiu fazer foi espalhar alguma intriga a meu respeito para a maioria das meninas.

O único que me entende é o Serguei Serguêitch. Mas ele só fica quieto. Quando eu tentei desabafar com ele, como eu fazia com o Nikpetoj, ele só ergueu os ombros e disse:

— Continue agindo como antes: só pense melhor.

E não consegui arrancar mais nada dele. Mas eu sou dominado ora pela raiva, ora por uma tristeza idiota: de

Diário de Kóstia Riábtsev

qualquer maneira é difícil avançar sozinho, e o único consolo é o fato de que eu sou leal aos princípios e sigo a linha marxista.

8 de novembro
Estou aqui esperando o Oktiabka e o Kurmychka. Eles devem chegar logo, e aí vamos juntos na casa da Makhuzia Mukhametdinova. Se for verdade o que estão dizendo da Makhuzia e do pai dela, o assunto é muito sério. Mas mesmo assim eu não estou acreditando.

10 de novembro
A Silva esteve aqui, acabou de sair. Estou deitado na cama, com a cabeça enfaixada. Foi uma grande aventura, como se eu fosse uma espécie de Harry Lloyd.

Quando o Oktiabr e o Kurmychkin chegaram, saímos em marcha, e eu levei comigo o apito, em caso de necessidade. O mais difícil foi entrar na casa.

O portão estava trancado. Começamos a bater. Primeiro ninguém abriu para nós, depois ouvimos uma voz atrás do portão:

— Quem é?

— Mukhametdinov mora aqui? — eu perguntei.

— Mora aqui, por que quer saber?

— Precisamos que abra o portão — eu respondi e cutuquei o pessoal com o cotovelo: nós já tínhamos combinado que, assim que abrissem o portão, eles iriam imediatamente deslizar para dentro.

— Mas quem é? — perguntaram do outro lado do portão, depois de um breve silêncio. A voz era feminina, mas grave, tanto que antes eu tinha pensado que era um homem.

— Abra, é um telegrama — eu disse, batendo na aldraba. Depois de algum tempo, ouvimos o ferrolho se movendo. A corrente retiniu.

— Vá lá e tire a corrente — eu sussurrei para o Kurmychka. Na mesma hora ele deslizou pela fresta que ia se formando.

— Aonde está indo, aonde está indo? — ouvimos a voz dizer. Mas o Oktiabka também passou pela cancela. Ouvimos um vozerio, e a cancela se escancarou.

— O que querem? O que querem? — gritou e veio para cima de mim uma velha alta, toda vestida com roupas escuras. Eu a afastei e segui adiante. Bem perto da porta, como combinado, eu coloquei o apito na mão do Oktiabka, e o Oktiabka ficou do lado de fora, enquanto o Kurmychkin me seguiu. A porta não estava trancada, com o que nós já contávamos antes: alguém ia ter que sair para abrir o portão.

Passamos correndo depressa pela cozinha: na cozinha, estava acesa uma lamparina de querosene, mas no cômodo seguinte estava escuro e tinha pouco espaço.

— Mukhametdinov mora aqui? — gritei.

Como resposta, ouvimos uma respiração pesada, e de algum lugar do corredor brotou um gordão de solidéu.

— O que querem? Quem são vocês? — perguntou o gordão com uma voz rouca.

— Somos o posto avançado — eu respondi. — Você tem uma filha, Makhuzia?

— Que posto? Quem são vocês? Fora daqui! — rouquejou o gordão.

— Bom, vamos depressa — eu disse. — Recebemos a informação de que o senhor, cidadão, tem a intenção de vender sua filha como esposa para um tal de Khabibula Akbulátov. Isso é verdade ou não?

Em algum lugar no fundo do quarto começou um rebuliço; olhei para os lados e percebi que o Kurmychka não estava lá.

— Mas quem é você? — rouquejou com mais força ainda o gordo de solidéu, acendendo a luminária com as mãos

Diário de Kóstia Riábtsev

tremendo. — Que direito tem você de entrar na casa dos outros? Quem é você?

— Somos o posto avançado — eu respondi. — Mas onde está a Makhuzia, responda depressa, do contrário teremos que...

— Makhuzia foi embora para Kassímov — respondeu o gordo. Só então eu consegui enxergá-lo direito: ele tinha um rosto gordo e rechonchudo, com uns olhinhos estreitos.

— Mentira! Ela está aqui! — ouviu-se uma voz forte. Atrás do gordo, apareceu o Kurmychka. — Ela está naquele outro quarto, chorando.

— A-há, então o senhor está mentindo, cidadão? — eu disse. — Precisamos esclarecer o motivo. Apresente a Makhuzia, imediatamente.

— De onde você veio? Quem é você? — repetia o gordo de maneira absurda, movendo-se na minha direção. Aí eu percebi que ele tinha uma vara de ferro na mão.

— Precisamos acabar com esse caso — eu disse. — Isso aqui não é o Uzbequistão, e mesmo lá isso é proibido agora. Entregue a Makhuzia imediatamente, do contrário vou chamar a polícia.

Nessa hora, o Kurmychka apareceu de novo, mas não estava mais sozinho: vinha puxando a Makhuzia pelo braço.

— A-há — eu me alegrei. — Está sendo mantida à força?

— Querem me vender... como esposa — soluçou a Makhuzia em resposta.

— Bom, não vão vender — eu respondi e ouvi no quintal um apito estridente. — Venha comigo.

— Criminosos! Bandidos! Polícia! — gritou de repente o gordo com um berrinho.

— Bandido é você — eu respondi e peguei a Makhuzia pelo braço, mas no mesmo momento alguma coisa reluziu diante dos meus olhos, algo pesado bateu na minha cabeça — e depois não me lembro de mais nada.

Ontem o Oktiabka contou que, quando ele estava no quintal, a velha ficou o tempo todo tentando ir para cima dele, mas ele conseguia se esquivar. Aí depois, como eu estava demorando para sair, ele decidiu apitar. A velha se assustou com o apito e se escondeu. Aí o Oktiabka foi correndo para a rua e encontrou um polícia na esquina; contou tudo para ele, o polícia veio, mas me encontraram já inconsciente, e o gordo já tinha escapado da casa.

A Makhuzia foi levada para a polícia e lá ela confirmou que realmente tinha sido vendida para um "velho fogoso", e que ele a levaria para um lugar "muito, muito longe"... O pai dela morava com a madrasta (aquela mesma velha), que batia nela o tempo todo, mas a Makhuzia tinha medo de contar isso para alguém. Só tinha falado para uma das nossas pioneiras. (Foi com essa menina que começou a minha investigação.)

Fui mandado para o hospital, e lá eu recobrei os sentidos.

Apesar de a Silva ter ido me visitar e de nós termos conversado muito bem sobre tudo, decidi que agora eu mesmo vou pedir para me tirarem do trabalho com os pioneiros.

É muito difícil sozinho.

11 de novembro

O Ivanov acabou de sair daqui de casa. Ele deu uma passada rápida e disse que eu agi corretamente.

— Mesmo assim, Ivanov, quero que me tire do trabalho com os pioneiros — eu pedi. — É difícil, entende?... Agora vejo que sou um individualista e que trago mais dano que benefício.

O Ivanov ficou em silêncio por um tempo.

— É o seguinte. Fique — ele disse, tamborilando com os dedos na mesa. — No começo é meio difícil, depois vai ficar mais fácil. O Grombakh prometeu ajudar você.

Grombakh é o Serguei Serguêitch.

Fiquei com vontade de saltar da cama e sair correndo para a rua, de tanta alegria.

Mas meu pai está aqui no quarto, talhando um casaco e me passando um baita sermão por eu me meter nos assuntos dos outros.

(1925-1926)

POSFÁCIO

Muireann Maguire[1]

Desde sua primeira publicação, em 1926, o *Diário de Kóstia Riábtsev* tem aparecido em muitos formatos. Já foi traduzido para o chinês, o japonês, o iídiche e muitas outras línguas, assim como suas sequências menos famosas. As versões de língua inglesa mais conhecidas, *The Diary of a Communist Schoolboy* e sua sequência *The Diary of a Communist Undergraduate*, são ambas de 1928, traduzidas por Alexander Werth, um "emigrado branco"[2] da primeira leva, mais conhecido por seu jornalismo de guerra. As primeiras traduções para o francês e o alemão apareceram no mesmo ano. O livro chegou a ser filmado, em 1981, como uma série para televisão em três partes, dirigida por Gennadi Poloka. O apelo mundial alcançado por este livro simples, de um autor de certa forma obscuro, só pode ser comparado ao de um dos primeiros clássicos da propaganda comunista soviética: *Como se temperava o aço* (1936), de Nikolai Ostrovski. As outras obras de Nikolai Ognióv se encontram, em grande

[1] Este texto de Muireann Maguire, professora de literatura russa na Universidade de Exeter, na Inglaterra, foi escrito especialmente para esta edição. A tradução é de Danilo Hora. (N. da E.)

[2] *White Russian*, refere-se aos emigrantes russos que abandonaram o país entre 1917 e 1922, em consequência das duas revoluções e da subsequente guerra civil. Estes emigrantes eram, em sua maioria, opositores dos bolcheviques. (N. do T.)

parte, esquecidas, mas novas edições do *Diário* continuam a aparecer até hoje na Rússia pós-soviética. Mas por que este livro, escrito por um professor comunista, supostamente um romance em forma de diário de um estudante, continua a ser tão popular, tanto entre o público russo como internacional?

A resposta pode ser encontrada na fórmula aparentemente ingênua do livro: um grupo de adolescentes desfavorecidos e bem-intencionados confrontam e tentam compreender grandes problemas éticos. O *Diário de Kóstia Riábtsev* aborda muitas das principais questões sociais de sua época: a politização de classe (um conceito que, como notaram alguns observadores contemporâneos, os alunos da geração de Kóstia já compreendiam com mais argúcia que os adultos), a assimilação do marxismo-leninismo no comportamento cotidiano, religião, etiqueta sexual e aborto, pornografia, crime, alcoolismo e o problema dos órfãos desabrigados (conhecidos como *bezprizorniki*). Os personagens de tipos claramente identificáveis e o humor rasteiro ajudavam a entreter os leitores. O formato de diário, que se tornaria um dos instrumentos soviéticos favoritos para a internalização de atitudes politicamente corretas, era, por sua brevidade e acessibilidade, uma ferramenta de propaganda inspirada.[3] Parte de seu sucesso se deve a sua paradoxal invisibilidade enquanto autodivulgação soviética: em um jornal americano, uma resenha anônima da tradução de Werth sugeria que o *Diário* possuía um quê de verdade não-propagandística que não era encontrada em toneladas de panfletos e ensaios solenes.[4] Conforme escreve o próprio Kóstia, a propaganda "não po-

---

[3] Ver Jochen Hellbeck, *Revolution on My Mind: Writing a Diary Under Stalin*, Cambridge, MA, Harvard University Press, 2009, pp. 38-40. (N. da A.)

[4] *American Journal of Sociology*, setembro de 1929, vol. 35, nº 2, "Book Reviews", p. 343. (N. da A.)

de deixar de ser alguma coisa engraçada, aí ela atinge o objetivo" (1º de janeiro).

Os personagens do *Diário* habitam uma sociedade em transição; eles nunca estão distantes do caos. Kóstia troca seu primeiro caderno por três limões;[5] seu pai quase não tem condições de comprar-lhe chuteiras para seu esporte favorito. Vários de seus colegas de escola estão em situação muito pior. Ainda assim, aos personagens positivos do *Diário*, mais notadamente Kóstia e seu professor favorito, Nikpetoj, nunca falta coragem para confrontar a injustiça ou a escassez, ou para remodelar seu mundo para melhor. A historiadora social Sheila Fitzpatrick sugere que Kóstia intencionalmente molda seu comportamento arrogante, "de macho" segundo os heróis do início do comunismo, como Vassíli Tchapáiev, o general camponês cujas proezas se tornaram icônicas tanto no cinema quanto na literatura.[6] O ambiente escolar é a União Soviética em microcosmo; Kóstia e seus camaradas repetem, em um contexto adolescente, os grandes feitos e conflitos morais dos patriotas do Exército Vermelho e dos ideólogos brilhantes que estavam transformando o Estado russo em uma utopia comunista. A combinação, presente em Kóstia, de um entusiasmo desastrado, adolescente, e uma consciência social que o faz defender os alunos mais fracos e desfavorecidos, possui um apelo universal; o livro de Ognióv criou um rebelde com causa.

O diário de Kóstia Riábtsev compreende todo um ano escolar, de setembro de 1923 a setembro de 1924, e a vida escolar de um típico aluno soviético de quinze anos. Kóstia

---

[5] Designação jocosa para "milhão". No romance, Kóstia refere-se à quantidade de três milhões de rublos. (N. do T.)

[6] Sheila Fitzpatrick, *Education and Social Mobility in the Soviet Union (1921-1934)*, Cambridge, Cambridge University Press, 1979, pp. 26-7. (N. da A.)

é a forma curta do popular nome Konstantin; ele prefere ser conhecido como Vladlen (formado a partir do nome e sobrenome de Vladímir Lênin), por achar que o Konstantin original era "o rei turco que conquistou a cidade de Constantinopla". O que torna Kóstia típico? Seu pai (que raramente faz uma aparição direta na narrativa) é um alfaiate, o que lhe concede o direito de se considerar um verdadeiro cidadão do Estado soviético (sendo "filho de um elemento trabalhador"). Kóstia tem orgulho de sua origem social, e julga seus colegas de escola por sua identidade de classe (ele não espera nada de bom, por exemplo, da filha de um membro do clero). Sua lealdade aos valores comunistas (como ele os entende) beira o fanatismo, com o auxílio de um domínio ingênuo e limitado de história e geografia. Ele é tão inteligente quanto facilmente influenciável, mas, assim como o Edward Waverley de Walter Scott, sofre de uma perniciosa "indolência de temperamento, que só pode ser incitado por algum forte estímulo de gratificação, e que renuncia ao estudo tão logo é gratificada sua curiosidade, exaurido o prazer de vencer as primeiras dificuldades, e finda a novidade da busca".[7] Os leitores do *Diário* podem muito bem se perguntar se Kóstia será capaz de aprender a dominar o pecado original da indolência intelectual e alcançar o êxito acadêmico, ou se seus vários entusiasmos irão esmagar seu potencial.

Historicamente, o diário abarca um período de um ano em meio à breve Nova Política Econômica da Rússia soviética, quando o governo de Lênin introduziu empreendimentos privados limitados a fim de estimular a recuperação econômica após uma destrutiva Guerra Civil. Outros eventos importantes do mesmo ano incluem a morte de Lênin em janeiro de 1924, o que leva Kóstia, de luto, a borrar várias pá-

[7] Walter Scott, *Waverley*, tomo 1, Penguin Popular Classics, 1994, p. 65. Tradução nossa. (N. do T.)

ginas de seu diário, e a promulgação da primeira Constituição da União Soviética, cerimônia que Kóstia perde, como era de se esperar. O contexto pedagógico do diário é a introdução, em 1923, de um novo currículo nas escolas soviéticas, por iniciativa do Ministério da Cultura e Educação e sob a liderança da viúva de Lênin, Natália Krúpskaia. Este currículo experimental incorporava ideias radicais emprestadas de pensadores progressistas do Ocidente, como John Dewey e Helen Pankhurst, frequentemente mal interpretadas, implementadas de forma inadequada, ou mesmo rejeitadas por professores russos mal pagos e por pais e estudantes intransigentes. Pankhurst queria que os estudantes se responsabilizassem por seu próprio aprendizado; seu Plano Dalton (nome que provém da cidade em que ela fundou a escola, no estado de Nova York) transforma as salas de aula tradicionais e a relação entre professor e aluno em uma nova dinâmica de tarefas e laboratórios. Ou, como diz o próprio Kóstia, quando sua escola está testando o Plano Dalton, "É um sistema em que os funscolares não fazem nada, enquanto o aluno tem que descobrir tudo sozinho. [...] Vamos ter laboratórios em vez de salas de aula. Em cada laboratório vai ficar um funscolar, como especialista designado para um assunto [...]. Como aranhas, e nós somos as moscas" (27 de setembro). Kóstia e seus colegas de escola, como esta anotação sugere, não aceitam prontamente o Plano Dalton, que ele imagina, erroneamente, ser imposto na Rússia Soviética por um aristocrata estrangeiro desocupado, o "Lord Dalton". Ao final deste primeiro período letivo, os estudantes chegam a tocar fogo em uma efígie do Lord Dalton.

A reação anti-Dalton ajuda a unir os estudantes; é apenas gradualmente que eles percebem que a falta de estrutura pedagógica teve êxito em forçá-los a assumir responsabilidade por seu próprio desenvolvimento. Kóstia aprende lentamente, com a ajuda de Nikpetoj, seu professor de ciências sociais, que a autonomia exige autodisciplina. Os comitês estudantis, incluindo uma "união" formal dos estudantes, contestam os direitos dos professores de tomar decisões e governar a escola, frequentemente transformando as aulas em caos ao convocar reuniões sumárias. Os estudantes adotam com deleite a prática soviética de formar acrônimos para tudo — os professores, por exemplo, são conhecidos como "funscolares", uma contração bem pouco sonora do termo "funcionário escolar". De modo semelhante, os nomes bizarros dos professores — como Ielnikitka, Almakfich, Nikpetoj — são também acrônimos baseados na respeitosa fórmula russa de se dirigir a um adulto ou colega de trabalho pelo nome e patronímico. As crianças adicionaram o sobrenome à mistura: Nikpetoj é Nikolai Petróvitch Ójigov, Almakfich é Aleksei Maksímitch Ficher, e Ielnikitka, a professora recém-chegada que deixa Kóstia ofendido, é originalmente Ielena Nikítichna Kaúrova. Imitando um coletivo de trabalho soviético, os alunos também produzem regularmente um jornal mural, ou cartaz informativo, ressaltando os mais recentes planos e conquistas da escola; uma programação cultural, incluindo uma produção de *Hamlet*, involuntariamente hilária; e criticam o comportamento uns dos outros em reuniões regulares. Kóstia e sua melhor amiga Silva são ambos ávidos por serem aceitos no Komsomol, a organização juvenil soviética para comunistas empenhados; o *Diário* termina com esta aspiração alcançada. As simpatias políticas instintivas de Kóstia acabam sendo formalmente endossadas por seus colegas.

O entusiasmo infatigável de Kóstia em adquirir novos interesses é tanto uma força quanto uma fraqueza. O diário deixa óbvio que ele é facilmente seduzido para longe dos estudos pelo futebol, pelas meninas ou pela política estudantil (nas sequências do livro, clubes de jazz ao estilo ocidental entrarão na lista de tentações). Mais sutil, e mais perigosa, é a suscetibilidade de Kóstia a diferentes tipos de *narrativas*.

Posfácio

Kóstia não consegue resistir a uma história: quanto mais macabra, melhor, ainda que ele saiba muito bem que histórias de fantasmas — e as pessoas que as contam — sejam fundamentalmente não-soviéticas. Assim, no *Diário*, Kóstia ouve histórias horrendas: um piloto soviético é forçado por bandidos armados a violar uma sepultura e roubar os anéis do cadáver de uma princesa tártara; o fantasma inquieto de uma criança vítima da fome pós-revolucionária nas cidades russas; e ele mesmo quase vê um fantasma durante uma visita a uma casa aristocrática apropriada pelo governo, ainda que esta última cena intrigante logo se dissolva em comédia. Nesta fascinação pelo sobrenatural, Kóstia assemelha-se à heroína impressionável de *Northanger Abbey* (1817), de Jane Austen, que enxerga em toda parte os fantasmas e vilões de seus adorados romances góticos. Mas se os sustos de Catherine Morland logo irrompem em equívocos sociais cômicos, a situação de Kóstia é mais complexa. Os monstros que ele encontra por vezes são reais — alcoolismo, pobreza, injustiça social e sexual —, e os leitores modernos têm consciência de que seus fantasmas ficcionais apenas prenunciam os problemas complexos da sociedade stalinista em que decorrerá a vida adulta de Kóstia.

Esta quase obsessão com estereótipos góticos, que foi percebida por Irene Masing-Delic e outros pesquisadores,[8] pode ser encontrada em muitos dos contos de Ogirióv. Além do *Diário* e de suas duas sequências, que acompanham Kóstia na universidade e a carreira acidentada de Nikpetoj, seu professor preferido, Ogirióv escreveu uma série de ficções curtas, muitas das quais são explicitamente grotescas (um cruel

---

[8] Irene Masing-Delic, *Abolishing Death: A Salvation Myth of Russian Twentieth-Century Literature*, Stanford, CA, Stanford University Press, 1992, pp. 223-7, e Muireann Maguire, *Stalin's Ghosts: Gothic Themes in Early Soviet Literature*, Berna, Peter Lang, 2012. (N. da A.)

senhor de terras é devorado por seus próprios cães de caça; uma criança morta é encontrada em uma escola soviética para órfãos; uma comunidade rural soviética pratica canibalismo indireto ao alimentar seus porcos com cadáveres). Nikolai Ognióv é, de fato, o pseudônimo de Mikhail Grigórievitch Rozánov (1888-1938), um simpatizante bolchevique, professor e pedagogo. Talvez seja essa declarada fascinação pelo gótico, bem como a evidente falibilidade de seu personagem mais famoso, que impedem o *Diário de Kóstia Riábtsev* de ser considerado um verdadeiro precursor do gênero soviético conhecido como realismo socialista, inaugurado formalmente em 1934 no Congresso dos Escritores Soviéticos. A prosa do realismo socialista tinha que ser otimista, o que, certamente, também pode ser dito do *Diário*; e, assim como muitos protagonistas do realismo socialista, Kóstia amadurece ao longo do livro, passando da espontaneidade — uma apreciação instintiva, embora imperfeita, da moralidade soviética — para a consciência — uma percepção ponderada de como a vida comunista deve ser vivida. Os escritores do realismo socialista deveriam retratar a realidade soviética não como ela era, mas como deveria ser. O *Diário* de Ognióv fracassa nesta tarefa utópica, e está bem acompanhado em seu fracasso. Apesar de seu resoluto naturalismo ao mostrar o fardo dos desprivilegiados na São Petersburgo do século XIX, Fiódor Dostoiévski nunca foi completamente aceito pelos críticos literários soviéticos: seus romances eram muito sombrios, muito presos em si mesmos, muito espontâneos. O romance negligenciado *O adolescente* (1875) é contado em primeira pessoa por um adolescente carente, cheio de princípios, ambicioso, solipsista e bem-intencionado, que tem muito em comum com Kóstia Riábtsev. Duas das principais críticas levantadas contra Dostoiévski e seus narradores dizem respeito a suas obsessões com o lado sórdido da vida e sua predileção pelo sobrenatural. Nikolai Ognióv não

Posfácio

era um escritor à altura de Dostoiévski, mas seu romance aparentemente cômico e ensolarado sobre a jornada rumo à maturidade de um adolescente ladino contém uma dose suficiente de realidade (e irrealidade) incômoda para afastar os críticos posteriores. Com seus retratos de bebedeiras, adolescentes grávidas, privações sociais e, acima de tudo, histórias de fantasmas, o diário de Kóstia era apenas demasiado fiel à vida para qualificar-se como protótipo do realismo socialista soviético. Por esses mesmos motivos é que os leitores modernos poderão apreciar ainda mais esta história.

(2017)

SOBRE O AUTOR

Nikolai Ogarióv é o pseudônimo de Mikhail Grigórievitch Rozánov (1888-1938), pedagogo e escritor russo. Em 1906, Ogarióv começou a publicar contos e novelas de estilo ornamentado e temas mórbidos, sob a influência de "decadentes" como Leonid Andrêiev e Fiódor Sologub. No mesmo ano foi preso por atividades revolucionárias, o que interrompeu sua educação formal. Passou então a trabalhar em alguns jornais e revistas, ocasionalmente publicando material próprio; em seu tempo livre, organizava as crianças do bairro em clubes, campeonatos de futebol e excursões para fora da cidade. Com o início da Primeira Guerra Mundial, passou a se dedicar apenas às crianças e a escrever peças para o Butyrski, o primeiro teatro infantil de Moscou. Em 1916 foi para o front como agitador bolchevique e correspondente de guerra.

Após a revolução de outubro, Ogarióv foi apontado inspetor distrital de educação pública, participou da organização do Komsomol e escreveu poemas e peças de propaganda. Envolveu-se com o grupo *Pereval* (Travessia), um círculo de escritores e críticos que visavam a transição da literatura "deficiente", personificação do velho mundo burguês, para uma literatura que servisse ao novo homem soviético.

O lugar da *intelligentsia* na nova sociedade é um dos motivos constantes em sua obra, e aparece também no *Diário de Kóstia Riábstev*, seu livro mais conhecido. Escrito entre 1925-26, e inicialmente divulgado como a reprodução de um diário real, já à época o livro ganhou o elogio de figuras como o eminente crítico Aleksandr Voronski e o pedagogo Anton Makarenko, autor de *Poema pedagógico*. Diferente de outras obras de formação que abordam a adolescência, o livro de Ogarióv retrata sua personagem exclusivamente no ambiente escolar — para Kóstia, a escola é "o mesmo que a minha casa. E é até mais interessante" —, fazendo também um retrato de um dos primeiros métodos de pedagogia progressista adotados nas escolas soviéticas.

Além de traduzido para diversas línguas, o *Diário de Kóstia Riábtsev* ganhou duas sequências, *O êxodo de Nikpetoj* e *Kóstia Riábtsev na universidade*, ambas de 1928, mas menos aclamadas que o original. Em 1981 o *Diário* foi adaptado para o cinema por Gennadi Poloka sob o título *Nossa vocação*.

SOBRE O TRADUTOR

Lucas Simone nasceu em São Paulo, em 1983. É historiador formado pela FFLCH-USP e doutorando no Programa de Literatura e Cultura Russa da mesma instituição. É professor de língua russa e tradutor, tendo publicado a peça *Pequeno-burgueses* e *A velha Izerguil e outros contos*, ambos de Maksim Górki (Hedra, 2010). Traduziu ainda os contos "A sílfide", de Odóievski; "O inquérito", de Kuprin; "Ariadne", de Tchekhov; "Vendetta", de Górki; e "Como o Robinson foi criado", de Ilf e Petrov, para a *Nova antologia do conto russo (1792-1998)*, organizada por Bruno Barretto Gomide (Editora 34, 2011). Mais recentemente, publicou traduções de duas obras de Fiódor Dostoiévski, *A aldeia de Stepántchikovo e seus habitantes* (Editora 34, 2012) e *Memórias do subsolo* (Hedra, 2013), além da coletânea de contos *O artista da pá*, de Varlam Chalámov, terceiro volume da série *Contos de Kolimá* (Editora 34, 2016), e do livro *O fim do homem soviético*, da Prêmio Nobel de Literatura Svetlana Aleksiévitch (Companhia das Letras, 2016).

NARRATIVAS DA REVOLUÇÃO
Direção de Bruno Barretto Gomide

Iuri Oliécha, *Inveja*, tradução, posfácio e notas de Boris Schnaiderman.

Nikolai Ognióv, *Diário de Kóstia Riábtsev*, tradução e notas de Lucas Simone, posfácio de Muireann Maguire.

Ievguêni Zamiátin, *Nós*, tradução e notas de Francisco de Araújo, posfácio de Cassio de Oliveira.

Boris Pilniák, *O ano nu*, tradução e notas de Lucas Simone, posfácio de Georges Nivat.

Viktor Chklóvski, *Viagem sentimental*, tradução e notas de Cecília Rosas, posfácio de Galin Tihanov.

Este livro foi composto em Sabon,
pela Bracher & Malta, com CTP da
New Print e impressão da Graphium
em papel Pólen Soft 80 g/m² da Cia.
Suzano de Papel e Celulose para a
Editora 34, em novembro de 2017.